杜甫诗与思

一场穿越时空的心灵对话

翟建立 著

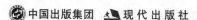

中国出版集团　现代出版社

图书在版编目（CIP）数据

杜甫诗与思：一场穿越时空的心灵对话 / 翟建立著.
-- 北京：现代出版社，2023.11
ISBN 978-7-5231-0610-5

Ⅰ.①杜… Ⅱ.①翟… Ⅲ.①随笔–作品集–中国–
当代 Ⅳ.①I267.1

中国国家版本馆CIP数据核字（2023）第212404号

著　　者　翟建立
责任编辑　刘　刚

出 版 人　乔先彪
出版发行　现代出版社
地　　址　北京市安定门外安华里504号
邮政编码　100011
电　　话　（010）64267325
传　　真　（010）64245264
网　　址　www.1980xd.com
印　　刷　成都现代印务有限公司
开　　本　880mm × 1230mm　1/32
印　　张　13.625
字　　数　200千字
版　　次　2023年11月第1版　2023年11月第1次印刷
书　　号　ISBN 978-7-5231-0610-5
定　　价　88.00元

和杜甫聊聊

1.

　　读杜诗往往于寻常处见惊奇。《曲江二首》中，第一首起句"一片花飞减却春，风飘万点正愁人"，杜甫于一片花飞，思及万点欲尽，此触目之堪愁、伤春惜春情状，略似大观园内诸女子，而由一潦倒愁苦之老者吟出，不由令我莞尔。第二首中，"穿花蛱蝶深深见，点水蜻蜓款款飞"，轻快活泼，好似怡红公子所吟。

　　我正想取笑一番，却不料看到前一句的注释，令我"虎躯一震"。前一句是："酒债寻常行处有，人生七十古来稀。"人生百岁，七十者稀，本古谚语；杜甫信手拈来，化为己用，而落榫无痕，足见此公诗艺之高。之前，我未注意"酒债寻常行处有"有何神妙之处。《杜诗详注》引注——应劭曰：八尺曰寻，倍寻曰常，故对七十。令我大为倾倒的正是"寻常"二字——此二字，在文字的源头，都是表数量，数量词变身程度副词，用着用着，就固定成程度副词了，一般人都会忘了其前身是数量词。是杜甫，"润物细无声"地使用，把"寻常"与"七十"对仗，提醒我们"寻常"二字的出身。如果读者注意到"寻常"的本意是表数量，则大大惊叹，赞为妙对；如果未注意到，正如我之前，也不影响理解。这正是我在《杜甫穷富论》里提到的：这是杜甫的体贴之处，他绝不欺负"穷"人，制造审美的障碍。对于我们理解力的贫困，杜甫总是给予宽免和资助。

我仿佛听到杜甫说：你终于读出来了。

晚年杜甫入严武幕中，一次严武作了一首极好的边塞诗，《军城早秋》："昨夜秋风入汉关，朔云边月满西山。更催飞将追骄虏，莫遣沙场匹马还。"杜甫作《奉和严公军城早秋》和之："秋风袅袅动高旌，玉帐分弓射虏营。已收滴博云间戍，欲夺蓬婆雪外城。"我在《高适和李白岑参严武》一文中说严武诗极好，杜甫的和诗则一般。后来也是看到《杜诗详注》引黄生注曰："诗中用地名，必取其佳者，方能助色。如凤林、鱼海、乌蛮、白帝、鱼龙、鸟鼠是也。滴博、蓬婆，地名本粗硬，用云间、雪外字以调适之，读来便觉风秀，运用之妙如此。"才发觉差点错过妙处。滴博、蓬婆，系当时边地地名，有吐蕃风味，看似粗鄙，但发音响亮，又隐含双声，实是杜甫隐显诗艺之作。而且细思当时之境况，你定会再赞杜甫一记。你想，当时主公作了一首好诗，你一个幕僚，怎么也得藏拙一番吧！杜甫作一首看起来平常，千年之后却犹能品出高妙的诗，实是极高明啊！

我仿佛又听到杜甫说：你终于读出来了。

《陪李金吾花下饮》因描写闲适之心境而被人称赏。金圣叹看文极细却有点过度解读，他的解读有点放大了主人的轻慢和杜甫的不快。我在《杜甫这人有意思》一文中则指出，"他（杜甫）感到无聊了，却呈现给我们闲适可人的意境；他说笑话了，却是一副愁苦的样子。杜甫，这个'狡黠'的老实人，愁苦的幽默大师哎"！

此时，我很想对杜甫说：杜老先生，我说你是"狡黠"的老实人，愁苦的幽默大师，有没有说错啊？

读杜诗，似有一股神奇的力量，推动着我与杜甫对话，尽管这是单向的、一厢情愿的对话。

2.

杜甫的人生和诗歌，都存在巨大的反差性；这种反差，既是一种美学，也是一个需要不断打破的理解力限制。

比如，我们可以问，杜甫被理解了吗？

杜甫生前落寞，诗歌并未得到广泛的传播，在去世前一年，他写道："百年歌自苦，未见有知音。"杜甫去世后43年（公元813年），元稹为其写下流传千古的墓志铭，杜甫因此诗作而声誉大振。1059年，王洙王琪本《杜工部集》出版，该集成为后代所有杜集的祖本。自宋迄清，千家注杜，赓续不断。现当代更有萧涤非主编的《杜甫全集校注》，陈贻焮著《杜甫评传》等不朽经典。可以说，多少人争着去阅读杜甫，去注释杜诗，想当杜甫的知音。那么，杜甫被理解了吗？

以杜甫的个性为例。新、旧唐书都记载杜甫："性褊躁傲诞，尝醉登武床，瞪视曰：'严挺之乃有此儿！'"新唐书甚至说严武差一点杀了杜甫。一直以来，人们相信正史的严肃性，认定杜甫是个偏执褊性之人。但新、旧唐书，关于诗人事迹，多采自民间笔记（如前述严武差一点杀杜甫之事采自《云溪友议》），而当时民间，视诗人恰如现今之明星网红，讹误夸张，实是难免。

我倒不是说杜甫是个世故圆滑之人，但是，他绝不是人们印象中那个偏执的、孤僻的、莽撞的书呆子。（在《杜甫"相对论"》《平等仁者》诸文中，我对杜甫的性格和处世进行了分析。）

我想经由杜诗，直接与杜甫对话，理解更真实的杜甫。

3.

杜甫是少有的全面描写了自己妻子方方面面的诗人。既有"香雾云鬟湿，清辉玉臂寒。何时倚虚幌，双照泪痕干"的清丽多情；也有"老妻画纸为棋局，稚子敲针作钓钩""昼引老妻乘小艇，晴看稚子浴清江"的偶尔轻松闲适；更多的则是"入门依旧四壁空，老妻睹我颜色同""妻子山中哭向天，须公枥上追风骠"这样的艰难生活。

杜甫在《羌村三首（其一）》写妻子见到他回来，"妻孥怪我在，惊定还拭泪"。又是惊又是喜，非常真切动人。我想象中，应该是杜甫叫了一声妻子的名字，妻子回头看是杜甫，第一反应是吃惊——在这乱世中，看到家人归来，首先是一惊，其次喜悦才慢慢涌来。

杜甫也写自己愧对妻子："何日干戈尽，飘飘愧老妻""叹息谓妻子，我何随汝曹"。

我要追慰一下杜甫，就像杜甫追慰古人一样。

我说：杜老先生，你看，后世说你诗写得不好的人，大多姓杨，北宋的杨亿说你是村夫子，明朝的杨慎，偶尔也说你的有些诗不怎么样。你知道是什么原因吗？

杜甫道：你说说看，是啥原因？

我说：因为你夫人姓杨，他们怪你没照顾好他们美丽可爱的姑姑。

杜甫不语，陷入痛苦。

我马上接着说：老先生，我是开玩笑的啦。实际上，你在乱世中经历流离漂泊，将一家大小保护得这么好，已经尽力了。后世的人，理解不了战乱中的困境，有些甚至轻看你，这是他们的浅薄；他们更加不能理解你这种坦诚的风格，自古以来，很少有人把自己的苦境如此真切地描写出来的。这是你的伟大之处。（《杜甫与卢梭》《平等仁者》《科举和漂泊》等文述及贫穷问题。）

宋之问是杜甫的世交前辈，又是七律的奠基者之一，却是历史上公认的小人。宋之问对杜甫有很深的影响。一个小人和一个圣人的师承和情感的幽微纠葛，这是多么诱人的题目啊！我在《宋之问和郑虔》一文中探寻杜甫幽曲的内心波澜，对话中，把杜甫都说哭了，这是别人做不到的啊！

4.

之前，我写读杜文章时，也口口声声地叫"老杜、老杜"；在写《杜诗中的台州方言》时，我意识到，这样叫太不礼貌了。

杜甫在夔州时，地方官很照顾他，让他管一片公田。他"拾穗许村童"，就是允许村童捡稻穗。这让我很感动，小时候的拾穗经历如浮眼前。

杜甫就像我的同村长辈一样，允许我"拾穗"（我写读杜文章就是"拾穗"啊），照我们村子里的叫法，要叫他"公"的。现代汉语的表达，没有那么讲究；但是，我从此不再叫"老杜"，而叫他"老先生"了。

杜诗所记述，与我的生活发生碰撞的，不止"拾穗"一事。杜甫一家在夔州时，王十五邀请他吃饭，还让他的几个孩子一起赴宴，杜甫在《王十五前阁会》一诗中致谢："病身虚俊味，何幸饫儿童。"杜甫的舐犊之情，跃然纸上；而我也不由想起小时候跟着父亲赴宴，是何等解馋、何等快乐。

我庆幸自己出生在20世纪70年代中期，这几乎是最后能感受"拾穗"甚至饥饿这种"古代"生活的一代人。但是，诚如梁启超所言，杜甫"情感的内容，是极丰富的，极真实的，极深刻的。他表情的方法又极熟练，能鞭辟到最深处，能将他全部完全反映不走样子，能像电气一般，一振一荡地打到别人的心弦上，中国文学界写情圣手，没有人比得上他，所以我叫他作情圣"。即使是我们未能经历的生活，如战乱流离，经杜甫如椽大笔一写，一切都犹如显现眼前。而对下层百姓的关怀，感动之余，我唯有敬他为圣人。

杜甫在"三吏""三别"中代下层百姓发出血泪控诉；在《茅屋为秋风所破歌》中喊出"安得广厦千万间，大庇天下寒士俱欢颜"；在《又呈吴郎》中杜甫要求他的亲戚任由西邻老妇打枣，还各种嘱托要顾及她的自尊心。

杜甫在《遣遇》中写道："石间采蕨女，鬻菜输官曹。丈夫死百役，暮返空村号。"一个村妇在石间采蕨，卖掉交税。她的丈夫死于劳役，当她晚上返还村庄，她就一路哀哭。此时杜甫自己衰病交加、流落湘江，一年后他就去世了。我能想象他走上去，向这位村妇打听发生了什么事，可能还赠送了一碗米。村妇何其不幸，但她不知道，那个温言安慰的老翁是中国最伟大的诗人，而且将她写进不朽的诗作里。

5.

杜诗的世界，无所不包，大至洪荒宇宙，小至花鸟鱼虫，国史家事、居家旅途、物候天气、咏史怀古、咏物寓言……无不有也。而杜甫的感受力强，目视耳听，同感互连，玄感共触，经其高清亿万像素之神笔，其人生其时代，纤毫直现。

由此，我在《有所思》一文中直呼："请注视杜甫，也接受杜甫的对视。他的大多数诗作即时感发，遥远推送——他直接跨过时间与你对话。"

在第一辑《杜甫思想论》中，我阐述了杜甫的史官意识；在与卢梭的比较中展示他的坦诚；在与苏轼的比较中赞美杜甫对博学的克制、高远多重的视角、忠君却又独立的态度；在对杜诗风格的讨论中，我以音乐比拟"沉郁"、以剑术比拟"顿挫"；我也感受杜甫的圣人之怒和杜诗的史诗感，体悟杜甫思想中的平衡和相对，也简短论及杜甫的个性——杜甫可能不是我们原来所想的那么偏执，反倒可能会平和幽默一些吧；我们也能感受杜甫的仁厚之心与对万物的友好之爱。

第二辑"时空对话录"模拟与杜甫的跨时空对话，畅谈杜甫的人生和诗歌：杜甫充满反差的人生；他的科举和漂泊；宋之问和杜甫的密切关系；杜甫与李白、高适的友情。第三辑"在路上"节选杜甫羁旅段落，探讨杜甫"诗史"与"史诗"结合之诗艺，杜甫与王维经由辋川山谷的诗歌对话，以及和但丁同行在世界的诗歌大道上。

多年读杜，让我认识到，杜甫处于中国诗歌的中游，他汇聚上游的支流，又滋养了下游的干支流。为此，我在第四辑"杜甫与他者"中，分述杜甫与李白、王维、元稹等人的源流影响。

第五、六辑则对王维和杜甫在"门"和离别诗之切面展开对读。

第七辑"杂咏"，涉及较广，包括杜诗与方言、游记、诗歌等。

其中的文章感慨万千，真是万物皆能以杜甫比拟、发兴，这叫"杜甫的比兴"。聊到这里，杜甫可能有点不高兴了（怎么能这样工具化杜老先生呢）。他说：老瞿，我有点烦你了，我们下次再聊吧！

那就先聊到这里吧！

·目 录·

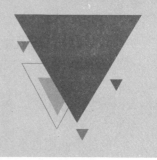

第一辑

杜甫思想论

01 有所思：代"杜甫思想论"总论

杜甫有思想吗？这个问题不应该问，诗与思互为表里，实难区分。

但这个问题也不好回答。自杜诗登顶中国诗坛，人们更加关注的是杜诗的一字一句如何奇妙，篇章意境如何高迈；思想方面，在古代，最多说说他忠君爱国，民胞物与，理学家在杜诗里读出理学，佛家读出佛理，道家读出道；在现代，说他是现实主义，视野开阔一点就说杜甫像但丁、莎士比亚、弥尔顿或者波德莱尔；等等。要么是功利地为我所用，要么是设限于诗歌一域。蒙蔽不展，令人惆怅。

《新唐书·杜甫传赞》说杜甫："浑涵汪茫，千汇万状，兼古今而有之，他人不足，甫乃厌余，残膏剩馥，沾丐后人多矣。"

黄庭坚评价杜甫："老杜作诗，无一字无来处。"

是的，杜甫汇集往古而开启将来。

而后世的读杜者、注杜者往往仅着眼于一字一句一诗之文意、意境、技巧，而对杜甫的思想（表达出来的，以及经过克制而不表达却显示出来的）保持了无知的漠视，甚或是作了无耻的扭曲。

这些读杜者、注杜者往往是历代的文化大家。

表面看起来，杜甫的徒子徒孙蔚为壮观。实际上，杜甫一直孤独。

杜甫汇集前人的字句、典故、思想，化为自己的诗句，是从众人（everyone）到达一人（the ONE），但实际上他无人陪伴（no one），他无与伦比（peerless），也是无人陪伴／好到没朋友（peerless）。

他从众人之地（everywhere）来到此地，但也是来到无人之地（nowhere）。

杜思之美，壮，力，勇，异，实如杜诗，值得探索和研究。

我读杜诗、探杜思，欢喜赞叹，不免寻思，此peerless（无与伦比、无人陪伴／好到没朋友）之思，所来何自。

要回答这个问题，你要认识到杜甫是一个很奇特的人。

他来自一个奇特的家族。

其远祖杜预，文武双全，是西晋灭吴的统帅之一；又耽思经籍，博学多通，时誉为"杜武库"。著有《春秋左氏传集解》及《春秋释例》等。为明朝之前唯一一个同时进入文庙和武庙之人。

其祖父杜审言，是唐代"近体诗"的奠基人之一，更兼笔势横荡，排律之雄，无出其右。但杜审言又极度狂傲，认为自己的诗文天下无敌。

武后圣历元年（698），杜审言被贬吉州。因得罪同事郭若讷、长官周季重，两人合谋诬陷杜审言，定了死罪。杜甫的叔叔杜并年十三，刺杀周季重，事震朝野。杜审言因此不死，武则天也赞其家风。

杜甫三岁的时候，自己和姑妈的孩子都患病了，问女巫，女巫说，屋子里东南角吉利，他姑妈就把杜甫放在东南角的炕上，后来杜甫就活下来了，姑妈自己的儿子就夭折了。这个事情杜甫亲自记载在《唐故万年县君京兆杜氏墓志》一文中。

以上是杜思之美、壮、力、勇、异的家族之源。
然而，我们也要看到杜思的地理之源、历史之源。

因为探究杜思之源，我发现，杜甫的地理来源，极富思辨。

杜甫有三个家乡。杜甫出生在洛阳，青少年时期在洛阳，约三十岁后迁居长安，而长安杜陵/杜曲是他的祖居地，另一个祖居地是襄阳。

汉宣帝的陵墓在长安杜陵，因春秋时期这里有个小国叫"杜伯国"，故而得名"杜陵"，有些巧合的是，杜甫祖先在这里有些田产，所以杜甫也把长安杜陵/杜曲当作他另一个故乡了。汉宣帝有个许皇后，是被霍光夫人毒死的，葬在附近，史称"小陵"，俗称"少陵"，少陵原之名应当与此有关。杜甫自称"杜陵布衣""少陵野老"，如细究根源，这个名字是有点惊悚的。

而洛阳和襄阳，更有意思。

杜甫在青壮年时代，历十年之久，壮游吴越、梁宋、山东，几乎把中国的东部走了个遍。他结交诗人，拜访僧人，游览山川，欣赏壁画。

这个早慧的官N代，终于把自己的大好前程荒废掉了。

杜甫感到焦虑，于是他在开元二十九年（741）筑土室在洛阳的首阳山下，"天天望着杜预的坟墓，想着杜预辉煌的一生，对照自己已是三十岁的人了，除写了一些诗文之外，在社会上实际的工作可以说是还没有开始"。（引自冯至《杜甫传》）

杜甫在《奉寄河南韦尹丈人》提到：尸乡余土室，谁话祝鸡翁。

看到这一句，我心中嘀咕：为什么用这么可怕的字眼，实际上首阳山下的土室，完全可以表达成"首阳土室""邙山土室""偃师故庐""河南陆浑庄""土娄旧庄"，等等。

叶嘉莹在讲到《秋雨叹》时，说"雨中百草秋烂死"句，杜甫用词毫无避忌，是大胆突破。实际上，杜甫在之前已经用到更可怕的"尸乡馀土室"了，他的胆子可真大啊！都说作诗要用雅词，避开俗词怪词，杜甫连恐怖的词都不避开。

之前，我以为"尸乡"是墓葬之地的意思，因为首阳山所在的邙山，是中国古代最有名的墓葬地，相当于巴黎拉雪兹公墓的放大版。实则不是。

据《左传》记载：昭公二十六年（前516）："刘人败王城之师于尸氏。"可见，当时这个地方居住着一群姓氏为"尸"的氏族，后来这个地方就被称为尸乡。

《史记》上记载：田横在前往长安朝见汉高祖的时候，来到尸乡这个地方，愿称臣于汉，自刎于此。《史记·田儋列传》："田横乃与其客二人乘船诣雒阳。未至三十里，至尸乡厩置，……遂自刭。"田横自杀后，当时在海岛五百部属闻田横死，亦全部自杀。尸乡就是田横自杀的地方。

杜甫的诗句要引出另一个典故。刘向《列仙传·祝鸡翁》：祝鸡翁者，洛人也。居尸乡北山下，养鸡百余年。鸡有千余头，皆立名字。暮栖树上，昼放散之。欲引呼名，即依呼而至。卖鸡及子，得千余万。辄置钱去之吴。

原来，"尸乡"这个惊世骇俗的地名，确实也有不避忌死亡、视死如归、轻资财而究终极等历史意蕴。

难怪，战争一来，杜甫的恐怖字句是一串一串，我挑几个最狠的：地冷骨未朽、阴房鬼火青、积尸草木腥、访旧半为鬼、书到汝为人、战哭多新鬼、面上三年土、山鬼吹灯灭。

那么，杜甫在洛阳的尸乡土室，"天天望着杜预的坟墓，想着杜预辉煌的一生"，还想起什么呢？

还想起了襄阳，他从未涉足的家乡。

襄阳的岘山，是中国的神山，是中国的思考之地、焦虑之地。

襄阳是中国的地理中心，屡次成为两军对垒之地，其江山形胜却也引发了深沉的悲哀和焦虑。

传说一代名臣羊祜登岘山时，曾对邹湛说："自有宇宙，便有此山，由来贤达胜士，登此远望，如我与卿者多矣，皆湮灭无闻，使人悲伤。如百岁后有知，魂魄犹应登此山也。"

羊祜逝世之后，襄阳百姓便在岘山建碑立庙，岁时祭飨。每当游人瞻望羊祜庙前的碑石，无不为之落泪洒涕。接替羊祜镇守襄阳的大将杜预（也就是杜甫的远祖），便将此碑命名为"堕泪碑"。

而杜预，也是在襄阳，为使自己功勋永垂天地而镌刻石碑。《襄阳耆旧记》说："预好身后名，常自言：'百年后，必高岸为谷，深谷为陵。'乃刻石为二碑，记其勋绩。一沉万山之下，一立岘山之上。谓参佐曰：'何知后代不在山头乎？'"欧阳修批评其好名而多虑："是知陵谷有变而不知石有时而磨灭也。岂皆自喜其名之甚而过为无穷之虑欤？"

这是对时间的焦虑，对历史的乡愁啊！已经触及终极之思了。

在杜甫的暮年，在接近生命终点的湘江上（没几天他就去世了），他在《回棹》里写道："清思汉水上，凉忆岘山巅。"他在人生的终点，仍然遥望岘山的清凉之思啊！

洛阳邙山，首阳山下，尸乡土室，引发杜甫的是爆裂性的思考；就是不避禁忌的，来自先人和死亡的思考。
而襄阳岘山，带来的则是遥远的、深沉的、饱含历史遗响的、焦虑的、冷峻的思考。

正因为独特而大胆，所以会在原有的思想框架中溢出，异域感（exotic）由此产生。所以，我读杜想起卢梭，想起但丁，想起托尔斯泰。如果你的视野够宽广，肯定能找到更多的重影。

可惜的是，杜甫的一生找不到真正的对话者，否则，若处在大启蒙时代，他就是品格高尚的卢梭。但是，孤独也有好处，就是他的思考更深沉，更跨越时代。他的对话者，远隔百年千年，甚至，远隔重洋，甚至是远隔星辰大海。

请注视杜甫，也接受杜甫的对视。他的大多数诗作即时感发，遥远推送——他直接跨过时间与你对话。在层层展开的这一系列中，你将看到：他的坦诚伴以勇气甚至自残。他的早慧而晚成，坦诚而幽微，冷峻而深沉，反战却尚武，忠厚却批判，高远而多视，平等且仁爱，相对而平衡，幽默而微讽，温情而悲凉。混茫的确定。表达中思想，思想中表达；甚或，不表达中思想。

在这个"杜甫思想论"系列结束后，我希望读者诸君会说，啊，杜甫原来是如此独特的人啊，我要重新认识一下。

有所思 [1]

> 人道子美诗意奇，混茫遥接襄阳碑。[2]
> 骊山眺远责人主，夔府登高伤秋时。[3]
> 沉郁琴作金声振，顿挫剑向荒原驰。[4]
> 瘦骨未朽尸乡冷，杜陵布衣有所思。[5]

（1）《有所思》是汉代时流传的一首乐府诗。李白也有一首题为《有所思》的游仙诗。杜甫《秋兴八首》之四末句为"故国平居有所思"。本诗也以《秋兴八首》之四的每句末字锁定尾音。以下是《秋兴八首》之四：

　　闻道长安似弈棋，百年世事不胜悲。

　　王侯第宅皆新主，文武衣冠异昔时。

　　直北关山金鼓振，征西车马羽书驰。

鱼龙寂寞秋江冷，故国平居有所思。

（2）混茫遥接襄阳碑：混茫，杜句有"篇终接混茫"，《庄子·缮性》篇："古之人在混茫之中。"襄阳碑，指羊公堕泪碑和杜预碑。全句意为：杜诗的混茫之意境，来自堕泪碑和杜预碑所代表的历史焦虑和悲哀。

（3）"骊山眺远责人主"，作者认为杜甫在《奉先咏怀》直斥玄宗，是非常勇敢的。"夔府登高伤秋时"，《秋兴八首》是杜诗的高峰。

（4）"沉郁琴作金声振，顿挫剑向荒原驰。"杜甫常年带着琴和剑在身边；作者认为，杜诗的风格，恰如沉郁琴声和顿挫剑法，而杜甫是在思想的荒原上疾驰。

（5）"瘦骨未朽尸乡冷"，合"尸乡余土室""地冷骨未朽""锋稜瘦骨成"三杜句而成，意为：尸乡很冷，因此瘦骨未朽，捡起来，思考。"杜陵布衣有所思"，合"杜陵有布衣""故国平居有所思"而成。

有所思

当杜甫青壮之时
他裘马轻狂，悠游中国的东部
结交诗人、僧侣、隐士
亲近自然和壁画
虚掷大把时光

虚掷的时光
会成为痛苦之源
让他在尸乡，想起襄阳
他的祖居之地
中国版图的中心

也是时间焦虑的山巅

每次登临
都令人堕泪
而远祖的碑石
无论在山巅　还是
沉入江底
都将不见

时间将抹去肉体
眼泪，和碑石
唯有从冰冷的尸乡
拆骨为杖，在想象中
登临清凉的岘山啊
在不确定中，粲然一笑
堕千古不绝的长泪啊
在曲江边歌哭
在湖湘太息啊
(洞庭的水弹奏岘山的清凉)

在坦诚中幽微
在冷峻中深沉
在反战中尚武
在忠厚中批判
在高远时多视
在相对中平衡
在幽默中微讽
在温情时悲凉

啊啊，在你的诗中
在你的思中
进入混茫

洗剑青海水
拔剑击大荒
山鬼吹灯灭
击鼓吹竽笙 (1)

他爆裂吼叫
我却也察觉
一丝隐晦和羞涩
（那就是晦涩）
好比是　贵妃的一笑回眸

我试着拨开蒙蔽
穿过永不关的柴扉 (2)
进入杜甫的庭院　看他
是否　弹琴舞剑
是否　在顿挫中
让语流飞翔
让思绪腾飞

骑上一匹瘦马吧
冲上思想的荒原
挥舞顿挫的诗剑
弹奏沉郁的琴音

细雨滋润成都

大雨鲜艳了一株决明草 (3)

而杜甫，你是

荒原上的一棵小松 (4)

（1）以上，前三句均为杜句，第四句"击鼓吹竽笙"改自杜句"击鼓吹笙竽"。

（2）杜句：柴扉永不关。

（3）杜句：阶下决明颜色鲜。

（4）杜甫曾非常惦记成都草堂的四棵小松。

02　史官意识

请相信我，杜甫的大多数诗作，都是为了直接与你对话。

1

在古代，至少在唐朝时，史官的权力很大，他们记录政治和社会的方方面面，他们还特别记录皇帝的起居行止，这些记录等皇帝死后会适时公布，供后世评说和借鉴。而皇帝，是不能干预史官的记录的。我曾在书上看到，有一次，一个唐朝皇帝突然觉得不对，他想到有个史官肯定要把他记下来，说他坏话了，他就把史官叫来，暗示他要修改记录，史官顶住压力，没让皇帝得逞。

史官这项评说、监督皇帝的权力，杜甫很想要。杜甫的远祖杜预，是注《左传》的大家，也可以说是个史官。这是杜甫隐含的另一个家传本领——来自祖父的诗歌传承。

但是，体制外的史官评说是被禁止的。杜甫最好的朋友郑虔在任协律郎时，曾集选当时的事例，写了八十多篇文章。有个人偷看了他写成的文稿，向朝廷写告密信，说郑虔私撰国史，郑虔听说后仓皇焚烧书稿以自解。郑虔因此遭贬。杜甫青年时代的忘年交，赏识杜甫的大咖级人物李邕，因与一个图谶案有牵连而遭杖杀。

可见，即使是言论环境相对宽松的唐朝，若是对当时的时政提出批评甚至仅是与妄议之举有所牵连，都是存在风险的。

杜甫是大胆的，但也是谨慎的。他当然知道其中的风险。

杜甫在梓州时的诗作《泛江送魏十八仓曹还京，因寄岑中允参、范郎中季明》中写道：

> 迟日深春水，轻舟送别筵。
> 帝乡愁绪外，春色泪痕边。
> 见酒须相忆，将诗莫浪传。
> 若逢岑与范，为报各衰年。

仇兆鳌注：公诗多伤时语，故嘱其莫浪传以取忌。

杜甫意识到，自己的诗作多有伤时感叹之语，仅仅是这种负能量的表达，也是不为当局甚至时人所喜的，所以他嘱托朋友，"将诗莫浪传"。

此外，在《寄岳州贾司马六丈巴州严八使君两阁老五十韵》中，杜甫也写道：

"贾笔论孤愤，严诗赋几篇。定知深意苦，莫使众人传。"

2

为了更清晰地阐述，我要找一个参照（counterpart）。就像我此前为阐述杜诗的其中一个风格，我要对照王维展开。之后，我也会对照卢梭、苏轼等推进"杜思论"的论述。

白居易对杜诗极为推崇，特别是对其中的现实主义叙事进行了继承和发挥。白居易的遭际、白诗的流传指向和途径，恰是杜甫及杜诗的最好对照。

据史载，白居易任左拾遗时，屡屡当众指摘宪宗皇帝"陛下错"，使宪宗十分恼火却又无可奈何。宪宗对翰林学士、监察御史李绛说："白居易这小子，是我亲自把他提拔到现在这个位置上的，可是今天竟对我如此无礼，我实在忍受不了！"李绛忙宽慰皇帝道："白居易之所以不怕杀身之祸，每每敢直言批评您的过失，正是在回报您的提拔啊！"

杜甫任左拾遗时，曾抗疏救房琯，估计是杜甫言辞太切，纠缠太久，惹恼肃宗，几乎丢命，是当时的宰相张镐救了他。（张镐曰："甫若抵罪，绝言者路。"帝解，不复问）。杜甫经此一次，也知道皇帝心胸狭隘，写诗当然也得小心。

白居易的诗作，在当时及身后，都获得了最大的流传。他的诗作，不单妇孺皆知，有些涉及政论的，可能还会传给皇帝，起到谏词的作用。"但歌生民病，愿得天子思"，白居易的对话对象，是包括皇帝在内的所有人。

而杜甫的诗，生前受到了"奇迹"般的漠视。李邕离世的时候，杜甫才三十五岁，对这个早慧却晚熟的诗人来说，他的伟大诗作还远隔差不多十年（按裴斐先生的说法，李杜都是四十四岁后才真正成大器）。即便是四十四岁之前的杜甫诗作，实际上也是一流诗作。但是，终其一生，杜甫的诗作都未受到应有的重视；而唯一赏识他的大咖李邕，过早地离开了。

天宝十一年（752）秋天，诸人登慈恩寺塔，作同题诗，现在普遍认为，杜甫的诗作是最好的。看看诸人的诗题吧，高适首唱，作《同诸公登慈恩寺浮图》，其余诸人和之，杜甫和储光羲的诗题都是《同诸公登慈恩寺塔》，薛据诗佚失，岑参是《与高适薛据登慈恩寺浮图》。

看到没有，岑参的诗题，是把杜甫忽略掉的。岑参是杜甫交往一辈子的好友，从这个诗题可看出，岑参，或者其诗的编者，认为杜甫是不入流的诗人。

更加不用提杜甫的诗作会流传到皇帝的眼前，起到谏词的作用。

杜诗中有许多诗篇是对当时的时政提出意见的，如《塞芦子》《留花门》《北征》《洗兵马》等。许多人就认为杜甫忠心耿耿，希望皇帝能采纳他的意见。

杜甫倒是希望皇帝能采纳他的意见。可是杜甫也知道，这是不可能的。

杜甫的诗作，有针砭时弊甚至直接批评皇帝的，有忧国忧民对时政提出建议的，这一类显然是不适合在其当时流传的，要知道在战乱时期君主已无器量虚心纳谏；即使是一方封疆大吏，也都是手段狠辣，杀人不眨眼的，如杜甫在成都时所仰赖的严武，就杖杀了章彝，后者虽然既贪又妄，却是对杜甫非常慷慨的资助人；又如，王维的弟弟王缙，也是个写文章高手，杀掉不听话的部下却是毫不手软。

适合流传的是迎来送往、吟风玩月、论诗论画的。

樊晃编《杜工部小集》时，提到"江左词人所传诵者，皆公之戏题剧论耳，曾不知君有大雅之作，当今一人而已"。可见，在江南一带流传的，多为杜甫的戏谑游戏之作。

杜甫在其暮年写下诗句："百年歌自苦，未见有知音"，他应该很清楚，他的那些大雅之作，那些鞈鞈大音，只有向未来寻找知己，他只能与未来对话。

白居易显然也是从杜甫这里得到启发，他晚年时，手抄了几套他的全部诗作，存放在子孙和几处寺庙，所以，白居易是唐朝诗人中留诗最多的。

杜甫成功地让其诗篇流传下来，并且最大限度地体现了自己的意志（他删除了自己不满意的，同时也因种种原因，避免了伪诗的掺入），对照李白和王维（他们的诗作都有大量的流失），这是一个真正的奇迹了。

3

当杜甫意识到要流传后世，要与未来对话，"文章千古事"，他的史官意识被激活了。

他知道他的使命。

"诗是吾家事"，他要成为诗圣。

"吾家碑不昧"，他要写下诗史，成为史官。

他即时感发，遥远推送；深沉之思，寄之久远。

杜甫何其孤独，当时苦无知己——他的大部分诗作是压在箱底的。我们何其幸运，隔千年尚能与子美对谈。

杜诗往往能补正史记载的不足。如《丽人行》中提到：三月三日天气新……杨花雪落覆白蘋。气候学家可从中看出，当年长安的气候比较温暖。杜甫一路从陕西经甘肃到达四川，植物学家就看出当时彼地都有哪些植物。还有，杜甫在川的诗作，则弥补或更正了正史对当时四川边防及军政等记载的不足，等等。

有几次，杜甫都忍不住说出来了——啊啊，我在记录历史呢！

有一年的夔州冬天特别冷，杜甫作了《前苦寒行二首》，其中之一写道：

> 汉时长安雪一丈，牛马毛寒缩如猬。
> 楚江巫峡冰入怀，虎豹哀号又堪记。
> ……　……

"又堪记"，古史有记录灾异的传统，显然，此时，杜甫更是一个史官，而非单纯的一个诗人。

《唐会要》记载：大历二年，岭南节度使徐浩奏"十一月二十五日，当管怀集县，阳雁来，乞编入史"。从之。

徐浩认为这是祥瑞，应该记进历史。

杜甫看不得徐浩这种马屁拍进历史里的做法，于是写诗记之：

归雁

闻道今春雁，南归自广州。

见花辞涨海，避雪到罗浮。

是物关兵气，何时免客愁。

年年霜露隔，不过五湖秋。

诗是说：这是兵气吧，这哪是祥瑞啊！（此诗讥刺徐浩，是钱谦益发掘出来的。钱谦益这人很有意思。）在记载历史上，有时候杜诗比正史三观还正。

4

我喜欢杜甫田野考察时的步姿。

我记得读小学还是中学时，教科书上司马迁的插图——司马迁要写历史，就到处考察，向乡间老人请教。有时看杜诗，会浮现出这些画面。

比如，有次杜甫向肃宗请好假，回家探亲，从凤翔到鄜州。他就抽空一路要考察九成宫、玉华宫。

玉华宫

溪回松风长，苍鼠窜古瓦。

不知何王殿，遗构绝壁下。

阴房鬼火青，坏道哀湍泻。

万籁真笙竽，秋色正萧洒。

……

杜甫肯定提前做了不少功课，知道玉华宫在哪个县哪个乡，但是还是要向许多人问路。找到了，他偏偏说"不知何王殿"，你肯定研究好了的嘛，还说不知是谁的宫殿。

一个人跑去，看断壁残垣，"阴房鬼火青"，他胆子怎么这么大！要知道，在古代，讲究"一人不进庙，二人不看井"，此时又不是"忆昔开元全盛日……远行不劳吉日出"。兵荒马乱的，盗匪出没，杜甫竟然也不怕。

最后，来一个把我感动坏了的片段，结束本文。

石龛

熊罴咆我东，虎豹号我西。
我后鬼长啸，我前狨又啼。
天寒昏无日，山远道路迷。
驱车石龛下，仲冬见虹霓。
伐竹者谁子？悲歌上云梯。
"为官采美箭，五岁供梁齐。"
苦云"直榦尽，无以充提携。"
奈何渔阳骑，飒飒惊烝黎！

杜甫一大家子从秦州赶往同谷（再走向四川）的路上，经过了石龛这个地方。一路虎豹吼叫，挺吓人的。他听到了竹林里传来劳动号子，还有点悲凉，于是叫一家子靠路边先休息一下。他走过去，问砍竹子的人，你们干这活是做啥子嘛（先学点四川口音）。砍竹子的人告诉他：我们是替政府砍竹子的；竹子是军需物资，是做箭杆的，供应在山东河南作战的军队；现在，直的适合做箭杆的竹子都砍光了，我们的任务很难完成啊，真是愁人啊！

鲁迅说《史记》是无韵之离骚，我要说杜甫是有韵之史迁，没带摄像机的纪录片导演。他记录行旅所见，伐竹之役竟连着军国大事，杜甫之哀痛也是国家之殇、万民之痛啊——个人和国家的伤痛，在这个边地的山谷交汇，让千年之后的我读后如有切肤之痛。

诗史 (1)

沙鸥蹁跹舞天际 (2)，少陵歌哭于人间。
史迁赤心映日月，武库深忧上岷山 (3)。
书剑飘零终无赖，词客哀时且未还 (4)。
万里秋风最萧瑟，千年诗史殊可观。

注：(1) 此诗由以下杜诗锁定尾音
咏怀古迹五首　其一
支离东北风尘际，漂泊西南天地间。
三峡楼台淹日月，五溪衣服共云山。
羯胡事主终无赖，词客哀时且未还。
庾信平生最萧瑟，暮年诗赋动江关。

(2) 杜句：天地一沙鸥。

(3) "史迁"指司马迁，"武库"指杜甫远祖杜预，因其无所不知，人称"杜武库"。

(4) "书剑"，杜句"壮年学书剑"，"书剑飘零终无赖"，意为空有一身才华却壮志难酬，"词客哀时且未还"，为原封未动的杜句。

03　杜甫与卢梭

1

这几年，我看了很多杜甫传记，杜诗的各个读本，就我的视野所及，人们似乎都没有特别论及杜甫的坦诚。提到杜甫的品格，更多的是"忠君爱国""民胞物与"，等等。

这是个很有意思的问题，可以深挖一下。

儒家是很强调"诚"的，但世界往往以很大的幽默来反映这一点。你这么提倡"诚"，证明这个社会不"诚"；进一步，你越提倡"诚"，这个社会就越虚伪。

陈陈相因，代代相习，我们涵泳在这个文化体系，实际已经丧失对"坦诚"的感知、识别、鉴赏的能力。

杜诗展示的是一个壮阔的世界，既是国家史，也是个人史，是一部诗史也是一部自传。杜诗不单有兵火连天、士庶流离的沉痛，也有流连花间、燕雀共舞的轻松；不单有呼天抢地、歌哭哀号的天下之悲恸担于一身的高尚时刻，也有低头苟且、干谒求进的猥琐一面。

相比李白、王维的诗歌流传，杜诗获得了后发的幸运。历经战乱，李白、王维的都只流传下来一小部分。

而杜诗，流传下来一千四百多首（对有些学者而言，可以精确到个位数）。而且，杜甫显然对诗作进行了删减，他实际创作的诗应该在3000首以上。

既然对自己的诗作进行了删减，为什么不把令人尴尬的诗作删除？

2

杜诗中，我认为最尴尬的是乞食蹭饭的诗和干谒诗。

干谒诗，可能与一个人的名节干系更大。杜甫曾通过别人向两大奸相李林甫、杨国忠干谒。李林甫死后，杜甫投赠鲜于仲通，《奉赠鲜于京兆二十韵》，希望通过鲜于仲通得到杨国忠的赏识，诗中写道，"破胆遭前政，阴谋独秉钧"，意为李林甫这厮真坏啊，现在的宰相总归是英明的啊，该任用我了吧！

为了写作本书，我还专门找了几处最尴尬的。

杜甫写的《奉赠太常张卿垍二十韵》：

方丈三韩外，昆仑万国西。建标天地阔，诣绝古今迷。气得神仙迥，恩承雨露低。

相门清议众，儒术大名齐。轩冕罗天阙，琳琅识介圭。伶官诗必诵，夔乐典犹稽。

……

看杜甫把张垍吹得，真是古今无双的名相啊！

张垍是玄宗的女婿，人品极差，因其谗言李白被逐。在安史之乱中，张垍受了伪职，在时人心中以及历史记载中，名声都是很差的。

杜甫跟他相处得倒是很好的，杜甫献赋引起玄宗注意，据说（参陈贻焮《杜甫评传》）张垍是帮了忙的。

　　那些干谒诗，特别是最尴尬的向李林甫、杨国忠、张垍干谒的，实际没有多少艺术价值的，杜甫完全可以删掉的。

　　三大礼赋引起了玄宗的注意，是杜甫一生中很得意的一件大事，要叫杜甫删掉，有点不舍得。在《朝享太庙赋》中，杜甫写道：

　　"于是二丞相进曰：陛下应道而作，惟天与能。浇讹散，淳朴登；尚犹日慎业业，孝思烝烝；恐一物之失所，惧先王之咎征。如此之勤恤匪懈，是百姓何以报夫元首，在臣等何以充其股肱？"

　　在赞美玄宗"勤恤匪懈"的同时，也赞美李林甫为"股肱"之臣。

　　请注意，杜甫的诗作，在其生前，从未得到大规模的流传，像他的干谒诗，恐怕连小规模的流传都没有。他完全可以删除的。三大礼赋是投给皇上的，但安史之乱中，长安一次被叛军占领，一次被吐蕃军占领，如果有皇室档案的话，杜甫的三大礼赋也早被战火焚毁了。——是的，他舍不得删除整篇赋，可以理解；但他可以删除向李林甫献媚的词句啊（不止我上述列举的一处）。

　　我看陈贻焮《杜甫评传》，在提到杜诗的此种最尴尬处，陈先生本人，以及他援引的前人，如钱谦益，是替杜甫辩护的，大意是，杜甫其时生活何其困难啊，他的种种干谒之举，即使有出语过分之处，也当理解啊；当然，也有人拔高一节，说杜甫献赋这种赞美封建迷信之举，赋中也有寓规于讼之处的。

我赞同要替杜甫辩护。但是，接下来不是要赞美杜甫吗？

在中国历史上，有哪个人愿意把自己的斑斑劣迹展示给所有人，毫不掩饰也不删除的？

就我视野所及，没有，没有的。只有杜甫。

3

世界因缤纷多样而精彩，我们会碰到各种各样的人，有些人一句真话也不愿跟你说，有些人要拉着你，把他所有做过的偷鸡摸狗的事都告诉你。但是，对于后者，如果你说，我要把你偷鸡摸狗的事，真名真姓地记下来，写成文字发出去——没有一个人敢干。但是也有例外。

听听卢梭怎么说。

卢梭在《忏悔录》的开篇即说：

"我现在要做一项既无先例、将来也不会有人仿效的艰巨工作。我要把一个人的真实面目赤裸裸地揭露在世人面前。这个人就是我……请看！这就是我所做过的，这就是我所想过的，我当时就是那样的人。不论善和恶，我都同样坦率地写了出来。我既没有隐瞒丝毫坏事，也没有增添任何好事；假如在某些地方做了一些无关紧要的修饰，那也只是用来填补我记性不好而留下的空白。"

卢梭啊卢梭，你不知道杜甫已经做过了。

但杜甫的情况，与卢梭不同。

杜甫和卢梭，都是要拉着你坐下，把他的过去，好的坏的，都告诉你的，那种耿直、磊落、直爽的人。杜甫说自己"不爱入州府，畏人嫌我真"（《暇日小园散病，将种秋菜，督勒耕牛，兼书触目》）；是啊，你这人这么真诚直率，州府里的人当然要嫌弃你呀！

但是，真的要写下来，各有各的原因。

卢梭的晚年，面临很险恶的舆论环境。他的书被焚毁，他被驱逐和禁止入境，他被守旧一派和启蒙一派攻击，他的人格和品行受到普遍的质疑。他需要告诉大众，他是怎样一个人。他为了取信于人，就要把自己的思想和行为展示给读者，最重要的，他也要展示一个真实的，至少其内心认为是真实的，并能为大众认可是真实的一个形象。所以，当卢梭写他那些小偷小摸的事，写他那些奇奇怪怪的感情，读者会马上认可他，觉得这是个真实的卢梭，会接受他这个人，进而接受他的思想。

4

杜甫没有什么要辩白的，他是要与后世对话，他要把他的想法告诉后人。

晚年的杜甫，他看到山河破碎，盛世不再，而他自己大志不展，毫无建树，不免生起无限的伤时伤世复又自伤的悲凉之慨。

他写他的乞食、干谒，其实是充满了悲愤，他几乎是说：你看我志向远大，窃比稷与契，我诗赋超卓，可是这可悲的时代将我弃如敝屣，我连饭都吃不饱，我还要向我鄙视的奸臣摇尾乞怜。

杜甫壮年时在《奉赠韦左丞丈二十二韵》中写道：
"朝扣富儿门，暮随肥马尘。残杯与冷炙，到处潜悲辛。"
在其晚年，他在《秋日荆南述怀三十韵》中写道：
"苦摇求食尾，常曝报恩腮。"
杜甫在尽情地自嘲，就好比是一刀刀砍向自己的肚腹（dù fù——杜甫），他觉得很爽。

涉及名节处，即向李林甫、杨国忠、张垍诸奸臣佞人干谒，我认为，一方面是杜甫要袒露真实的一面，获得读者真正的认可；另一方面，却是杜甫自残以获得批评他人的正当性。

杜甫的生前，大多数诗作都得不到大规模流传，他那些批评皇帝及朝政、伤时叹世之作，为了避祸，想必也是压在箱底的。这在杜甫看来，是有点懦弱的。如果再进一步，光是一边倒地对皇帝（包括玄宗、肃宗、代宗）、大臣、朝政甚至社会行使批评权，而展露自己的伟光正形象，这是杜甫所不屑为之的。

这就好比，杜甫在九泉之下碰到了玄宗，玄宗说：好个杜二，我对你不错啊，说你赋写得好，你怎么在我背后批评我啊，这不是在我背后捅刀吗？杜甫拿起刀子就往自己肚腹（dù fù）捅，说，皇上，我在捅自己呢。玄宗只好说：好了好了，你批评好了，不要捅自己了。

杜甫的自曝短处之举，把后世的读杜者都镇住了，他们都不知道为什么会这样。你要对照卢梭，才会明白杜甫的心迹。

5

　　如果仅将杜甫与后代的诗人或异国的诗人做对比，那是思想的偷懒和贫穷。天下的诗人都是有得一比的，就像天下的画家都是有得比的。

　　只有对看似无关紧要的两个人做对比，你才会发现世界的奇妙——原来世界是共通的，无论是心意感受、方法途径、精神气质、风格情怀，看似完全无关之人，实际上可以共享一个光谱、一个体系。

　　世界的奇妙，世界的无声之幽默，是在不经意处显示出来的。一定是国王与乞丐的相似，而不是国王和首相的雷同，让人感觉世界的奇妙和深刻。

　　正如梁启超所说的，杜甫是"情圣"，他是非常多情的，他跟世界发生全息的联系。杜甫好比是一个合拍的鼓点，可以与许多人共舞；他是与人共组的连绵字；他是与人押韵的音节；他是镜像，他是counterpart，他是纠缠的一个量子，他是千江所映之月，他是月映千江之江。最后，他是一个对仗的上联或下联。

　　让我们看看杜甫与卢梭这副对子对得怎么样吧！

　　如果杜甫能遇见卢梭，杜甫要先跟卢梭排排亲戚（因为他有这个爱好）。杜甫的继祖母姓卢，杜审言离世后是杜家的主心骨，杜甫的婚事据说也是她安排的，当她和杜甫父亲相继去世后，杜甫的美好时光就结束了。

卢梭出身平民，不像杜甫出自世家，但姓卢梭的，在历史上留名的，不单有这个让·雅克·卢梭，也有音乐家卢梭和画家卢梭。

杜甫与卢梭的对比之妙在于，他们在相似之处显示相似，在不同之处恰恰又显示反向的相似。

杜甫出生于712年，卢梭出生于1712年，正好隔了一千年。

杜甫出身世家，青壮年经过漫长的十年壮游，此后经过十年的旅食京华，短暂地任了京官，与皇帝一度非常接近，但几个月之后遭贬，一年后弃官，由秦经陇入蜀，此后漂泊西南十年。其路线之长，而几乎环绕中国，人生之旅犹如文化之旅，路线轨迹是由边缘走向中心再走向边缘的。

卢梭出身平民，父亲是钟表匠，卢梭的职业起点是雕刻匠学徒，少年时代开始漫游，从事学徒、音乐教师、测量工等不同职业，游历日内瓦、巴黎及法国瑞士意大利各中小城市，从地理轨迹来说（以巴黎为中心），也是由边缘走向中心再走向边缘，但从关注度来说是从边缘走向中心。

杜甫在《壮游》里写道：

"东下姑苏台，已具浮海航。到今有遗恨，不得穷扶桑。王谢风流远，阖庐丘墓荒。剑池石壁仄，长洲荷芰香。嵯峨阊门北，清庙映回塘。每趋吴太伯，抚事泪浪浪。"

看来吴越一带的历史遗迹引发了他深深的兴趣。此后兵戈烽火，他也走访各处古迹，发兴亡之叹，抒思古之幽情。

卢梭也是啊。

"有人告诉我可以去看看加尔大桥，……这是我看见的第一个古罗马人的伟大工程。……它竟超过了我的想象……这一朴素宏伟的工程的壮丽气派引起我的惊叹，特别是由于这个建筑物正是建筑在广漠无人的荒野中，这一片寂静荒凉的景象使得这个古迹更显得奇突和令人赞叹不已……我的脚步在那些宽阔的穹隆之下所发出的响声使我觉得好像听到了建筑者的洪亮嗓音。我觉得自己就像一个昆虫似的迷失在这个气势磅礴的庞大建筑中……"

6

接下来，我们要慢慢绕近，接近他们痛苦的中心。

杜甫由同谷走向成都，经过甘肃两当县时，拜访了吴郁的旧居。

当年凤翔临时朝廷时，因为一个间谍案，有良民受诬，当时吴郁挺身而出，为良民辩白，遭朝中新贵忌恨，故而被贬长沙。当时杜甫刚因出言营救房琯，受到肃宗的怒斥，就未能出言挺吴郁一把。杜甫"身为谏官，而坐视其贬，终有负于明义，所以痛自刻责耳"（仇兆鳌）。杜甫写道："余时忝诤臣，丹陛实咫尺。相看受狼狈，至死难塞责"，真情实语，声泪俱下。

杜甫的自责（用卢梭的话，忏悔），令人动容。

卢梭如果读到上面这个故事，肯定会痛哭流涕。

卢梭少年时曾在伯爵夫人家当仆役，偷了一条丝带，被人质问时就诬陷是一个女仆偷的。

"人们把她叫来了，大家蜂拥而至……她来了以后，有人就拿出丝带来给她看，我厚颜无耻地硬说是她偷的；她愣了，一言不发，向我看了一眼，这一眼，就连魔鬼也得投降，可是我那残酷的心仍在顽抗。最后，她断然否认了，一点没有发火。……可怜的姑娘哭起来了，只是对我说：'唉！卢梭呀，我原以为你是个好人，你害得我好苦啊，我可不会像你这样。'两人对质的情况就是如此。……当时由于纷乱，没有时间进行深入了解，罗克伯爵就把我们两个人都辞退了，辞退时只说：罪人的良心一定会替无罪者复仇的。他的预言没有落空，它没有一天不在我身上应验。"

杜甫何其高尚，卢梭何其卑劣。另外，杜甫对家人关怀备至，在乱世中保护家人，近乎完美而屡屡自责；而卢梭，对妻子的态度极其恶劣，将所有孩子送给福利院，相当于是遗弃，逃避了所有家庭责任。

7

杜卢俩人有个共同的痛点，就是他们都无法做到经济的完全独立，都需要得到他人的资助。

杜甫旅食京华期间，虽然"卖药都市"可贴补一些家用，但出多进少，没少做"朝扣富儿门，暮随肥马尘。残杯与冷炙，到处潜悲辛"（《奉赠韦左丞丈二十二韵》）这些摇尾乞食的事情。后来，战乱一来，关中大饥，杜甫带着全家（加上他弟弟一家大约十口人），辗转秦陇川湘，求人乞食几乎成为常态。

见到杜家晚辈，杜甫要得理直气壮。还在长安时，一次，杜甫跑到族孙杜济家蹭饭，蹭饭就蹭饭呗，偏要说几句冠冕堂皇的话，"所来为宗族，亦不为盘飧"（《示从孙济》），来掩饰。在秦州时，碰到了襄阳杜佐（他族侄），杜甫看他生活不错，就大大方方地向他要米——"已应春得细，颇觉寄来迟……老人他日爱，正想滑流匙"；要薤头——"甚闻霜薤白，重惠意如何"（《佐还山后寄三首》）。

杜甫到了四川，有他两个好友高适、严武可以依靠，他要起来也是毫不含糊，"百年已过半，秋至转饥寒。为问彭州牧，何时救急难"（《因崔五侍御寄高彭州一绝》）。

当救济接不上，他就含冤带讥地写，"厚禄故人书断绝，恒饥稚子色凄凉"（《狂夫》）。

杜甫的态度是不是有问题啊？人家没接济你，你有什么好埋怨的？

但是，杜甫的好，就好在他有感激的话，指名道姓地说谁谁谁帮了他，谁请他吃了饭（有一次他还带小孩一起蹭饭了。杜甫在《王十五前阁会》里写道："病身虚俊味，何幸饫儿童。"这个无名的王十五请杜甫吃饭，因为也叫上了杜家小孩，登上了杜诗的荣誉榜）。他如果埋怨，可没说谁不资助他。他确实需要发泄，但看不出对哪个具体的人有怨气。

杜甫到处受人之食却牢骚满腹，这是对时代和命运的发泄，而他至少保持了气节和思想的独立；这一点无论如何是值得敬重的。

卢梭一生也是受人资助的。法国贵族和沙龙女主人有资助文化人的传统。卢梭吃了这家吃那家，也是辗转流离，备感屈辱。要知道那时正是思想大启蒙大激荡的时代，卢梭极有可能在政治立场、思想立场上与施主产生冲突；卢梭难免会背上忘恩负义的坏名声。卢梭在这一点上做得还是不错的，他坚持了自己的立场，也在书中把来龙去脉都解释了，该感激的感激，该澄清的澄清。

8

杜卢都怀着对自由的热望。

卢梭的名言"人生而自由，却无处不在枷锁中"，恐怕是对他寄人篱下生活的一个总结吧！卢梭说，他只有投入自然的怀抱，只有研究植物，才能让他恢复愉悦。

杜甫在《遣闷奉呈严公二十韵》里说：

"信然龟触网，直作鸟窥笼。西岭纤村北，南江绕舍东。竹皮寒旧翠，椒实雨新红……"

——我在你幕府里工作，好比是龟在网里，鸟看笼外，受尽拘束，向往自由；只有回到我的草堂，与大自然为伴，与植物为伴，我才感到自在啊！

这哥俩是不是很像；还有，杜甫虽然不是植物学家，他长期种植药材，也是这方面的专家。

卢梭是法国文学中最早对大自然表示热爱的作家。来看下面这段文字，有多少是杜诗所描述的景致。

"在天朗气清的日子里，不慌不忙地在景色宜人的地方信步而行，……我所需要的是激流、巉岩、苍翠的松杉 (1)、幽暗的树林、高山、崎岖的山路以及在我两侧使我感到胆战心惊的深谷。　⁽²⁾……在山崖中凿成的一条大路下面，有一道涧水在骇人的深谷中滚滚流过……我紧紧地伏在栏杆上俯身下望，……不时地望着<u>蓝色的涧水</u>⁽³⁾和水中激起的泡沫，听着那汹涌澎湃的激流的吼叫声，在我脚下一百土瓦兹的地方，<u>在山岩树丛之间，乌鸦和鸷鸟飞来飞去，</u>⁽⁴⁾它们的啼叫声和水流声相互交织在一起。"

以下的杜句可与上面画线部分的描述相对应。（我仅是简单查找，如果仔细点，肯定能找到更对应的。）

（1）<u>风吹苍江树，雨洒石壁来。</u>（《雨》）

（2）<u>大江蟠嵌根，归海成一家。下冲割坤轴，竦壁攒镆铘。</u>（《柴门》）

（3）<u>蓝水远从千涧落，玉山高并两峰寒。</u>（《九日蓝田崔氏庄》）

（4）<u>江虹明远饮，峡雨落余飞。凫雁终高去，熊罴觉自肥。</u>（《晚晴》）

卢梭是法国文学中徒步旅行的发明者。

杜甫的《徒步归行》说："青袍朝士最困者，白头拾遗徒步归。"显然，杜甫是"徒步"了好久，实在受不了，要向李将军借马。

而他闲适之时，爬山徒步，何等畅快。

请看《西枝村寻置草堂地，夜宿赞公土室二首》之一：

"出郭眺细岑，披榛得微路。溪行一流水，曲折方屡渡。……怡然共携手，恣意同远步。扪萝涩先登，陟巘眩反顾。要求阳冈暖，苦陟阴岭沍。惆怅老大藤，沈吟屈蟠树。卜居意未展，杖策回且暮。层巅馀落日，早蔓已多露。"

杜甫出得城来，看着远方小山，在山间小路披榛而行。沿溪水前行，曲曲折折，渡水好几次，才来到赞公的寺院。后与赞公携手，恣意走了好远。攀着藤萝，费了很大劲爬上山巅，回头一看，不觉头晕目眩。山北背阴有点冷，到了阳坡，就暖和了。一路上，一碰到老藤或虬曲的古树，我们就坐下休息……杖策而返，天已将暮；层层山巅映着一抹余晖，蔓草上已结了好多露珠。

——请相信我，杜卢二人徒步起来都很像。

杜卢都怀有平等的理念，甚至希望能回归原始的乌托邦秩序。

卢梭论证人类不平等的起源，希冀能通过社会契约建设一个平等社会。

杜甫感叹：

"劳生共乾坤，何处异风俗。冉冉自趋竞，行行见羁束。无贵贱不悲，无富贫亦足。"（《写怀二首》）

每个人都趋利争名，大家就都受尽羁绊；如果没有贵贱之分，没有贫富差距，那大家都不会感到悲哀，而感到满足了。

9

杜卢最大的共同点：他们都是革命者。

杜甫是诗歌领域的革命者，他转益多师，汲取前人之所长，而开出诗歌之新境。卢梭则是启蒙运动中的一线革命大将。

胡小石先生说李杜："从《古诗十九首》至太白作个

结束，可谓成家；从子美开首，其作风一直影响至宋明之后，可云开派。杜甫所走之路，似较李白为新阐，故历代的徒弟更多。总而言之，李白是唐代诗人复古的健将，杜甫是革命的先锋。"

看看歌德怎么说的："伏尔泰结束了一个旧时代，而卢梭开创了一个新时代。"

此文写到最后，对我来说，最大的遗憾是杜卢两人远隔历史远隔重洋，无法开展对话。

对杜甫来说，他太寂寞了，如果有卢梭这样的启蒙大家可以对话，杜甫的思想会更加丰富。而卢梭思想容易引发的激进化极端化问题，如果能嵌入杜甫的平衡思想（见《杜甫"相对论"》），将得到一部分解决。

还有一点，可能很少有人注意到，杜卢两人的行文风格是很像的。卢梭的文风是引人入胜的啰唆。他颠来倒去讲一样事情，第一眼看起来很啰唆，但是，看第二眼，你会发现好看，吸引人。卢梭在《忏悔录》里经常说哪个人多情，也说自己多情。实际上，杜甫也是多情的。可能多情的人写起诗文来都会啰唆吧！

杜诗的风格是沉郁顿挫，其实也是"多情"的一个表征。仅就"顿挫"而言，往往语义流转变动，回转反复，腾挪跌宕。一般人根本没法在诗中表达这么多的想法，而不显痕迹。这是杜甫写诗的大能——啰唆起来却显简洁。

但是，在杜甫身上有个奇怪的现象，就是他的文赋语句滞涩，让人读起来很累。他的文赋是诗歌的反向呈现。一般人写文容易写诗难，杜甫是写诗容易写文难。

让杜甫向卢梭学写文赋，应该学得很快吧！毕竟，他俩的气质风格都很接近啊！

坦诚之歌 (1)

湘江犹带曲江寒， (2)
徘徊太息身已残。
伤时哀世悲自语，
吁天呼地好谁看。
诗赋不传知音绝，
圣哲萧条言路难。 (3)
直言快论千年事，
坦诚一片心始安。

注：（1）本诗由以下杜诗锁住每句末音：
《宿府》
清秋幕府井梧寒，独宿江城蜡炬残。
永夜角声悲自语，中天月色好谁看？
风尘荏苒音书绝，关塞萧条行路难。
已忍伶俜十年事，强移栖息一枝安。
（2）杜甫的人生终点在湘江漂泊，杜甫壮年时期在长安，经常在曲江徘徊。
（3）杜句：斯文忧患余，圣哲垂象系（《宿凿石浦》），杜甫晚年时，以圣哲自许。

安慰之歌

最后在湘江，是那些地名陪伴杜甫

青草湖，白沙驿，乔口，铜官渚，
凿石浦，津口，空灵岸，花石戍，
晚洲，还有岳阳楼

湘江的清波，荡漾曲江的微醺
回映岘山的清凉
龙门伊阙，陆浑土室
也在梦中隐现

安心归去吧
时间的大手会抹去你的眼泪
也会抹去暴君，佞臣和
不可批评的专制

而你的诗歌最终显现
即便久远，仍有耳朵
愿意倾听
坦诚之语　如刀刃切入

04　杜甫与苏轼

1. 引子

余光中说："我如果要去旅行，我不要跟李白一起，他这个人不负责任，没有现实感；跟这个杜甫在一起呢，他太苦哈哈了，恐怕太严肃；可是苏东坡他就很好，他可以做一个很好的朋友，他真是一个很有趣的人。"

杜甫是诗歌世界的中心，他汇聚了此前所有的河流，又成为众多河流的源头。

苏轼是中华文化的最大偶像，是许多文艺门类的大IP。杜甫是宏大之交响，苏轼是千古之流行。

若要我在两者中做个取舍或者评个高下，我要说出得罪许多人的话：多点杜甫，少点苏轼。

苏轼天纵之才，无所不会，无所不精；然而，正因为少年成名，其思其艺似深实浅。杜甫"百年歌自苦，未见有知音"，却是多年陈酿，醇厚深沉。

苏轼之才太容易让人喜欢，击中每个人的甜点，如极甜点心，爽则爽矣，不可多吃。

我想模仿卢梭的口吻给自己壮胆：

"我现在要做一项既无先例、将来也不会有人仿效的艰巨工作。我要将杜甫与苏轼作对比，以苏的不足彰显杜的伟大。"

在本书中，我要作不利于东坡的对比，对广大坡迷（包括我自己）来说，是不可接受的。

我还是模仿苏轼的口吻吧：

"惟杜诗之清风，与杜思之明月，耳得之而为声，目遇之而成色，取之无禁，用之不竭，是杜工部之无尽藏也，而吾与子之所共适。"

是啊，杜诗/杜思早已是取之不尽、用之不竭的公共思想资源，想必豁达的东坡先生也愿意向我开放批评权；我如有冒犯，想必也会得到原谅的。

2. 博学与克制

杜甫与苏轼都是博学多闻的人，与他们中的任何一人旅行聊天，都会非常有趣。

真较真起来，当然是苏轼更博学，在我们的文化传播和塑造中，我们的印象都是：苏轼是无所不知、无所不能的。

但是，细究下去，会对东坡先生特别不利。

历代的读杜者有个共同的无聊之举，就是谈论杜甫在成都居住多年，为什么没写一首咏海棠的诗呢；这个无聊之举的成果是没有成果，没谈出个所以然。

有一天读杜诗的时候，我突然想到一个问题——这个问题与"海棠之问"有类似之处，但探究的结果令我大吃一惊。我对杜甫的敬佩又加深了一层。

751年，杜甫在《进三大礼赋表》中向皇帝诉苦："顷间卖药都市，寄食友朋"，此后，在华州、成都、夔州，杜甫都以采药、种药、卖药贴补家用。在人生的最后阶段，杜甫全家漂泊在湘江中的一条木船上。他在湘江岸边的"渔商市"上摆地摊，卖出川时带来的药物，以维持生计。

杜甫的卖药生涯持续了十几年，堪称药物专家。

但你看到他在诗文中描述他种了什么药，卖了什么药，或者他向你普及药物知识吗？

几乎没有。实在要提到药物，提到药效的地方，他都是以普通大众的角度在描述，而没有一个地方，具体表达了他个人或者是专家意见。

我粗略地捋了一遍，没有一个地方，他在显示他的药物知识，相反，他在尽量保留他的机密——他不想让我们知道更多。

以下，我按时间顺序，罗列涉及药物的诗句：

(1)《已上人茅斋》："江莲摇白羽，天棘蔓青丝。"

哈哈，我几乎要笑出声来。

如果你认同我的观点，即，所有杜诗都经过杜甫的删减编辑，都体现了他的意图，那你也会认同我这个观点——杜甫这个人太幽默了，而且是那种很冷很冷的幽默。

"天棘蔓青丝"句中的"天棘"到底是什么，杜甫不明确告诉你，历代的注家费了很大的劲，最后仇兆鳌出来总结，原来是天门冬，一种中药。这个时候，杜甫才三十岁，才在杜诗里出道。杜甫的日子还比较好过，衣食无忧，他不需要"卖药都市"。这个时候他偏偏要描写一种药物，但是又不明确告诉你这是一种药物。即使你考证出来了，但因为这种药物不是他种的，这不算破了他的保密原则。

杜甫好像知道我要找碴儿似的，他说："你看你看，这是我年轻时的业余爱好，我喜欢植物学不好吗？而且我是在已上人茅斋看到它的，不是我种的哟，而且我没告诉你它是药材哦！"

（2）《奉留赠集贤院崔、于二学士（国辅、休烈）》："故山多药物，胜概忆桃源。"

如果这里的"药物"指的是中药，那它是一个泛指，没有违反保密原则。如果指的是道家丹药，那更加没有违反。

（3）《路逢襄阳杨少府入城戏呈杨员外绾》："寄语杨员外，山寒少茯苓。归来稍暄暖，当为劚青冥。"

这个时候杜甫在华州，他已经卖过几年药了。这里杜甫对杨员外说：等天气暖和了，我去山上挖些上好的茯苓，给你寄去。

严格来说，杜甫有点违反原则了。但是，考虑到茯苓是比较常见的中药，挖茯苓不需要特别的专门知识，这里可以少扣或不扣分。

（4）《秦州杂诗二十首之十六》："采药吾将老，儿童未遣闻。"

这里杜甫没说采什么药。

（5）《秦州杂诗二十首之二十》：晒药能无妇，应门幸有儿。

没有提及晒什么药。

（6）《太平寺泉眼》："三春湿黄精，一食生毛羽。"

这里提及"黄精"，主要表达杜甫求仙学道的想法。

（7）《同谷七歌》：长镵长镵白木柄，我生托子以为命。黄独（或黄精）无苗山雪盛，短衣数挽不掩胫。

此时在同谷，杜甫全家饥饿，故挖黄独/黄精充饥，此处不涉及任何药物知识。

（8）《宾至》：不嫌野外无供给，乘兴还来看药栏。

这时已在成都，杜甫这里只是泛泛地提到药栏，没说那里边都有哪些药材。

（9）《西郊》：傍架齐书帙，看题减药囊。

此处仅提及"药囊"。

（10）《丈人山》：扫除白发黄精在，君看他时冰雪容。

在青城县。这里提及"黄精"，主要表达杜甫求仙学道的想法。

（11）《高楠》：近根开药圃，接叶制茅亭。

此处及（12）、（13）都未提及具体是什么药物。

（12）《远游》：种药扶衰病，吟诗解叹嗟。

在梓州。

（13）《将赴成都草堂途中有作，先寄严郑公五首·其四》：常苦沙崩损药栏，也从江槛落风湍。

（14）《绝句四首之四》：药条药甲润青青，色过棕亭入草亭。苗满空山惭取誉，根居隙地怯成形。

这里是个扣分项。"润青青"描述了药材绿意盎然，"怯成形"则暗示药材中有人参、茯苓等根系成形物种。

（15）《正月三日归溪上有作，简院内诸公》：药许邻人劚，书从稚子擎。

这里显示了杜甫是个大方的人，邻居需要药材了，自己去挖就好了。

（16）《绝句三首·其二》：移船先主庙，洗药浣花溪。

此处及之后（17）—（23）均未提及具体药物。

（17）《水阁朝霁，奉简严云安（一作云安严明府)》：钩帘宿鹭起，丸药流莺啭。

这已经在云安了。

（18）《寄从孙崇简》：与汝林居未相失，近身药裹酒长携。

此处及以下在夔州。

（19）《同元使君春陵行》：叹时药力薄，为客羸瘵成。

（20）《秋清》：药饵憎加减，门庭闷扫除。

（21）《写怀二首·其一》：编蓬石城东，采药山北谷。

（22）《酬郭十五受判官》：药裹关心诗总废，花枝照眼句还成。

这里已经在湖南了。郭受赞杜甫"新诗海内流传遍"，杜甫谦虚了一下，"药裹关心诗总废"——我这段时间潜心药物，作诗有点荒废了；从这里看出，杜甫对药物还是挺认真的，说不定真是一个药物专家呢。

（23）《暮秋枉裴道州手札，率尔遣兴，寄递呈苏涣侍御》：茅斋定王城郭门，药物楚老渔商市。

杜甫在湘江边的某个渔商市——也就是一个小菜场吧——卖药。

小结一下：杜甫除了要送礼物给别人提到茯苓，挖野菜充饥提到黄独/黄精外，没有提到他种/卖的具体的药物名称。唯一的失分项在上述第（14）例，但考虑到大多数药物在地里都是绿色的，"润青青"也不算太违反原则，"怯成形"因为是暗示（人参、茯苓等根系成形物种），可能杜甫实在心痒，话到嘴边一定要说一下。

我们再扩大一下范围，杜甫疾病缠身，又是药物专家，一定是久病成医，那他有表达专家意见吗？

（1）《恶树》："枸杞因吾有，鸡栖奈汝何。"

这里暗示他种有枸杞，可以补补身子。这不是很特别的专家意见。

（2）《驱竖子摘苍耳》："卷耳况疗风，童儿且时摘。……登床半生熟，下箸还小益。"

这里提到苍耳也就是卷耳可以治疗风湿，还可以当野菜吃，真是药食两用。这几乎是杜甫唯一提及哪种药物有什么疗效的地方。

（3）前述第（19）例《同元使君春陵行》："叹时药力薄，为客赢瘵成。"他是提到药效果不好，不告诉你吃了什么药，更没有推荐哪种药效果好。

（4）《雨》："针灸阻朋曹，糠籺对童孺。"

这里在叹苦：我在针灸治疗，没有朋友来看我；没有提到疗效怎么样。

（5）《咏怀二首》："赢瘠且如何，魄夺针灸屡。"

又在叹苦：我老是针灸，身体真差；没有提到疗效怎么样。

以上，只有提到苍耳时讲到了疗效，考虑到苍耳是诗经时代就流传的物种，它的药食两用的功能应该是杜甫时代一个较为普及的知识，这里算不上违反原则。

列举这么多，我想说明什么问题呢？

我想说：杜甫对博学保持了伟大的克制；是中国文化

中难得的理性的、冷静的、冷峻的一个维度。

想明白这一点，你会热爱杜甫的。

假设杜甫和苏轼都在湘江边卖药。你买谁的？

我先摘录一段描述苏轼懂医知药的文字：

"苏轼懂医通药，尤擅长食疗，把收集的方剂著成方书《苏学士方》《圣散子方》，并有精彩故事流传下来。"

一般人都知道杜甫穷困潦倒，但不一定知道杜甫对药物实有研究。但一提苏东坡，他是全知全能的，向苏东坡买药就对了。

再看下一段文字：

"苏轼六十六岁那年，中了热毒，他又给自己开了个药方：人参、茯苓、麦门冬，三味煮之，渴则吸之。旁边一朋友是个大夫，劝他不宜多用补药。苏轼检查了一遍方子，觉得完全符合自己的医学理论，就继续服药，服药前还对朋友说："三物可谓在有矣，此而不愈，在天也！"（陆以湉《冷庐医话》）意思是说，这三味药没错，如果吃了还不好，那就是老天在找麻烦。或许真的是老天在找他的麻烦，几天之后苏轼就发热而死。一代大文豪就这样离开了人世，让人觉得有些遗憾。"

如果说杜甫是清醒的，那苏轼就是糊涂的。如果杜甫是一剂冷药，那苏轼就是一碗热鸡汤。

杜甫知道，尽管他的药物知识很渊博，但是，如果把它写入诗里，它也成不了《千金方》啊，也不能给祖国医学增加任何有用的知识点。最多让他多一个懂医学懂药物的美誉。可是，万一说错了呢？这可是人命关天的。所以他克制不说。

杜甫不是一个害羞的人，他在论政、论诗、论画、论书法等擅长领域，放得很开，无所不谈。但他不说医论药。他是理性的、冷峻的、冷感的、冷静的。他索性连种了什么药也不告诉我们。

相反，苏轼论说的领域太多了；他树立了一个全才的形象。但是，如果细究下去，这是一个可笑的形象。

他是制墨大师，他是酿酒师。但是这些都需要工匠精神，凭什么你东坡——是的，我承认你是一个天才——就能轻轻巧巧地做到呢？

他是厨艺大家。好吧，你听说过哪个国家的文化大家是一种菜式的发明者吗？鱼香肉丝的发明者是谁？历史上无数的专业或非专业厨师发明并改善了菜式，很难认定每个菜式的真正发明者，为什么一个文化大师要抢占这么一个头衔呢？

保持对博学的克制，就是对专业知识和领域的尊重，这是理性和科学精神的产生基础，是我们的文化中有所缺失的。

举个例子，在古代，不知什么原因，古人认为兔子是不分雌雄的。古代那些文人普遍没有科学精神，他们不去观察一下，也不去问问养殖户，就得出兔子望月怀孕这一结论。

当然你无法坐实苏东坡也说过"兔子望月怀孕"这话。

但是，北宋何薳撰的笔记集《春渚纪闻》就说：东坡先生云："中秋月明，则是秋必多兔。"野人或言："兔无雄者，望月而孕。"

东坡和野人对举，何其难堪啊！

看看杜甫的《石笋行》，尽显杜甫的怀疑精神和理性思维。

石笋行

君不见益州城西门，陌上石笋双高蹲。

古来相传是海眼，苔藓蚀尽波涛痕。

雨多往往得瑟瑟，此事恍惚难明论。

恐是昔时卿相墓，立石为表今仍存。

惜哉俗态好蒙蔽，亦如小臣媚至尊。

......

杜甫说：成都城西门外的路旁，立着一对石笋。古来相传石笋下面是海眼，年深日久苔藓封盖了波涛痕。又说多雨之际这里常常生碧珠，此事恍惚难以说清。

我想恐怕这里是前朝哪位卿相的坟墓，石笋是当时立的墓表一直保留至今。可惜啊，世俗好以神奇之说蒙人耳，犹如小臣好以巧言惑君心。

对苏东坡这样的全才式人物的无底线的崇拜，不单导致理性的缺失，也会导致思辨能力的下降。

苏东坡糊涂而热闹，愚众欣喜而狂欢。这里的"愚众"，我是指那些自古至今的文化人。东坡在当时就有众多的徒子徒孙和崇拜者，一直延续至今，他拥有最多的崇拜者和最持续的关注。

东坡有自己的风格、生活态度、艺术观点、思维方式，如果对其进行适度的关注，有适度的欣赏，如果再辅之以其他文化大家作为对照或者对冲，那该多好。

但是苏东坡本就是又热闹又糊涂的，而愚众起哄追随，造成中国文化也是这样，又热闹又糊涂。

3. 高远而多重的视角

我读《赤壁赋》时，困惑苏轼为什么自称"苏子"。自古以来很少有人自称"某子"的，东坡在前《赤壁赋》和《雪堂记》都自称"苏子"，与"客"相对。一般人作文，当是"余与杨公泛舟游于赤壁之下"，而不是"苏子与客泛舟游于赤壁之下"。在文中，"客"是匿名化了，而"苏子"则是郑重的尊称，如果妄作鄙薄，可以推论苏东坡有着少年天才普遍存在的"自我中心"的性格特点。但是在后《赤壁赋》中，东坡用的是"予"。是苏东坡有意的设定，还是如其所说的"吾文如万斛泉源，不择地皆可出……随物赋形，而不可知也"，是一种神性的力量使东坡选择"苏子"？

换一个角度，苏东坡在文中用"苏子"而不是"予"，是一种勇气，一种幽默，一种提前到达的现代性。在前《赤壁赋》中，苏东坡采用了客观化的视角，好像是在俯视自己与朋友一起夜游赤壁。又好像是带了一个很长的自拍杆，一边夜游，一边在高处拍摄。神游自体之外，这是哲人的做法。而不忘观照自己，有点像现代人随身携带自拍杆的小自恋。经由"苏子与客"这一独特的表达，"自我"彰显继而又隐没于天地的背景中；在前《赤壁赋》的宏阔大文中，有一种悲怆自然流露。苏东坡原是随性的人，此时，他正襟危坐，他的身份是"苏子"，他代表全人类与天地对话。由此，前《赤壁赋》于波光粼粼中，兼具古典神性和现代人性，是一个令人敬仰的文本。

很巧，杜甫在《北征》里也自称"杜子"。我都怀疑苏轼在这点上也是模仿杜甫。

如果苏东坡的前后《赤壁赋》堪称伟大，那么杜子美的长诗双璧《奉先咏怀》和《北征》应该称作"超伟大"。
本书仅就前《赤壁赋》和《北征》在视角方面作一比较。

《北征》作于安史之乱爆发的第三年，即至德二年（757）八月。当时作为左拾遗的杜甫因疏救房琯，触怒唐肃宗。八月，肃宗命他离凤翔探家，实为遣归。此诗叙述诗人从凤翔到鄜州探家途中的见闻及到家后的感受。

在《北征》的开头，出现了"杜子"。
"皇帝二载秋，闰八月初吉。杜子将北征，苍茫问家室。"

这真是伟大的开头。
杜甫的诗极好而文赋不好，几乎是公认的真理，以至于苏轼要说：杜甫的诗那么好文赋这么差，就像曾巩的文赋那么好诗这么差，真是令人啧啧称奇。
偏偏杜甫向玄宗献赋，玄宗看后表示赞赏；而杜甫的诗，终其一生，都没得到应有的赏识。如果得到玄宗的赞赏后，杜甫疯狂写赋而不再写诗，那是不是很可怕？

幸好没有，杜甫后来就没写多少文赋，诗却越写越多，越写越好。

会不会有一天杜甫灵机一动：我用写文赋的写法、风格来写诗，不知道会怎样？

杜甫就这么做了，由此开启了"变赋入诗""以文为诗"的先河；散文化的表达，铺陈开合，开出诗的新境。

诗题"北征"，直接来自汉赋，班彪写过《北征赋》，班昭和曹植都写过《东征赋》。

其实这个"征"字，就是文赋所专用的，它表达的就是往哪个方向走的意思。但是，写诗，往往不会说"北征""东征"，搞得像行军打仗一样。但写起文赋来，就会拿腔拿调（请注意，没有贬义），就要用"北征"这个词。同一路程杜甫还写了一首诗，诗题是《徒步归行》。其实"徒步归行"与"北征"，这两个诗题表达的是同一个意思，就是"往北，走回家去"。

用"北征"这个诗题，杜甫似乎是要告诉你：嘿嘿，我试试用"赋"法写首诗看看。

然后是开头："皇帝二载秋，闰八月初吉。"

上来就写事件的年月日，这是赋的写法，如班昭的《东征赋》就这样开头："惟永初之有七兮，余随子乎东征。时孟春之吉日兮，撰良辰而将行。"

刚才我说过，写赋有一种拿腔拿调的感觉，然后，杜甫就自称"杜子"了。就我所见，这是杜诗中唯一的一次。

我感觉，五言，是汉语古诗的基本装置——七言诗是五言诗发展几百年后费了很大劲才探索出来的。

试着想象一个三年级小学生一本书被偷了，他要写一句诗，用四言的，就是"嗟尔小贼，偷我宝书"，有点太庄严郑重了；用六言，"你这个大坏蛋，竟敢偷我宝书"，就不是诗了；用四六骈文，"尔等小贼，竟敢偷我宝书"，拿腔拿调，很有气势，特别适合朗诵。

而用五言，"你个大坏蛋，偷我一本书"，是很轻松很自然的，可说出可唱出的。

所以，我要说：诗歌尚自然，文赋重腔调。

这就好比有一天杜甫想到：我流行歌唱得还不错，我要不要试试用戏曲腔唱首歌呢？

然后，你把《北征》这个诗题和前四句连起来念，感觉一下。

"皇帝二载秋，闰八月初吉。杜子将北征，苍茫问家室。"

你先念"惟永初之有七兮，余随子乎东征。时孟春之吉日兮，撰良辰而将行"。

是不是有点像电视剧的开头：东汉末年，群雄并起，逐鹿中原……

好是好，但也就是把时间和事件交代了一下。

班昭《东征赋》的开头，好比是有人在舞台上拿腔拿调地朗诵。

而杜甫的《北征》前四句，因为诗歌的音韵，加之杜子美的铿锵美声，衬上赋体的拿腔拿调，却仿佛是在戏剧舞台上，在堂皇大乐的伴奏下，铿锵唱出的。

他不说"至德二载秋"，而说"皇帝二载秋"，一方面可能是为了协调音韵，另一方面也是塑造那种堂皇感。而"杜子"堂皇"北征"，恰与"皇帝"同列，俨然有自比圣人之喻。

但是，你看"苍茫问家室"，其实，他又是仓皇的。

"堂皇"与"仓皇"杂糅，其实是杜子美大乐的特点。杜子美的大乐，往往是复调的、交响的。杜子美既高昂阔步，却又低回太息。这是杜子美的优美处，显出"沉郁"的风格。

与此复调交响之大乐相谐的，是他的多重视角。

《北征》第二段，先是描摹路途萧瑟、凄冷、恐怖的景象：

"靡靡逾阡陌，人烟眇萧瑟。所遇多被伤，呻吟更流血。回首凤翔县，旌旗晚明灭。前登寒山重，屡得饮马窟。邠郊入地底，泾水中荡潏。猛虎立我前，苍崖吼时裂。"

接着，却是闲适的、清幽的、闪烁自然朴素之美的风景，他还抽空看了下蓝天白云，赞了一声，"真好"。

"菊垂今秋花，石戴古车辙。青云动高兴，幽事亦可悦。山果多琐细，罗生杂橡栗。或红如丹砂，或黑如点漆。雨露之所濡，甘苦齐结实。"

但是，此后经过的又是荒凉恐怖。

"鸱鸟鸣黄桑，野鼠拱乱穴。夜深经战场，寒月照白骨。"

清人张上若品评这沉重篇章中的闲适文句："凡作极要紧极忙文字，偏向极不要紧极闲处传神，乃夕阳反照之法，惟老杜能之。"

杜甫有一种神奇的感知力。人心情沉重，只见满目荒凉。但天地不仁，以万物为刍狗；身边风景也不至于全随心情而变坏。此时有个主观之我，有一个客观之我。或曰，杜甫获得一种上帝视角，有那么一瞬，他跳出本我，看到了身边的野花野果之美。

杜甫此处表现出来的多重视角，显示了他的心智的超越性。直到后世电影发明后，因为摄影机的介入，我们才会经常性地看到，战场白骨边上的一丛黄花；而杜甫，老早向蓝天白云微微一笑（"青云动高兴"）了。

而他看到朴素的山果，似乎是给予他的安慰，也是他对命运、对时代的反抗和蔑视；有那么一瞬，他似乎跳出了命运的魔障，他似乎飞升得很高。

这也使他往往能跳出一己的视角，推己及人，推人及己。人溺己溺，人饥己饥，此圣人境界，与多重视角有莫大的关系。

《北征》第三段，先是描述自己与家人分别这么久，见到家人后，抱团痛哭，子女面黄肌瘦，衣衫褴褛：

"况我堕胡尘，及归尽华发。经年至茅屋，妻子衣百结。恸哭松声回，悲泉共幽咽。平生所娇儿，颜色白胜雪。见耶背面啼，垢腻脚不袜。床前两小女，补绽才过膝。"

接着，镜头拉近，来个特写，他注意到两个小女儿衣服上一块块补丁的图案，"海图坼波涛，旧绣移曲折。天吴及紫凤，颠倒在裋褐。"

这些补丁是从丝织品（"旧绣"）上面剪下来的，绣着波涛、海图，《山海经》里的水神"天吴"及一种动物"紫凤"。

这个细节，暗示了他们原是富家大户，原来的丝织品现在用作补丁了，沦落至此，杜甫想必心酸。化作补丁的丝织品，不管是杜家祖传，还是来自杜夫人娘家，还是杜甫购自洛阳或长安，对杜甫全家来说，都是既温馨又心酸的物件。这个描写，或者说视角，看似多余，却仿佛是温暖的大手，抚过两个小女儿，让她们卑微的生活闪光，让他们全家看似无意义的生活有意义了。在接下来的第四段，杜甫就要议论国事了，皇帝妃子都出现了；对这些多余细节的描写，仿佛让卑微的人与皇帝妃子同列，有特别的意义。

回到之前的问题，为什么苏轼自称"苏子"，杜甫自称"杜子"呢？

苏东坡的前《赤壁赋》，空旷的月色下，他突然感到渺小而惊悚，他悟到宇宙无穷，而他能与之同化，"物与我皆无尽也"，此时，他身姿洒脱，犹如哲人，可自称"苏子"。

而《北征》，很有意思的是，恰好与《赤壁赋》处在诗歌/文章审美的另一端——它不是以优美的文辞引人注目，而是以厚重质感、多重多层、复杂性和意义性独树一帜。即使仅限于杜诗，它的被关注程度都排在很后面——容我自矜一下——即便像我这样的杜迷，都要很久之后才通读《北征》，发现"杜子"这个伟大的自称。

我们的诗歌欣赏传统中，本来就对长诗比较漠然；其次，我们有对优美词句特别是名句的偏好，却缺乏对意义的追求。另一长诗《奉先咏怀》中，尚有"窃比稷与契""葵藿倾太阳""朱门酒肉臭，路有冻死骨"等名句吸引，《北征》在这方面是欠缺的。因此，可以说，没几个人好好通读过《北征》。

再读一遍那个伟大的开篇吧！

"皇帝二载秋，闰八月初吉。杜子将北征，苍茫问家室。"

正如前述，"皇帝"虽然是一个时间修饰词，此时，却与"杜子"隔句对仗。杜甫好比玄宗梨园里的一个艺人，他要拿腔拿调地披挂上阵了。他装出一种特别堂而皇之的架势，然后，他"北征"，接着，他"苍茫问家室"，他说出"苍茫"，那是他诚实，他自嘲了一下，或者说，他自己都笑场了。

杜甫总是在诗歌美学上给我们前推一步。试想，杜甫回家，他是仓皇的；但是，当他以很高的视角拍摄的时候，杜子的北征，也可以是堂皇的——因为那是史诗特质的回家。

强烈的反差和多重性，是别人没有的。难怪，他往往作为诗歌的革命者，而不被发现。

而且，这伟大的开篇和整首长诗，实际是诗史和史诗的合一。"皇帝二载秋"，杜甫回家探亲，那是诗史。杜子北征，在路上——奥德赛，多视角地记录战地黄花和补丁图案，那是史诗。

杜甫自称一声"杜子"，很恰当；比苏轼自称"苏子"还要恰当。

4. 忠君论

杜甫的忠君爱国秉性，自然是毫无异议的。但是，像苏轼所说的，杜甫"一饭未尝忘君"，把他推向愚忠的行列，实在是"是可忍，孰不可忍"。实有辨析的必要。

人类自从组织团体以后，忠于首领几乎是本性的要求，不管这个首领是称作"皇帝""总统"还是"酋长"。从这个意义上，我们每个人都是忠君的。但是，如果这个皇帝有点昏庸，你还要忠于他吗？

从字面上说，这个时候最忠君的是那些奸臣，他们忠于国君，想国君所想，做昏君要他们做的事。而杜甫，对其当世的三个皇帝——玄宗、肃宗、代宗，都在诗中表达过批评意见，那他还是个忠君者吗？

杜甫说自己"葵藿倾太阳，物性固难夺"（《自京赴奉先县咏怀五百字》），像葵科植物永远向着太阳，这是他的本性，他有忠君体质。可是他又说，"窃比稷与契"——希望自己成为稷、契这样的大臣，"致君尧舜上"——辅佐尧舜这样的明君。

但是玄宗、肃宗、代宗三个皇帝都不是尧舜那样的明君。

他在《丽人行》里讽刺杨氏兄妹的飞扬跋扈，在《奉先咏怀》里痛斥玄宗君臣的奢侈享乐。在《留花门》批评肃宗过分借助回纥兵力而导致朝野遭回纥欺凌，甚至在《忆昔》中写道，"关中小儿坏纪纲。张后不乐上为忙"，直讥肃宗惧内。杜甫在《释闷》中批评代宗，"天子亦应厌奔走，群公固合思升平"，讥刺代宗无能，京城被吐蕃破掠，皇帝出逃。

杜甫可以说是对当时三个皇帝提出最多、最广泛、最深刻批评的诗人，但人们一般都说杜甫"忠君"，而少有人提及杜甫"讥君""讽君"的，为什么？

第一是因为杜甫这人有情有义，有一说一。细论起来，三个皇帝都是对杜甫有恩情的：玄宗赏识杜甫的赋写得好，是其一辈子的荣耀；肃宗封其左拾遗，朝官经历是他无数次梦中回想的场景；代宗封了杜甫一个六品的虚职，赐给他象征官级的绯鱼袋，他一直挂在身上。杜甫想起来了，就要缅怀感激一下。

第二是因为国君是国家的象征，杜甫忧国怀乡之时，"每依北斗望京华"，看着长安的方向，你可以说他心怀天下，也可以说他心系国君。

第三是因为杜甫有一种特别的风格，就是"似讼实讽""讼中带讽"，这是一个特别迷人的风格，我将专文阐述，此处仅举一例。在《洗兵马》中，当时形势一片大好，"中兴诸将收山东，捷书夜报清昼同"，杜甫先讼一下肃宗，

"已喜皇威清海岱"，马上又提醒，"常思仙仗过崆峒。三年笛里关山月，万国兵前草木风"——不要忘了当年仓皇逃跑的经历啊！后面又写道："攀龙附凤势莫当，天下尽化为侯王"，讥讽当时外戚、宠臣、藩镇的嚣张跋扈。在"讼中带讽"的诗中，读者往往见"讼"而不见"讽"，更不用提"似讼实讽"的隐含批评了。

第四是古代的诗论有一个观点，即诗歌对朝政或社会都有个"诗教"作用，而诗教的方式应该是"温柔敦厚"的。诗圣的诗当然是温柔敦厚的，所以一些批评、讽刺，要么不存在，如果存在，也是"寓规于讼"，也是轻轻说出来的，也是忠君的。

第五，就是苏轼这样的著名读杜大家的引导。

苏轼的那句话，出自他作的《王定国诗集叙》中："古今诗人众矣，而杜子美为首，岂非以其流落饥寒，终身不用，而一饭未尝忘君也欤？"

不合逻辑之至。

如果杜甫没有"一饭未尝忘君"，杜甫就不为首了，"一饭未尝忘君"，杜甫就为首了？

杜甫每次吃饭都会想起皇帝吗？他饥肠辘辘、挖黄独挖野菜，或者向人求食之时，难道首先想的不是他自己、家里人甚至别的穷苦人，他受到了别人的招待，他首先感激不是那个招待他的王倚或是王十五吗？

这是一种修辞——对，我当然知道这是一种修辞，那你为啥不说"一饭未尝忘己""一饭未尝忘家人"？

讲到吃饭，可能因为杜甫曾有一诗，《槐叶冷淘》，而引发苏东坡的"一饭未尝忘君"之论，诗中写道：

"青青高槐叶，采掇付中厨。……经齿冷于雪，劝人投比珠。……献芹则小小，荐藻明区区。万里露寒殿，开冰清玉壶。君王纳凉晚，此味亦时须。"

杜甫在夔州时，吃到一种槐叶揉进面食的清凉小吃，他觉得夏夜里吃很是快意，所以，这样的小吃，如果送点给君王吃，多好啊！

诗中的"献芹"常比拟为向人提出建议。故，此诗有两层含义，一是作者希望能向国君献上他的建议；二是他吃到这种叫"槐叶冷淘"的点心，希望能送给君王尝尝。

其实，我觉得这里显示了杜甫的幽默。杜甫虽然晚年穷困潦倒，但他可是见过大世面的，山珍海味都该吃过的。但他是反对君臣奢侈作乐的（如《奉先咏怀》所咏），所以，晚年时，在这边邑之地吃到槐叶冷淘，他一时心情大好。他就扮作乡下老头：这么好吃的东西，皇帝也不一定吃过吧！杜夫人肯定顶他一句：老头子又犯傻了。杜甫笑道：我写首诗，说不定后人会说我忠君呢！［可以比拟一下，如果你有一天吃了螺蛳粉，说真好吃，省府大院的人（或者更高）能吃到就好了，然后人们就说你忠心耿耿，"一饭未尝忘省"。古人之不讲逻辑，往往如此。］

"一饭未尝忘君"这句不合逻辑的话却是符合苏轼和王朝的利益的。

苏轼是大名人，他作了这个序，不出一个月，皇帝和太后都会看到苏轼赞杜甫忠君了。赞杜甫忠心，不就表示自己也忠君吗？苏轼赞杜甫忠君而天下景从，大家都忠君了，那皇帝不就开心了？

这浓眉大眼的东坡兄，原来也有心机的嘛。

但是，也要认识到苏东坡毕竟是热爱杜子美的，苏轼的"一饭未尝忘君"之语也推动了后世的崇杜之风，虽然我认为逻辑不正、其心有私，但客观上，也给杜诗铺上了保护膜。

后世最大的专制君主——乾隆也雅好杜诗，其转引苏东坡语赞杜诗："东坡信其自许稷契，或者有激而然，至谓其一饭未尝忘君，发于情，止于忠孝，诗家者流断以是为称首。呜呼，此真子美之所以独有千古者矣。"见《唐宋诗醇》——这老兄竟然还编了一本《唐宋诗醇》。

乾隆赞杜诗"原本忠孝，得性情之正"，但这老家伙也发现"《兵车行》《新婚》《垂老》诸别，则在下愁苦哀怨之音，意主讽刺，而非温柔敦厚之遗矣"。

怎么着，老家伙要封杀杜甫吗？

苏东坡都赞过的，他敢动手吗？

5. 小结

这几年读杜多读苏少，我了解杜子美比了解苏东坡多。所以，杜苏作比，褒杜贬苏，确乎有失公允。如果我有新的认识，我将写文更正补充。

但不管我的论说中有何不能自洽之处，我坚信我的这几个基本观点是不会错的，即：杜甫是理性、冷峻的，苏轼是糊涂、热闹的；过分热衷苏轼不好，需要对冲；苏轼对许多方面的垄断性解释不好，需要打破垄断，如"悠然见南山"（苏轼评价陶渊明的《饮酒》其五说："'采菊东篱下，悠然见南山。'因采菊而见山，境与意会，此句最有妙处。近岁俗本皆作'望南山'，则此一篇神气都索然矣。"），如果斜杠式保留异文，"悠然见/望南山"，如果有百分之三十的人喜欢"悠然望南山"，"悠然见南山"和"悠然望南山"并存共享，那该多好。

引申开来，其实盛世适合读杜，需要理性、冷峻的思考；乱世适合读苏，需要糊涂与豁达。你想乱世之中，大家都很忧伤，实际上读苏是合适的，东坡豁达嘛；而且大多数乱世中的领袖实际也是忧国忧民的，那个时候杜甫提太多意见也是招人烦的。而盛世中，领袖也好，臣民也好，都容易犯迷糊，这时候读杜最合适了。

可惜，自杜苏风靡之后，读杜读苏的姿势就是反着来的。

05　少陵剑法

《自京赴奉先县咏怀五百字》（以下简称"《奉先咏怀》"）与《北征》，是杜诗中的长诗双璧，其伟大程度，在杜诗和中国古代诗的评价中，都未得到应有的体现。对我而言，如果其他杜诗被称作"伟大"，那这两首长诗都该被称作"超伟大"。

杜甫自长安赴奉先县，在天宝十四载（755）的十月、十一月间。是年十月，玄宗携杨贵妃往骊山避寒，十一月，安禄山即举兵造反。杜甫途经骊山时，玄宗君臣嬉乐，殊不知安禄山已经反叛在即。其时，安史之乱的消息还没有传到长安，但乱象已显。杜甫的历史预感，令人叹服。

先解读第一段。

1. 诗段大意

"杜陵有布衣，老大意转拙。许身一何愚，窃比稷与契。居然成濩落，白首甘契阔。盖棺事则已，此志常觊豁。穷年忧黎元，叹息肠内热。取笑同学翁，浩歌弥激烈。非无江海志，潇洒送日月。生逢尧舜君，不忍便永诀。当今廊庙具，构厦岂云缺。葵藿倾太阳，物性固难夺。顾惟蝼蚁辈，但自求其穴。胡为慕大鲸，辄拟偃溟渤。以兹误生理，独耻事干谒。兀兀遂至今，忍为尘埃没。终愧巢与由，未能易其节。沉饮聊自遣，放歌破愁绝。"

这一段大意是说：我胸怀大志，冀望成为稷契这样的名臣，辅佐尧舜这样的明君；可是这个志向是如此的大而无当，空惹同学翁的耻笑；但是我忠心耿耿，还是要追求这个志向；回过来想想，我这样的蝼蚁，何必追求这种志向呢；我又耻于干谒，必将沦为平庸；但是我没能如巢由那样索性就做个隐士，所以我要饮酒自遣，放歌破愁。

2. 风格之辨析

我常常惊叹杜甫身上显现出来的巨大反差。

比如，杜甫一辈子穷困潦倒，但他的诗歌完整地传了下来（他总共作诗三千首左右，经其删减，流传下来一千四百多首，完全体现了他的意志，故可说是完整的），想想李白、王维的诗二成的流传率都不到，你就要赞叹杜甫战胜了他的命运。

而且，杜甫框定了后世对杜诗风格的表述。（杜甫还顺手做了件好事，他写了二十多首诗追忆李白，诗中提到李白的诗如何如何，据裴斐先生的说法，杜甫应该是李白诗的第一个研究者。）

杜甫在《进雕赋表》中写道：

"臣幸赖先臣绪业，自七岁所缀诗笔，向四十载矣，约千有馀篇。……则臣之述作，虽不足以鼓吹六经，先鸣数子，至于沉郁顿挫、随时敏捷，而扬雄、枚皋之流，庶可跂及也。"

杜甫说自己的诗文"沉郁顿挫"，后世论及杜诗风格，终跳不出这四个字。你说杜甫牛不牛？

吴小如先生也对《奉先咏怀》做过解读，据他的说法，"沉郁"表示深刻的思想、深厚的意蕴，而"顿挫"表示意思的转折，一层又一层，转得多，而又不留痕迹；经过这样的"顿挫"，语义不断流转，就把诗中的"沉郁"之思也表达出来了。

我同意吴小如先生的解读，其他人（如吕正惠先生）也有"沉郁"和"顿挫"连在一起解读的做法。

但我认为，"沉郁"和"顿挫"也可以分开解读，这样更能体现杜诗的丰富和深刻。也就是说，杜诗之"沉郁"，不必一定要通过"顿挫"法来体现；可以做到自成"沉郁"。

《北征》开头四句，"皇帝二载秋，闰八月初吉。杜子将北征，苍茫问家室"，我认为，经由"由赋入诗"，通过此中响起的交响复调的子美大乐，也能够体现杜诗的深沉、宏大、晕染的意蕴和境界。

我想用音乐来比拟"沉郁"，以剑法来比拟"顿挫"。

可作比拟的是，杜甫在《观公孙大娘弟子舞剑器行》序文中提及：

"余尚童稚，记于郾城观公孙氏，舞剑器浑脱，浏漓顿挫，独出冠时"，杜甫形容剑器舞"浏漓顿挫"；看来，以

"顿挫"形容舞蹈、剑法都是相宜的。

本节仅讨论"顿挫",或者说"少陵剑法"。

3. 少陵剑法

杜甫框定了"沉郁顿挫"四字,我不能跳出这个框;但我想我有如何解读的自由;要不,我先向杜甫申请一个自由解读权?

杜甫一生漂泊,但他一直带着琴与剑,青壮时"看剑引杯长","壮年学书剑",晚年在夔州时,"忧来杖匣剑"。

我在《杜甫与苏轼》中提及杜甫没有博学癖,轻易不会显示自己在文艺或政论外的博学。所以,虽然杜甫没说他会剑法,说不定也懂剑法的。

当然,不是说如果杜甫确实不懂剑法,我就不能提"少陵剑法"了,这是一种修辞。

杜甫与李白三次相见,共游洛阳、梁宋、齐赵,两人相处的时间有几个月到一年多。李白是懂剑法的,说不定李白向杜甫传过剑法呢?

李白年轻时,曾跟着赵蕤学习剑术和纵横术。赵蕤长于谋略和思辨,著有《长短经》,据张大春《大唐李白》描述,赵蕤向李白传授的思辨/论辩方法,其中之一是不断地正反互搏。也就是,一件事情,从这个角度看是这样的;但是,反过来,是那样的;不过,你再从另一个角度,又要反过来了……源源不断。

剑法讲究防守、进攻，讲究剑锋的指向和转动；思辨/论辩方法也是同样道理。

杜甫的"顿挫"诗法，是不是也是同样道理？

不是说李白一定向杜甫传授了剑法或是思辨/论辩方法；而是这样的比拟有一定的趣味性。

我在《杜甫与卢梭》中提到，有的时候，杜甫与卢梭都有一种引人入胜的啰唆风格。这种"啰唆"，其实就是思想的多重繁复、深沉晦涩，杜卢要把它表达出来，就需要一转再转，回旋反复。

巧中见巧，容易，就像苏轼要描述他的飘逸之姿，他随便写几个清词丽句就解决了。拙中见巧，难，像杜甫这样，要把他复杂的有时甚至显得啰唆的想法"顿挫"表达出来，而没有斧凿痕迹，是很难的。

下面看一段卢梭对剑术的描写：

"我对教我剑术的教师极端厌恶。……他为了使我能接受他的大天才，就用他一窍不通的音乐作比方，他认为剑术中的第三和第四姿势和音乐中的第三和第四音程有很显然的相似之处。如果他要作一次虚攻，他告诉我要注意这个升半音符号，因为在古代音乐中的升半音符号和剑术中的虚攻是同一个字。当他把我手中的实习剑打掉的时候，就笑着对我说，这是一个休止符号。"

杜甫的"顿挫"诗法与李白的剑法、论辩术，卢梭的文风、剑术，都没有什么实质的联系。但这些莫名其妙的、若有若无的关联让世界显得有趣。

接下来听听郭靖怎么说。

4. 岘山论剑

南宋咸淳六年（1270），宋蒙对峙前沿，襄阳。

一日，军务繁忙的间隙，郭靖对杨过道：过儿，你带一把剑跟我到岘山走一趟。

杨过随手拿了一把剑，跟着，心想，莫非有敌情？

二人几个纵越，没一刻工夫，就到了岘山之巅。二人远眺，只见山下汉水枯落，沙洲空阔（李白《岘山怀古》：水落寒沙空），远方空旷处蒙军大营旌旗猎猎，一片肃杀之气。

郭靖沉吟道：此处江山形胜，引发了古人多少深沉的悲哀和焦虑啊！当年羊公眺远而堕泪，杜公忧心而立碑；这时间的焦虑，历史的乡愁啊！

杨过一时错愕，张大嘴巴，不知说什么好。

郭靖继续道：杜工部祖籍襄阳，他最后在湘江上，曾写道："清思汉水上，凉忆岘山巅。"到如今，杜公离世整整五百年。过儿，你说这岘山上是否特别清凉。

杨过只好尴尬一笑：郭伯伯，是的，风吹过来很凉快。

郭靖笑道：你是不是见我满口文绉绉的，有点奇怪？哈哈！先听下去，不要插嘴。过儿啊，我这人虽然笨拙，可是会钻研啊！这些年，在你伯母的指导下，文化水平也是有所提高的。我这几年助守襄阳，没少读杜工部的诗。

我一有空，就爬岘山，边走边吟杜诗。这岘山啊，还真是念杜诗的好地方。过儿，你猜怎么着，我读着读着，竟然悟出了剑法的诀窍。过儿，你是练剑的，你看看我说的有没有道理。

杨过道：郭伯伯真是出人意料。一到乱世，人们就喜欢杜诗，这几年战火激烈，市井江湖谈论杜诗的人是越来越多了，想不到郭伯伯也有这爱好了。郭伯伯悟到的剑法诀窍，请说来听听。

只见郭靖拿出一本杜诗集，又叫杨过拿好剑准备演练。郭靖道：

"杜公说自己的诗沉郁顿挫。我看这'沉郁'，是比拟内功，只有气息绵长，内力深厚，才称得上'沉郁'。孟襄阳咏洞庭湖的诗句'八月湖水平，涵虚混太清。气蒸云梦泽，波撼岳阳城'，何等气魄；可是杜公一吟出'昔闻洞庭水，今上岳阳楼。吴楚东南坼，乾坤日夜浮'，气势上又高一层了。我们练武的人听了，也要喝一声彩——好内功啊！"

"但人行走江湖，不能光有内功，也要有外家功夫防身啊。'顿挫'——就是剑法，就是少陵剑法。"

"过儿，你拿好剑。你先看《闻官军收河南河北》：

> 剑外忽传收蓟北，初闻涕泪满衣裳。
> 却看妻子愁何在，漫卷诗书喜欲狂。
> 白日放歌须纵酒，青春作伴好还乡。
> 即从巴峡穿巫峡，便下襄阳向洛阳。

"此处强调一个'快'字，捏'快'字诀。"

"此诗八句，每句一个虚词，忽——初——却——漫——须——好——即——便，个个灵动跳跃，让此诗流动起来，向称古今第一快诗。以此诗为剑法，你也能练成江湖第一快剑。"

"你拿起剑来，在空中虚点八下，一定要虚点，不能点实，剑锋已出而未到实处时，马上指向另一处，剑剑以极快的速度点出划出。好好好，你感受一下。"

演练一会儿，休息片刻后，郭靖又拿出杜诗集，接着道：

"过儿，你看《赠卫八处士》：

"人生不相见，动如参与商。今夕复何夕，共此灯烛光。少壮能几时，鬓发各已苍。访旧半为鬼，惊呼热中肠。焉知二十载，重上君子堂。昔别君未婚，儿女忽成行。怡然敬父执，问我来何方。问答未及已，儿女罗酒浆。夜雨剪春韭，新炊间黄粱。主称会面难，一举累十觞。十觞亦不醉，感子故意长。明日隔山岳，世事两茫茫。"

"此处强调一个'对'字，捏'对'字诀。"

"此诗几乎每句一转，人与人对举，事与事对举，不同的心情感受对举——离聚相对、老幼相对、人鬼相对、悲喜相对。真是婉转流荡，不可名状啊！"

"你拿起剑来，感受一下双手的力量平衡——哦，对不起，你只有单手——那你每一剑都要感受前后左右的平衡力量。我当年练'空明拳'的'双手互搏'，就是要掌握这种力量的平衡和对称。好好好，你感受一下。"

半晌后，郭靖接着道：
"过儿，你看《奉先咏怀》第一段。"

"此处强调一个'密'字，捏'密'字诀。"

"此段几乎每句一转，每句一小转，几句一大转。转得繁花似锦，云霞满天。"

"你拿起剑来，这回更强调脚的配合，如跳小步舞曲，婀娜腾越，小转大转。与之相映，你抖动剑花，如绣情人之绢。好好好，你感受一下。"

杨过练了一遍又一遍。看来，还是郭靖老师讲得好啊！

06　圣人之怒

《奉先咏怀》第二段，是这首诗的诗眼。甚至我要说，是杜诗之眼。无论怎么赞叹这一段都不为过。如果我这篇文章没有表达出这一点，是我的问题，不是这一诗段够不上。

1. 通读一遍

岁暮百草零，疾风高冈裂。天衢阴峥嵘，客子中夜发。霜严衣带断，指直不得结。凌晨过骊山，御榻在嵽嵲。蚩尤塞寒空，蹴蹋崖谷滑。瑶池气郁律，羽林相摩戛。君臣留欢娱，乐动殷樛嶱。赐浴皆长缨，与宴非短褐。彤庭所分帛，本自寒女出。鞭挞其夫家，聚敛贡城阙。圣人筐篚恩，实欲邦国活。臣如忽至理，君岂弃此物。多士盈朝廷，仁者宜战栗。况闻内金盘，尽在卫霍室。中堂舞神仙，烟雾散玉质。煖客貂鼠裘，悲管逐清瑟。劝客驼蹄羹，霜橙压香橘。朱门酒肉臭，路有冻死骨。荣枯咫尺异，惆怅难再述。

"岁暮百草零，疾风高冈裂。天衢阴峥嵘，客子中夜发。"

冬天到了，草木凋零，大风吹裂山岗。天空阴沉，我半夜赶路出发。

"霜严衣带断，指直不得结。凌晨过骊山，御榻在嵽嵲。"

天太冷，衣带都断了，手指冻僵，结不了衣带。凌晨经过骊山，皇帝的离宫在巍峨的山脚下。

"蚩尤塞寒空，蹴踏崖谷滑。瑶池气郁律，羽林相摩戛。"

这里"蚩尤"指代"雾"，《山海经》上说，蚩尤跟黄帝打仗，打不过就作雾。

大雾弥漫，一脚高一脚低走路。我看到温泉水汽弥漫，听到羽林军的步履声。

钱谦益引用《羽猎赋》和《皇览》，把"蚩尤"解作旗帜，以喻兵象，莫砺锋先生认为求之过深。考虑到杜甫用典极广极巧，有些地方你读不出典故也可以，读出典故来了更好，这样的情况广泛存在，其实，如果这里把"蚩尤"既解作"大雾"，又解作"旗帜"，是很妙的。这样，就解作：我在大雾中，一脚高一脚低走路，看到宫殿里旗帜涌动，温泉水汽弥漫，听到羽林军的步履声。

对杜甫来说，蚩尤是历史上的反面人物，用"蚩尤"表示"大雾"，或者"旗帜"，都暗示此时杜甫心情烦躁，看到玄宗君臣的寻欢作乐非常厌恶。

试与《北征》作比。《奉先咏怀》是杜甫从京城回家探亲，他在骊山脚下看到君臣耽于享乐；《北征》是杜甫从肃宗临时驻地凤翔去探亲，此时京城被乱军所占，肃宗组织兵马平乱，杜甫"回首凤翔县，旌旗晚明灭"，他看到暮色中旌旗招展，充满感动和留恋。杜甫两次看到皇帝驻地的心情是不一样的。

"君臣留欢娱，乐动殷樛嶱。赐浴皆长缨，与宴非短褐。"

"乐动殷樛嶱"，"殷"，震动，见《上林赋》：殷天动地；樛嶱，旷远无边，见《上林赋》：张乐乎樛輵之宇。"乐动殷樛嶱"，——音乐宏大，弥漫天地，适可形容杜诗风格之"沉郁"。

"赐浴皆长缨，与宴非短褐"，"长缨"指高官，"短褐"指杜甫这样的低级官员和寒士，不是指老百姓。这一句是互文，意为：皇帝赐浴、与宴的是高官，而非寒士。

君臣共欢，乐动于天；皇帝赐浴欢宴高官。

"彤庭所分帛，本自寒女出。鞭挞其夫家，聚敛贡城阙。"

这里出现了寒女、其夫，都是老百姓，还隐含着一个人，鞭挞者，就是杜甫、高适不愿担任的县尉衙役。"聚敛"这个词比较狠，杜甫已经很愤怒了。《礼记·大学》里引孔子的话："百乘之家，不畜聚敛之臣，与其有聚敛之臣，宁有盗臣。"所以，这里又有孔子的话外之音。

朝廷所分发的财帛，都是贫苦女子一丝一缕织出来的。税吏鞭打她们的丈夫，把财物聚敛到京城。

"圣人筐篚恩，实欲邦国活。臣如忽至理，君岂弃此物。多士盈朝廷，仁者宜战栗。"

这里"圣人"指代皇帝。

皇帝赏赐财物，是希望大臣把国家治理好。如果大臣疏忽了这个至理，皇帝为什么要白白地赏赐给他们呢？朝廷里有这么多高才达官，如果他们有仁者之心，他们应该内心惭愧，浑身颤抖。

"况闻内金盘，尽在卫霍室。中堂舞神仙，烟雾散玉质。煖客貂鼠裘，悲管逐清瑟。劝客驼蹄羹，霜橙压香橘。"

"卫霍"是卫青、霍去病，指代杨贵妃、杨国忠这样的外戚。这里极写权贵的奢侈华贵生活。

"朱门酒肉臭，路有冻死骨。荣枯咫尺异，惆怅难再述。"

这是个大转折，镜头从朱门跳到了路边。杜甫站在路边，想起繁荣和枯弱近在咫尺却对比强烈，感到非常惆怅，难以再说下去。

《杜诗镜铨》杨伦点评"朱门"一句，说"拍到路上无痕"。这个大转折也是大显杜甫"顿挫"剑法的功力的。

2. 杜氏电影

用观影法看杜诗，别有味道。而杜甫，是个超级大导演。

看了全诗，我们知道杜甫这次探亲回到家，他的最小的孩子饿死了。他是非常悲伤愤怒的。应该是隔了几天，他把一路上的所见所想写下来。第一段，是他的心路历程。第二段，是他经过骊山的所见所思。

他把所见所思写出来，就相当于拍了一部电影；这里，我们仅看第二段。

先是百草凋零，疾风吹裂，天空阴沉，杜甫在寒冷大雾中经过骊山。"蹴踏崖谷滑"，路滑而步缓，镜头扫过草木、天空、骊山、脚步、道路。接着，杜甫要停下来休息一下，目光看向宫殿——镜头也转向那里。温泉冒着水汽，军士走动，君臣欢娱，乐声振动。音乐声中，洗浴欢宴，镜头依次晃过。之后，切入赏赐大臣财帛的场景；又切入寒女织丝帛，税吏收租，鞭挞百姓的场景。接下来是孔子的画外音，"与其有聚敛之臣，宁有盗臣"，叠加杜甫的痛苦、愤怒的表情和他的声音："皇帝赏赐财物，是希望大臣把国家治理好。如果大臣疏忽了这个至理，皇帝为什么要白白地赏赐给他们呢？朝廷里有这么多高才达官，如果他们有仁者之心，他们应该内心惭愧，浑身颤抖。"接下来镜头转至杨家奢靡的内室：金碧辉煌的装饰，烟雾缭绕的歌舞，玉佩貂裘，悲管清瑟，驼蹄八珍，霜橙香橘。最后，酒肉如山的内景，伴着变奏，转向路边的冻尸，杜甫惆怅而悲愤的面容。

3. 普世论坛

通过观看电影的方式，我们会更好地理解杜甫的愤怒。但这一刻，我们先保持冷静，参加一个论坛。

在刚看过的电影中，我们看到了杜甫、军士、皇帝、大臣、寒士、寒女、税吏、特别受宠的权贵，以及，作为皇帝的指代名词和说出画外音的圣人。

这好比是一个社会治理的论坛，除了方外人士，几乎所有人都被囊括进来了。

圣人提出治理社会的理想和规则；皇帝代表圣人坐在王座上治理国家；权贵、大臣、寒士（包括杜甫）辅佐皇帝——统称治理者；税吏是个人人讨厌的角色，但是也是必不可少的，他负责收取租税，以供养治理者和军士；军士是维护国家秩序的；最底层的是寒女和寒女之夫，即平民，通俗一点，就叫老百姓（第三段，有"平人固骚屑"句，"平人"即"平民"，避李世民讳。）是整个社会的基础，也是最受盘剥和欺凌的阶层。

　　这是一个普世的图景，不管古今中外，不管君主制还是总统制，都是如此。有句话叫"唯死亡与税收难以逃脱"，租税是个令人痛苦的东西。但是，租税是必要之恶。所以，圣人设定规则和原则，要求治理者把租税定在一个合理的水平，而治理者，也须恪尽职守，勤俭节约，不得聚敛。

　　这与卢梭提出的社会契约论，有类似之处。也可以说，在卢梭提出社会契约论之前，有类似的社会契约存在的。

　　税吏鞭挞百姓，就相当于一个强制执行行为，这表明这个社会契约存在问题了。一定是皇帝、权贵、大臣的横暴强征、奢侈浪费导致了这个契约的最终破裂。

4. 圣人之怒

　　在圣人—皇帝—权贵—大臣—寒士—平民这一身份序列中，杜甫是最具流动性的，写此诗时，杜甫是寒士，他后来曾任左拾遗，能对皇帝提出意见，应该算是大臣。正如他在此诗第一段提到的，"窃比稷与契"，他也希望有朝一日成为稷契这样的名臣，辅佐明君。稷契这样的名臣，有点接近圣人了。

但杜甫这样的寒士，很容易就混迹于老百姓了。

在本诗的第三段，他写道："入门闻号啕，幼子饥已卒。吾宁舍一哀，里巷亦呜咽。"他回到家，听到号啕声，他的最小的孩子饿死了，他忍住悲哀，他的邻居——那些老百姓也悲伤哭泣。

与最底层的老百姓也能进行交流，心思沟通，正是杜甫的最难能可贵处。自古以来，没有几个人，哪怕自称寒士，能做到这一点。

"端起碗吃肉，放下筷子骂娘"，这是一般老百姓的见识水平。但是，到了端起碗也没饭吃的时候，老百姓是在骂娘，但是没人替老百姓说理，没人呵斥这个不公平的社会。古今中外的那些皇帝、权贵、大臣，那些总统、议员，哪个不是在老百姓饥肠辘辘时继续奢侈享受？

只有杜甫在呵斥：你们这些大臣，如果你们有仁者之心，你们应该内心惭愧，浑身颤抖。

只有杜甫，在骊山脚下，对着皇帝的离宫，对着君臣的寻欢作乐投以怒目。

杜甫仿佛一下子把我们拉回孔子时代，只有圣人才会坚持社会治理的原则、坚守社会契约；只有圣人才敢对皇帝的享乐冒这么大的火啊。我们再回放一下电影，确实，杜甫是对皇帝表达愤怒了。他是作了一点掩饰，把怒火直接对准了权贵，但确实是对皇帝表达愤怒了。

我为什么强调电影回放，强调对皇帝表达愤怒？这是因为，从古至今，几乎没人这么做过。许多大臣可能会向皇帝进谏，建议他勤俭节约；但没人在皇帝享乐的时候表达愤怒。你只有把这个片段像放电影一样，多看几遍，才会体会杜甫对皇帝发出的怒火。（其实可以扩展一下，即使在宣称平等开明的近现代，谁敢这样做呢？）

老百姓可能会表达愤怒，但是，谁也没能、不敢把这愤怒写下来。

约十年后，杜甫忆起此情此景，仍然心意难平，他写道："酒阑却忆十年事，肠断骊山清路尘。"杜甫当年在骊山脚下的怒目瞪视，给他留下了心理创伤啊！

当杜甫表达他的愤怒，他在圣人—皇帝—权贵—大臣—寒士—老百姓这个身份序列里流动起来，一下子，他和老百姓站在一起，而此时，他就是圣人，他表达的是——圣人之怒。

在几年后作的《北征》里，杜甫开篇写道：

"皇帝二载秋，闰八月初吉。杜子将北征，苍茫问家室。"

（当然我知道这里，"皇帝"是时间修饰词，而不是具体的实在的皇帝。但是，读诗需要离开表面含义，而接受杜甫的深沉暗示。）

杜子与皇帝并辔齐驱；杜甫，就是圣人。

骊山脚下

疾风吹裂山谷

手指僵硬
半夜出发的赶路人
费力系好，衣带

草枯叶凋　马蹄
滑破　泥泞路
系好衣带的赶路人
在骊山脚下，站好

华清池温泉氤氲
音乐震天动地
站在路旁的杜甫
看见，君臣欢娱

君臣分赐财帛
税吏鞭挞百姓
阴沉天空　仿佛
充满，圣人之悲

权贵的华堂酒肉如山
路边的冻尸如刺入目
此时的杜甫
发出，圣人之怒

07　史诗大片

《奉先咏怀》第三段。

1. 通读一遍

　　北辕就泾渭，官渡又改辙。群冰从西下，极目高崒兀。疑是崆峒来，恐触天柱折。河梁幸未坼，枝撑声窸窣。行旅相攀援，川广不可越。老妻寄异县，十口隔风雪。谁能久不顾，庶往共饥渴。入门闻号啕，幼子饥已卒。吾宁舍一哀，里巷亦呜咽。所愧为人父，无食致夭折。岂知秋禾登，贫窭有仓卒。生常免租税，名不隶征伐。抚迹犹酸辛，平人固骚屑。默思失业徒，因念远戍卒。忧端齐终南，澒洞不可掇。

　　"北辕就泾渭，官渡又改辙。群冰从西下，极目高崒兀。疑是崆峒来，恐触天柱折。"

　　到了泾渭合流处的渡口，过渡的便桥改址了。"群冰"又作"群水"。冰水从上游冲下，极目望去，高远突兀，声势浩大。我感觉这冰水是从崆峒山流过来的，恐怕会把天柱撞断的。

　　"河梁幸未坼，枝撑声窸窣。行旅相攀援，川广不可越。"

幸好便桥还在，走上去嘎吱嘎吱响。行人相互搀扶，跨过宽广的渭河。

"老妻寄异县，十口隔风雪。谁能久不顾，庶往共饥渴。入门闻号啕，幼子饥已卒。吾宁舍一哀，里巷亦呜咽。所愧为人父，无食致夭折。"

妻子儿女寄住在奉先县，家里十口人，隔着风雪。我多想赶去，共度艰难。赶到家门口，就听到号啕哭声，我们最小的孩子饿死了。我忍住不哭，邻居们却都在哭啊！作为父亲，竟然让孩子饿死了，我非常惭愧。

"岂知秋禾登，贫窭有仓卒。生常免租税，名不隶征伐。抚迹犹酸辛，平人固骚屑。"

真想不到秋收后有粮食了，还发生这样的事，生活真是艰难啊！我因为祖上荫护，不需要缴租，也不需要服兵役。我尚且这么辛酸，那平民百姓不是更痛苦吗？

"默思失业徒，因念远戍卒。忧端齐终南，澒洞不可掇。"

我想起那些失地的农民，想起镇守边疆的军士。我的忧愁像终南山一样高，不可收拾啊！

2. 史诗感

杜甫在本诗第二段表达圣人之怒，而在第三段表达的是圣人之悲。

强抑丧子之痛，而念及平民、失业徒、远戍卒他们的痛苦可能远在自己之上，这种人饥己饥、人溺己溺的悲天悯人的情怀，只有杜甫才能做到。这就是圣人之悲。

　　清人卢世㴶评说："《奉先咏怀》及《北征》，肝肠如火，涕泪横流，读此而不感动者，其人必不忠。"
　　俞平伯评《奉先咏怀》："以文而论，固是一代之史诗，即论事，亦千秋之殷鉴矣。"
　　因前人对悲天悯人这一点评说已多，而少及史诗之壮阔；故我对此稍作详论。

　　古人作诗，体裁、格式、调式、风格，都有一定的范式，一般人不得轻易逸出的；只有杜甫这种千年难见的大才兼诗歌革命家，方能为之。
　　杜甫那时，已经有怀古诗，咏怀诗，送别诗/应酬诗，咏物诗，闺怨诗，宫体诗，游仙诗，等等；哪种诗有哪种诗的写法，大家遵守固定模式，都岁月静好。

　　我把这种写诗模式比作"摆拍"。
　　比如，王维《渭城曲》：渭城朝雨浥轻尘，客舍青青柳色新。劝君更尽一杯酒，西出阳关无故人。
　　李白《黄鹤楼送孟浩然之广陵》：故人西辞黄鹤楼，烟花三月下扬州。孤帆远影碧空尽，唯见长江天际流。
　　而且你感受一下，"摆拍"的还是照片，不是视频。
　　（当然，杜诗也有许多摆拍照，而且，杜甫往往在这方面显弱，如他的应酬诗或者应和诗就往往一般。）

　　有叙事的，给古诗加入视频的，是乐府诗。

《陌上桑》：

"行者见罗敷，下担捋髭须。少年见罗敷，脱帽着帩头。耕者忘其犁，锄者忘其锄。来归相怨怒，但坐观罗敷。"

是不是有点鬼畜风格——民间高手胆子就是大啊！

真正给古诗加入视频，具有写实风格且反映生活实况的，在杜甫之前是鲍照。

这可能与他们的经济状况有关，他们都是寒士，他们都跟平民一样，要半夜起来赶路。想象一下，在骊山脚下寒冷的凌晨，衣带崩断、指节僵硬，杜甫还如何灞桥折柳摆拍一张。是艰难的生活馈赠他、激发他——要不，索性拍个视频，不不不，拍个电影。

于是，我们看到高风吹裂，温泉水暖，看到杜甫怒目而视，呼天呼地，看到：皇帝分帛，大臣欢宴；寒女织布，税吏鞭挞；歌舞华堂，酒肉如山；路有冻尸，圣人怒斥。

在第三段，一来就是大片，我们何其荣幸，能欣赏到这样的多视角多声道的史诗大片：

"北辕就泾渭，官渡又改辙。群冰从西下，极目高崒兀。疑是崆峒来，恐触天柱折。河梁幸未坼，枝撑声窸窣。行旅相攀援，川广不可越。"

镜头俯视泾渭两河：便桥行人，悉在其中。而冰水从上游奔涌而下，轰然大声，阴沉气象和大自然的巨力令人畏惧。木桥被风吹动，发出嘎吱嘎吱的声音；行人相互搀扶，从桥上穿过渭河。

3. 余论

杜甫这种革命性的写作，包括引入叙事、史诗式的大片、生活化的显现、广阔而又纵深、预言式的历史感，在其当时是无人欣赏的。

有趣的是，《奉先咏怀》与《北征》是姐妹篇；而杜甫在三年前写的《同诸公登慈恩寺塔》，堪称《奉先咏怀》的先声。

"高标跨苍天，烈风无时休。自非旷士怀，登兹翻百忧。方知象教力，足可追冥搜。仰穿龙蛇窟，始出枝撑幽。七星在北户，河汉声西流。羲和鞭白日，少昊行清秋。秦山忽破碎，泾渭不可求。俯视但一气，焉能辨皇州。回首叫虞舜，苍梧云正愁。惜哉瑶池饮，日晏昆仑丘。黄鹄去不息，哀鸣何所投。君看随阳雁，各有稻粱谋。"

杜甫在《同诸公登慈恩寺塔》（以下简称"《塔》"）中的所见所感所思，都在《奉先咏怀》（以下简称"《怀》"）里得到映射和放大。

高标跨苍天，烈风无时休（《塔》）　 岁暮百草零，疾风高冈裂（《怀》）

自非旷士怀，登兹翻百忧（《塔》）　 终愧巢与由，未能易其节（《怀》）

七星在北户，河汉声西流（《塔》）　 群冰从西下，极

目高举兀（《怀》）

　　秦山忽破碎，泾渭不可求（《塔》）　　疾风高冈裂，北辕就泾渭（《怀》）

　　回首叫虞舜，苍梧云正愁（《塔》）　　生逢尧舜君，不忍便永诀（《怀》）

　　惜哉瑶池饮，日晏昆仑丘（《塔》）　　君臣留欢娱，乐动殷樛嶒（《怀》）

　　君看随阳雁，各有稻粱谋（《塔》）　　顾惟蝼蚁辈，但自求其穴（《怀》）

　　都是大志不展而忠心不改，自己有忠君之意而君主耽于享乐。都是大风激荡，吹裂山谷；河流奔涌，声震于天。都是预感到天下即将大乱。

　　《同诸公登慈恩寺塔》是高适、杜甫、储光羲、薛据、岑参五人的同题诗，薛据诗佚失，现存诗四首。
　　出于对杜甫诗的理解，或者带点偏爱吧，现在普遍认为，四诗中，杜甫是写得最好的。
　　但当时，人们可不这样认为。岑参的诗题是《与高适薛据登慈恩寺浮图》，直接把杜甫忽略掉了。

　　《奉先咏怀》写出后，杜甫是找不到欣赏者的。更何况此诗充满激愤讥刺之语，是不便与人传阅的。极大的可能，写出后就压在箱底，杜甫空闲时候拿出来欣赏一下。

九年后，杜甫已在四川，重阳登高之日，他写了首
《九日》：

> 去年登高郡县北，今日重在涪江滨。
> 苦遭白发不相放，羞见黄花无数新。
> 世乱郁郁久为客，路难悠悠常傍人。
> 酒阑却忆十年事，肠断骊山清路尘。

是啊，世乱已经差不多十年了，想起来真是肝肠火辣。
可是，为什么是"肠断骊山"，骊山你又不经常经过，难道
不是曲江，你徘徊的次数更多吗？

杜甫是在告诉我们：当年在骊山脚下的怒目瞪视，给
他留下了心理创伤。他是在提醒我们，这首诗的灵魂是圣
人之怒啊！

通过通读《奉先咏怀》，我也想坦率指出：我们一直以
来的解诗读诗传统是有问题的。一来过分注重对名句的忆
诵和解读，而忽视对整诗特别是这类长诗的整体的、无遗
漏的解读。二是为了维护"温柔敦厚"的解诗传统，对杜
甫的愤怒之火，作了掩饰。一九四九年以后，即便大家都
在发掘杜甫的批判，也多多少少被古代注家所蒙蔽了。

很惭愧，此前我也是看别人的介绍提及此诗，而不是
通读。大约去年九月，我通读此诗后，首先是感动；其次
是有点小怨恨——之前的教科书，之前的解读者，你们为
什么只提到"朱门酒肉臭，路有冻死骨"，而不告诉我圣人
之怒？

当然，"朱门酒肉臭，路有冻死骨"是非常有批判性的，而且在诗中也是大转折，极显顿挫之妙。可是，对此句的过分强调，却是对此诗批判性的消减。因为，此处的"朱门"，在几经顿挫转折后，是杨氏所代表的权贵之家了。如果仅盯着这个名句，则是忽视了杜甫对皇帝的怒目注视。

　　我们的诗歌史上，没有史诗。当杜甫能带来史诗感的时候，我们其实又是淡漠的。而杜甫，是既要"清词丽句"，又要掣鲸鱼于碧海中的。

08　杜甫"相对论"

　　杜甫对任何人任何事都能持有客观的、相对的、平衡的看法，这是"杜思"的一个迷人之处。我本来想将之表述为"辩证法"，但是，为了避开习惯的话语体系，我用"相对论"——这与物理学没有任何关系。

　　先从杜甫的性格说起。

1. 杜甫的性格

　　我在《杜甫与苏轼》里曾提及："如果你认同我的观点，即，所有杜诗都经过杜甫的删减编辑，都体现了他的意图……"

　　我又在《少陵剑法》论及："杜甫说自己的诗文'沉郁顿挫'，后世论及杜诗风格，终跳不出这四个字。你说杜甫牛不牛？"

　　智者千虑终有一失，杜老先生，论到你的性格，这次你失算了，你高估了后人的理解力和善意。看我能不能把你从自设的文字陷阱中解救出来。

　　杜甫曾写下一首诗。

畏人

早花随处发，春鸟异方啼。

万里清江上，三年落日低。

畏人成小筑，褊性合幽栖。

门径从榛草，无心走马蹄。

这是杜甫第二次回到成都时的诗作。他第一次到成都的时候，经过之前的关中—秦州—同谷的饥寒穷苦和一路流离，在成都安顿下来后，一下子感觉非常放松，所以写下像《绝句漫兴九首》里"颠狂柳絮随风去，轻薄桃花逐水流"这样的诗句——颠狂的不是柳絮，颠狂的是杜甫啊！

之后，为避战乱，杜甫又曾流离梓州、阆州一带，等他再回到成都的时候，他的心情不好了。

他说"畏人成小筑，褊性合幽栖"；"褊性"，是说我这人性格褊狭，整句是说，我这个人不想与人应酬，性格褊狭，还是适合幽居在浣溪草堂这样的地方。

好了，"褊性"成了杜甫的自陈词，杜甫似乎是历史上自我定义能力最强的人，接下来，《旧唐书》称"甫性褊躁，无器度，恃恩放恣"；《新唐书》更过分，说杜甫"褊躁傲诞"，再随便引用接纳了一个杜甫无礼几乎导致严武杀死杜甫的故事——诬杜诬严，莫此为甚。

其实杜甫这首《畏人》，是接续曹丕的《杂诗二首》之二：

西北有浮云，亭亭如车盖。

惜哉时不遇，适与飘风会。

吹我东南行，行行至吴会。

吴会非我乡，安得久留滞。

弃置勿复陈，客子常畏人。

　　杜甫借曹丕诗的末二字"畏人"为题，向曹丕致敬。曹丕贵为皇胄，但客旅之悲，天下同之，诗人同之。而"畏人"一词，杜甫也在"不爱入州府，畏人嫌我真"句中用过；均是想表达自己一个人独自安静一下，不想与人交往之意。

　　既然是不想与人交往，那就谦虚一下，说自己性格"褊性"——褊狭，就喜欢幽居溪边。

　　"褊性"这个词不是很多见，而以"褊躁傲诞"作为性格标签的，唯有杜甫一人。肯定是"褊性"一词，启发了新旧《唐书》的作者。

　　那么，逻辑上，杜甫说自己"褊性合幽栖"，那杜甫的性格就是"褊性"吗？就好比曹丕说自己"客子常畏人"，那曹丕就是"常畏人"——性格懦弱，不喜欢与人打交道吗？

　　其实，只要理解力正常，就懂得这个道理——一个人自称褊狭，他可不一定褊狭；而且，只要他通读杜诗，他就会发现杜甫是唐朝诗人中交际最广的人。一个热衷交际的人也难免会痛感应酬之累，难免会想"幽栖"一下；所以杜甫说"褊性合幽栖"。

　　我知道你要说："褊躁傲诞"，还有"暴躁傲诞"呢？

《新唐书》载：武以世旧，待甫甚善，亲至其家。甫见之，或时不巾，而性褊躁傲诞，尝醉登武床，瞪视曰："严挺之乃有此儿！"武亦暴猛，外若不为忤，中衔之。一日欲杀甫及梓州刺史章彝，集吏于门……

通读杜甫严武的酬答诗作，以及严武死后杜甫怀念他的诗作，他们之间的感情是很深厚的，严武断不至于有暴杀之心；再则，虽然杜甫经常喝醉，那也是徘徊曲江的杜甫，断难想象一个酒后无理取闹的杜甫啊！

此则逸闻采自唐代笔记小说《云溪友议》，小说家言，不作辨析就纳入正史，诬人极甚。

再看看《旧唐书》对杜甫傲诞的描述："甫于成都浣花里种竹植树，结庐枕江，纵酒啸咏，与田夫野老相狎荡，无拘检。严武过之，有时不冠，其傲诞如此。"

唐代有一些人喜欢在诗人的互相酬答的诗作中，找找有什么私仇，然后敷衍成故事。（新旧《唐书》有采街谈巷议以取笑诗人的习惯，如孟浩然躲到床底不见玄宗的故事。）

严武在《寄题杜拾遗锦江野亭》诗中写道：

漫向江头把钓竿，懒眠沙草爱风湍。
莫倚善题鹦鹉赋，何须不著鹓鸰冠。
腹中书籍幽时晒，时后医方静处看。
兴发会能驰骏马，应须直到使君滩。

"何须不著鹓鸰冠"，意为：你为什么不想戴上官帽呢？

意思是邀请杜甫当他的幕僚。

杜甫在《奉酬严公寄题野亭之作》中答道：

> 拾遗曾奏数行书，懒性从来水竹居。
> 奉引滥骑沙苑马，幽栖真钓锦江鱼。
> 谢安不倦登临费，阮籍焉知礼法疏。
> 枉沐旌麾出城府，草茅无径欲教锄。

杜甫的意思是：我自从疏救房琯触怒肃宗而辞官后，只适合幽栖江边钓鱼，像阮籍一样疏于礼法了。你如果有意来访，那我要除掉杂草，砍出一条路来迎接你。

严杜二人，一应一答，一个热情相邀，一个恭敬地推辞，因为双方是老朋友，所以语带戏谑和自嘲。结果被人解读为杜甫不戴帽子，不拘礼节。

而杜甫在浣花溪边种竹植树，结庐枕江，纵酒啸咏，与田夫野老来往，也被认为"相狎荡，无拘检"。

杜甫的个性，恰恰是"褊躁傲诞"的反义——博大而宽容，相对而平衡。

杜诗经元白韩等人再发现和鼓呼后，其实，直至北宋中期，杜诗还是遭遇接受不能的。杜诗与此前的诗歌有完全不同的特征，如从摆拍变为多视角的大片拍摄，由此带来的鲜活生活感，震慑住一些人，他们觉得怪异，所以评价为"褊躁傲诞"。

但是，如果想明白杜甫诗的投送方式，你就会明白，这些人都说错了。我在《史官意识》里曾论及：杜甫有许多诗在当世是没有知己，他是要与未来对话的。这里就要论及唐诗的投送方式。

李白来到黄鹤楼，发现崔颢写的《黄鹤楼》已刻在了显眼位置，于是在墙壁写下："眼前有景道不得，崔颢题诗在上头。"

对李白来说，这是即时感发，即时投送，就像大V在微博上随便说一句，都有几百万的浏览量。

杜甫也有即时感发，即时投送的诗。大量的应酬诗属于这种。

比如严武曾作了一首极好的边塞诗，《军城早秋》：

> 昨夜秋风入汉关，朔云边月满西山。
> 更催飞将追骄虏，莫遣沙场匹马还。

想必严武非常得意，要下面的幕僚作和诗。
杜甫应和一首：《奉和严公军城早秋》

> 秋风袅袅动高旌，玉帐分弓射虏营。
> 已收滴博云间戍，欲夺蓬婆雪外城。

杜甫这首应酬诗就相当于发在微信群里，也算是即时投送的。

但杜甫许多诗是私密投送的，如《因崔五侍御寄高彭州一绝》："百年已过半，秋至转饥寒。为问彭州牧，何时救急难。"这是杜甫以诗代简，向高适求助。相当于是一封私密信。诗人都比较豪放，你若把这首诗公开，也没有关系的，但本质上，这是一封私密信。后来人看到这首诗——还有更多类似的私密诗——可能会皱眉头：杜甫你这向人求助的样子，太"傲诞"了吧！——你再想一想，人家是多年的好朋友，这是一封私密信，杜甫这是率真，不是傲诞。

杜甫还有许多诗，是写给他自己看的。如他在夔州，在《峡中览物》中写道："形胜有馀风土恶，几时回首一高歌。"

——嘿嘿嘿，你作为文化名人，在一个地方要住两年的，竟然说这地方风土人情不好。

其实杜甫情商很高的，当面说的都是好话。你就不许人家心里说几句坏话？

天气太热了，他就怼天怼地。请看《早秋苦热，堆案相仍》：

> 七月六日苦炎热，对食暂餐还不能。
> 每愁夜中自足蝎，况乃秋后转多蝇。
> 束带发狂欲大叫，簿书何急来相仍。
> 南望青松架短壑，安得赤脚蹋层冰。

大意是：太热了太热了，打工人真辛苦啊！这么热，还有这么多文案工作。

朱瀚批注：此必赝作也。命题既蠢，而全诗亦无一句可取，纵云发狂大叫时戏作俳谐，恐万不至此，风雅果安在乎。

看到没有，古代注家只考虑文辞是否优美，行为是否优雅。

杜甫是在展示自己真实的一面，这是"褊躁傲诞"吗？何况，人家是写日记一样，写给自己看的。

其实，要理解杜甫的人与诗，要理解杜甫的性格，从文天祥的一句诗可以悟到。文天祥是杜甫的超级粉丝，他在牢中读杜诗，集杜甫诗句，作集句诗几百首。

文天祥有句名诗：人生自古谁无死，留取丹心照汗青。

其实，杜诗堪称是"留取丹心在汗青"。杜诗人称诗史，他的诗就是国家史，就是个人史。他把真实想法留在里边了。他把怼天怼地，伤时讥世，孤独悲哀，全放在里面了。

但是，他在人前，是很温柔敦厚，很风雅高致，很宽容博大的。他喜欢交际，有许多朋友，即使颠沛流离，也与故旧新知保持密切联络。

这是杜甫人生、性格的迷人的"相对论"。如果仅看出"褊躁傲诞"，那是思维的懒惰和贫弱。而正如我们看到的，新旧唐书的作者，是这样描摹我们历史上唱着悲歌的史迁的；古人之贫弱，往往如此。

说到"真实想法"，我想到杜甫那首《畏人》。杜甫对这个词竟然出现在曹丕的诗里，肯定印象深刻。一个帝王，怎么会"畏人"呢？但人总有需要"幽栖"的一刻，纵然是帝王将相。杜甫于是将之作为诗题，另写一首，向曹丕致敬。这就是"真实"的诗意，"真实"的魅力。

2. 万物相对

杜甫的世界里，万物都是相对的。世界是一个个对仗。
夔州对长安，"夔府孤城落日斜，每依北斗望京华"。
乾坤守着日夜，"吴楚东南坼，乾坤日夜浮"。
万里悲秋对着百年多病，"万里悲秋常作客，百年多病独登台"。

万物本身又有相对性。这本来应该叫作"辩证法"，我把它叫作"相对论"。

比方对皇帝，他批评玄宗奢侈享乐导致安史之乱，却又缅怀歌颂开元盛世；他批评肃宗决策错误（如过分倚重回纥兵平乱）、惧内偏听，却又怀念自己在朝时肃宗端午赐衣；在四川时吃到樱桃，他也想起当年肃宗分赐樱桃的恩典。
对人对事，一分为二看，是不是更真实，更客观？

对杨贵妃（有时带上杨氏姐妹），杜甫在《丽人行》里讥刺其奢侈靡乐，却也描摹她的美丽背影，"态浓意远淑且真，肌理细腻骨肉匀"。在《北征》诗中，斥其为褒姒、妲己这样的妖惑君心的妃子，"不闻夏殷衰，中自诛褒妲"；但在《哀江头》一诗中，又哀叹怜惜"明眸皓齿今何在？血污游魂归不得"。
在夔州时，杜甫有时闲着没事，写诗解闷，他在《解闷十二首》写道："先帝贵妃今寂寞，荔枝还复入长安。炎方每续朱樱献，玉座应悲白露团"，他想起当年玄宗贵妃飞马送荔枝入京，这样的奢侈享乐也是导致战乱的其中一个原因，现在他们都去世了，一起寂寞了。此时，杜甫发发今昔对比之感慨，已经原谅他们了。

杜甫对贵妃的相对而平衡的看法，避免引向肤浅的"祸水"论。

推远而论，杜甫几乎在所有问题上都保持了三观的正确，或者说保持了"政治正确"；这都得益于他的相对性思维。

比如对少数民族，自从安禄山反叛，汉人看到胡人心中总要咯噔一下，这很正常。杜甫在秦州时，也四处走到，他看到边地的羌胡，觉得边塞可忧。《寓目》中写道："一县葡萄熟，秋山苜蓿多。关云常带雨，塞水不成河。羌女轻烽燧，胡儿制骆驼。自伤迟暮眼，丧乱饱经过。"

这里的"羌女轻烽燧，胡儿制骆驼"，状羌胡的民风彪悍，引发杜甫的边愁。但是，体会一下这两句，还没有到xenophobia——仇外，排外的地步。

同样在秦州，《遣兴三首其二》写道："高秋登寒山，南望马邑州。降虏东击胡，壮健尽不留。穹庐莽牢落，上有行云愁。老弱哭道路，愿闻甲兵休。"

他要了解边关的民情，看看羁縻州的情况。秦州，胡汉杂居，其中马邑州的夷民归附大唐，受秦州管辖。于是有一天杜甫爬上小山，他看到官方在招募夷民入伍，要去"东击胡"——就是抗击安史乱军。"老弱哭道路"，老百姓哭声震天，一样的场景发生了。杜甫对少数民族也给予了深深的同情。

说到战争，杜甫是反战的。

杜甫在《兵车行》里写道："车辚辚，马萧萧，行人弓箭各在腰。耶娘妻子走相送，尘埃不见咸阳桥。牵衣顿足拦道哭，哭声直上干云霄。……君不闻汉家山东二百州，千村万落生荆杞。纵有健妇把锄犁，禾生陇亩无东西。"

杜甫在《蚕谷行》里写道："天下郡国向万城，无有一城无甲兵。焉得铸甲作农器，一寸荒田牛得耕。牛尽耕，蚕亦成。不劳烈士泪滂沱，男谷女丝行复歌。"

但是，杜甫性格中又有尚武的一面，他喜欢"竹批双耳峻，风入四蹄轻……骁腾有如此，万里可横行"的骏马；喜欢"何当击凡鸟，毛血洒平芜"的雄鹰。现在战争来了，他主张以我为主，以战止战。

肃宗在平乱中，借助了回纥的力量。杜甫在《北征》中提到："其王愿助顺，其俗善驰突"——回纥愿意帮助平乱，他们善于马上驰突作战；"圣心颇虚伫，时议气欲夺"——肃宗对回纥兵寄予厚望，时人不敢多说什么。杜甫不反对借兵，但是一直主张以朝廷自己的军队为主，"官军请深入，蓄锐伺俱发"，官军应该深入战区，与回纥兵一起作战。此后，回纥兵骄纵抢掠，杜甫忍不住就在《留花门》里讥讽肃宗，"公主歌黄鹄，君王指白日"，肃宗这样依靠回纥，可怜和亲的宁国公主唱起了"黄鹄"的悲歌，天子为取信回纥而指天发誓。

后来杜甫入严武幕，他是主张整军备战，收复被吐蕃占领的失地的，他的《奉和严公军城早秋》写道："秋风袅袅动高旌，玉帐分弓射虏营。已收滴博云间戍，更夺蓬婆雪外城。"——秋风吹动高扬的军旗，军帐中分发杀敌的弓箭；已经收复滴博岭了，何时能收复蓬婆城，一雪前耻呢？

几乎在任何方面，杜甫都是"相对论"的践行者。

比如对高适，几乎可以说是他最好的朋友，但他对高适的安边不力却是不满的。杜甫重私交，却每每持论公直，不以私情而屈理。

又如在诗歌理论上，李白是崇古的，却看不起六朝的诗，嫌其柔靡无力。但杜甫认识到六朝的"清词丽句"可以"为邻"，（"清词丽句必为邻"），但这种"翡翠兰苕"，还是"未掣鲸鱼"（"或看翡翠兰苕上，未掣鲸鱼碧海中"），还是需要"转益多师"，（"转益多师是汝师"），多方学习，兼容并蓄。杜甫对诗歌的"相对论"观点使其看到前人所有品类风格的诗歌的长处与不足，取舍扬弃，兼得各方殊胜，终集大成。

3. 微"讽"吹过

杜诗中存在"似讼实讽""讼中带讽"的行文风格。其实，这也是"相对论"之一种。《洗兵马》是论朝政，贬褒皇帝；那杜甫有没有将这种"讼中带讽"用于别人？

此前人们普遍认为《赠花卿》："锦城丝管日纷纷，半入江风半入云。此曲只应天上有，人间能得几回闻"，杜甫一边赞美音乐动听，一边又在讥刺花卿骄恣不法，竟然妄奏皇家音乐；这首诗符合"讼中带讽"的特点。但左汉林教授考证后认为，玄宗时，皇家音乐已经与百姓同享了，至于专用于祭祀的皇家音乐，实际是很难听的，杜甫听到的不可能是祭祀用的音乐。所以，这里没有讥刺的意思。

杜甫题赠王维的一首诗，可能隐含了微微的嘲讽。

安史之乱中，长安沦陷，一众大臣都被拿获。杜甫因为是小官，无人关注，竟然逃出长安，奔赴肃宗皇帝驻地凤翔。王维服药闹了痢疾，同时又称有哑病，但还是被安禄山强迫任职。一日，裴迪来访，口头带出王维所作的《凝碧池》：
"万户伤心生野烟，百僚何日更朝天？
秋槐落叶空宫里，凝碧池头奏管弦。"
此诗表达了王维身在贼营，心在朝廷的心迹。长安收复后，王维受到了处分，但肃宗看出王维的忠心，没有给王维严厉处分，只是降职为太子中允。

杜甫因其良好表现，被任命为左拾遗。终于成为王维的同事，能与他搭搭话了。他写了首诗，安慰王维。

奉赠王中允（维）

中允声名久，如今契阔深。
共传收庾信，不比得陈琳。
一病缘明主，三年独此心。
穷愁应有作，试诵白头吟。

《杜臆》：此诗真是王维辩冤疏。

许多人都跟《杜臆》作者一样，认为这首诗是替王维辩冤的。

吴小如先生认为这诗的典故有点不合适。吴先生没明说，实际上暗示，这首诗有非常轻微的嘲讽之意。

"中允声名久，如今契阔深。"——摩诘兄名气很大，好久不见了。"契阔"，也有解作勤苦的；那意思就是——摩诘兄名气很大，如今有点落寞辛苦。

"共传收庾信，不比得陈琳。"吴小如先生认为此处用这两个典故有点怪怪的。

侯景之乱时，萧纲命庾信率军驻守台城；侯景军队一来，庾信弃城而逃。台城失陷后，庾信沿江西行，逃往江陵，被湘东王萧绎（后来的梁元帝）承制任命为御史中丞；后来梁元帝又派庾信出使北周，此时梁亡，庾信被强留在北周当官——这就是"收庾信"。庾信和王维都被强留当官，但梁元帝和北周皇帝都是正统的帝王，安禄山是反贼。

陈琳原是袁绍的部下，写檄文骂曹操，后又被曹操收为部下。陈琳和王维有一定可比性，但安禄山没法和曹操作比。

"一病缘明主，三年独此心。"——你装病，心系朝廷，肃宗明白你的苦心；你这几年也不容易啊！——这两句里应该没有任何弦外之音。

"穷愁应有作，试诵白头吟。"——人在愁苦的时候都会有诗作，想必你也像卓文君一样吟诵《白头吟》吧！杜甫还向王维索诗，你说王维会搭理他吗？

古人讲究"风人之旨"，即以男女之情来比君臣之义；你要王维吟诵《白头吟》，是说肃宗或者玄宗亏欠王维吗？

杜甫是幽默大师，也是讽刺大师。这一点，杜甫自己是知道的。

杜甫在《同元使君舂陵行》的诗序中说："不意复见比兴体制，微婉顿挫之词"；他读到元结的《舂陵行》，引为知己之调。其实，他说元结的诗"微婉顿挫"，实际上就是说自己的诗"微婉顿挫"。（请理解一下杜甫的寂寞，没人评论他的诗怎么样，他就在各种场合提醒后来人，他的诗歌风格是什么。）

"微婉"，就是微微的讽刺，就是在讽刺中也保持温柔敦厚。

但杜甫又是坦诚的，他可没想着——我要轻轻地讥刺一下摩诘。杜甫那幽微的心思，谁能理解啊！但对一个幽默/讽刺大师来说，有时候真的抑制不住；可能，都不是杜甫自己写出的，而是他的深潜之手写出的。

幽默和讽刺，往往相伴而行。幽默一定带着讽刺，讽刺肯定有一点幽默。而幽默和讽刺都贵在轻微，就像香水，要似有还无。你不能老是干咳一声，说，我要开始幽默了，我要开始讽刺了。

这要命的轻微的幽默和讽刺，你仔细体会，一定会体味到人生的苍凉——摩诘身不由己，被迫任职，就像庾信，长居北国，他们都心怀愧疚，一个是作《哀江南赋》，一个是潜心念佛。而杜甫是原谅并理解他们的，晚年的杜甫越来越崇慕庾信。以庾信比王维，杜甫是真心的，是温情友爱的。

所以，温情和悲凉也是相伴而行的啊！这苍凉的人生，也是可原谅的啊！明乎此，你也会说，杜甫，原来是这么温厚的人。

其实，杜甫赠诗给王维，也是与他自己对话（他也想原谅自己吧）。杜诗中，出现了多次《白头吟》。对杜甫来说，《白头吟》是超出卓文君的原初意涵的。

　　杜甫似乎是说：摩诘，我经常吟诵白头吟的，你也吟诵一首给我听听吧！

　　还记得我在《有所思》中所唱的"相对论"赞歌吗？

　　"他的坦诚伴以勇气甚至自残。他的早慧而晚成。坦诚而幽微。冷峻而深沉。反战却尚武。忠厚却批判。高远而多视。平等且仁爱。相对而平衡。幽默而微讽。温情而悲凉。混茫的确定。表达中思想，思想中表达；甚或，不表达中思想。"

　　杜甫的"相对论"，很美啊！

09　平等仁者

1

　　史书的作者显然看不惯杜甫与下层民众打成一片的行径，《旧唐书》载："甫于成都浣花里种竹植树，结庐枕江，纵酒啸咏，与田夫野老相狎荡，无拘检。严武过之，有时不冠，其傲诞如此。"

　　杜甫在成都时，草堂的北邻是王明府，南邻是朱山人，都是风雅有趣的读书人。唯一提及田夫野老的是《遭田父泥饮美严中丞》：

　　"步屧随春风，村村自花柳。田翁逼社日，邀我尝春酒。酒酣夸新尹，畜眼未见有。回头指大男，渠是弓弩手。名在飞骑籍，长番岁时久。前日放营农，辛苦救衰朽。……高声索果栗，欲起时被肘。指挥过无礼，未觉村野丑。月出遮我留，仍嗔问升斗。"

　　一个春天社日，杜甫在村里走，被一个农民老大爷强留住喝酒。看来老大爷认识杜甫，知道他是严武的朋友。老大爷夸严武的政策好，让他当兵的儿子农忙时节放假回家，可以帮忙干活。老大爷留住杜甫，大碗喝酒，吃果栗；杜甫几次要告辞了，都被拽着胳膊按住。这老大爷呼来喝去的，杜甫却感到他的真诚，没觉得他村野粗俗。

2

我之前以为杜甫既穷困潦倒，又不善交际，二者叠加，形成恶性循环，境况越来越差。其实这个印象大谬不实。

杜甫的境况并不是我们想象的那么差，在《北征》中，他骑马回家，身边跟着他的仆人，"我行已水滨，我仆犹木末"；即使在人生的尾声，全家漂泊在湘江小船上，他还是要给船工们分发工资的，"减米散同舟，路难思共济"（《解忧》）——我分给船工们一些米，希望大家同舟共济。

对比一下，杜甫的好友苏源明，一直在仕的，据说是在长安饿死的。可见，战乱时期，人们的生活是何等艰难。而杜甫，带着他一大家子十口人（他一个弟弟一家和他在一起），由关中出甘入川，出峡入湘，尽管艰难，终算平安，已是很不容易了。

而杜甫的交际圈，非常广泛，甚至可以称得上豪华。

杜甫一生中的三个皇帝，都算是打过交道。玄宗赞叹杜甫的赋写得好，杜甫可能是见过一面的。杜甫逃出长安，衣衫褴褛去见肃宗，肃宗非常感动，后任命其为左拾遗，是杜甫的高光时刻。代宗继位后想起流落西南的杜甫，要封他一个小官，杜甫不要；但严武给他申请了一个工部员外郎的虚职，代宗赐他一个绯鱼袋标志官级，他整天带着。

皇亲国戚、高官大臣方面：张垍是玄宗的女婿，当过副相，人品不好，但跟杜甫关系很好；李林甫的女婿杜位，是杜甫的从侄，后被贬，杜甫与他保持了一生的友谊；他和汝阳王李琎有交往，与汉中王李瑀则是一生的好友，杜甫在梓州时，因为与李瑀的这层关系，得到了地方要员的种种照顾和帮助。

从与汉中王李瑀的交往可以看出，杜甫实际上是非常善于交际的人，杜甫与李瑀在长安就认识了，杜甫在四川梓州时，得到李瑀的关照和保护；李瑀把杜甫也当作朋友，杜甫暮年流落到湖南时，还收到李瑀的来信，说他们共同的朋友谁谁去世了，可见，他们几个人相互牵挂，一直保持联系。另外，杜甫即使在各地流离，也与众多的朋友保持书信联系，当时著名的艺术家他都会在各地碰到，如李龟年、曹霸等。杜甫不善交际的印象是完全错误的。

他的交往，有时候是他的生活介入了历史。《北征》途中，他向名将李嗣业借马，"明公壮年值时危，经济实藉英雄姿。……青袍朝士最困者，白头拾遗徒步归。……妻子山中哭向天，须公枥上追风骠。"（见《徒步归行》）李嗣业在收复两京之战中立下战功，可惜在邺城之战中阵亡。

有时候是历史进入了他的生活。他认识的画家曹霸，在成都再次相遇，曹霸是曹操的后人。在夔州时，他遇到了狄仁杰的后人，还排上了亲戚，《狄明府博济》："梁公曾孙我姨弟，不见十年官济济。"

说到亲戚，杜甫在湖北公安碰到李晋肃，作《公安送李二十九弟晋肃入蜀，余下沔鄂》。李晋肃是皇帝李家的后人，杜甫的外祖父、外祖母都能跟李唐皇室排上亲戚，所以，杜甫与李晋肃就称兄道弟了。李晋肃是李贺的父亲，如此一来，李贺竟然叫杜甫伯父或表伯。

说到李贺，就要说到诗人圈。很奇怪的是，杜甫与诗人们保持了很好的关系，但其他人似乎在联合起来，不让他进入他们的圈子（李白不算，杜甫三十三岁见过李白后，再没碰到；高适不算，他是真心欣赏杜甫的）。

　　先看岑参，我在《史官意识》中提到：岑参的诗题《与高适薛据登慈恩寺浮图》，直接忽略掉杜甫——岑参，或者其诗的编者，认为杜甫是不入流的诗人。

　　再看王维，我在《杜甫"相对论"》中提到：杜甫写了《奉赠王中允（维）》，向王维索诗，显然王维没有搭理杜甫。

　　最后看元结。杜甫和元结曾参加过同一次考试，二人都没被录取。因为是同年科举，二人该算是经常联系的好友。元结跟一群人出了个诗集，杜甫马上写诗赞美元结的现实主义风格，他在《同元使君春陵行》的诗序中说："不意复见比兴体制，微婉顿挫之词。"杜甫一定有点感伤，"比兴体制，微婉顿挫"，这些杜甫比别人都要好，为什么元结你不把杜甫也拉上呢？

　　但是，只要隔个一百年就能看出，杜甫的交际圈才是最强大的。杜甫是李白、高适、岑参的好友，与王维、元结关系不错，他那时代的所有大咖他都交往了。而李白和王维之间没有交往的记录。高适和岑参两颗边塞诗双子星彼此之间没有太多交往，却都是杜甫的朋友。王维的朋友裴迪、李颀、储光羲、祖咏、卢象、皇甫冉、钱起，当时看起来很强大，但没法跟杜甫的朋友比，而与元结一起结集的沈千运、王季友、于逖、孟云卿、张彪、赵微明，又低了一层了。

杜诗中留着许多下层民众的身影。

杜甫到奉先探亲那次，回到家，他的幼子饿亡，"里巷亦呜咽"，邻居们也悲伤哭泣。杜甫到羌村探亲，因是战乱期间，看到有人回来，"邻人满墙头，感叹亦歔欷"《羌村三首》，邻人们很好奇很关心，倚在墙头看他，唏嘘不已；"父老四五人，问我久远行"，父老们携酒慰问，"请为父老歌：艰难愧深情。歌罢仰天叹，四座泪纵横。"——杜甫非常感动，仰天长叹，老泪纵横。

杜甫入川路上，经过成县龙门镇，"嗟尔远戍人，山寒夜中泣"（《龙门镇》）——他晚上睡不着，听到了戍卒的哭泣声。

垂暮之年，他在湘江边上，看到一个采蕨菜的妇女，他要去了解一下。原来，妇女采了蕨菜，要到街市上卖了，得钱交赋；她丈夫因服劳役累死了，所以她日暮回村都要哀号。（《遣遇》：石间采蕨女，鬻菜输官曹。丈夫死百役，暮返空村号。）

杜甫也是一个好老板，能发现员工的优点，并平等对待。在《信行远修水筒》中写道："秉心识本源，于事少滞碍。……触热藕丝修，通流与厨会。……日曛惊未餐，貌赤愧相对。浮瓜供老病，裂饼尝所爱。于斯答恭谨，足以殊殿最……"

杜甫在夔州时，引水的水筒坏了，他叫一个叫信行的仆人去修。信行翻山越岭，修好了水筒，杜甫非常赞赏这个仆人，于是给他写下了热情赞赏的评语。

杜诗中为什么有这么多哀时伤世，这么多现实关怀，一是因为杜甫的生活与下层民众接近，他也痛感世事艰难；再则，伟大诗人的同理心使他和那个时代，和最广大的民众感同身受。

　　诗人的情感，天然的跨越等级和身份，如《杜甫"相对论"》提及，曹丕尚且"常畏人"，杜甫有感于曹丕之"畏人"，几次同"畏"之，"畏人成小筑，褊性合幽栖"，"不爱入州府，畏人嫌我真"。

　　而与下层百姓情感共鸣，往往仅大诗人能为之。

　　《史官意识》中提及，杜甫入川路上，经过了石龛，他了解到竹子是一种军需物资，因需求大，各地的竹子都砍得差不多了，伐竹民夫为找不到直竹子而苦恼。他在《石龛》一诗中记录了这件事。

　　可供对照的是，另一个名诗人钱起，曾专门管理伐竹之事，作有《夕发箭场岩下作》及《奉使采箭簳竹谷中晨兴赴岭》二诗，叙及伐竹，但诗中对此种苦况，反无所反映。这就是一般名诗人与杜甫这样的伟大诗人的境界差别。

　　可以说，杜甫的朋友，上至皇亲国戚、高官显贵，中及诗人同好、文艺百家，下达邻人远戍、田父寡妇；难能可贵的是，他都能平等交往。

4

我曾在《圣人之怒》中论及，在《奉先咏怀》第二段中，诗中出现了杜甫、军士、皇帝、大臣、寒士、寒女、税吏、权贵，以及圣人。在圣人—皇帝—权贵—大臣—寒士—军士—平民这一身份序列中，杜甫是最具流动性的，他的经济状况差一点，他就混迹于平民了，但是，因为他高贵的"圣人之怒"，他也成为圣人。

杜甫的"圣人之怒"，实基于他的平等之心。也许可以说，杜甫是中国历史上极少数几个之一，对上至皇帝下至平民，都能以平等心待之的人。

他的诗中不乏称颂之词，但颂词中，也夹杂规劝，如《洗兵马》；而对皇帝、朝廷的聚敛、强征兵役等也直率批评。对皇帝的奢侈浪费、快马荔枝予以讽刺或痛斥，却也在吃到槐叶冷淘这种小吃时想到：如果皇上能吃到就好了。

就是这个平等之心，使杜甫成为诗中圣人，伟大的仁者。

10 终章 混茫

杜甫的诗作,自成一个宇宙。

这是一个混茫的宇宙。

《庄子·缮性》篇:"古之人,在混茫之中。"

这是开天辟地之初,混沌已开的宇宙。

董仲舒《春秋繁露》:"水则源泉,混混沄沄,昼夜不竭。"

这是一个源流不尽,浩浩汤汤的宇宙。

杜诗中有两处用到"混茫"。

《寄彭州高三十五使君适、虢州岑二十七长史参三十韵》:"意惬关飞动,篇终接混茫。"仇兆鳌谓:用意惬当,则机神飞动,此诗思之妙。篇势将终,而元气混茫,此诗力之厚。

《滟滪堆》:"天意存倾覆,神功接混茫。"意为:行舟危险,上天有意提醒行舟者倾覆的危险,故造物神功,特留此石(滟滪堆)以接于混茫水中也。

在杜甫看来,诗歌与宇宙同构,都是混茫的。

仇兆鳌在《杜诗详注·进书表》中说:"李豪放而才由天授,杜混茫而性以学成。"在仇看来,杜(诗)是混茫的。

李长祥评杜诗:"'死不休',用力处;'接混茫',神化处。……又曰:少陵诗,得蜀山水吐气;蜀山水,得少陵诗吐气。"——杜诗似乎在改造世界，赋予世界以灵气。

杜甫非创世论者，但他认为，人力可与造化争雄。

《瞿唐怀古》："疏凿功虽美，陶钧力大哉。"——大禹疏凿治水功绩很大，他为山川赋形的陶钧之力却能与造化争辉。

《柴门》："禹功翊造化，疏凿就欹斜。"——峡壁留着大禹疏凿的痕迹，这是大禹辅佐造化的印迹啊！

杜甫在《秋日夔府咏怀奉寄郑监李宾客一百韵》中写道："登临多物色，陶冶赖诗篇。"

这里的"陶冶"，不是我们现在经常说的"陶冶情操"，而是"创造"的意思。陶冶——制作陶器和冶炼金属，引申为一切创造活动。（如果把"陶冶情操"理解成慢慢地重塑性情，则"陶冶"解释成"重塑reshape"，那么，"陶冶情操"中的"陶冶"也有创造之意。）

杜甫《奉先刘少府新画山水障歌》："元气淋漓障犹湿，真宰上诉天应泣"，极言刘少府创作的山水画笔墨之饱满酣畅，栩栩如生，元气淋漓；就如仓颉作字，天雨粟、鬼夜哭，上天看了也要哭泣。

杜甫用他的诗创造宇宙。
杜甫的宇宙是元气淋漓、栩栩如生的。
这也是个自由而多情的宇宙。

这里边有悲歌浩叹，也有花鸟癫狂；有大江落木，也有细雨花重；有兵火白骨，也有春韭黄粱。

还有不确定性和自由。

杜甫《八阵图》：功盖三分国，名成八阵图。江流石不转，遗恨失吞吴。

据仇兆鳌归纳，竟然有四种解释：以不能灭吴为恨，此旧说也。以先主之征吴为恨，此东坡说也。不能制主上东行，而自以为恨，此《杜臆》、朱注说也。以不能用阵法，而致吞吴失师，此刘氏之说也。

当你孜孜以求确定之解时，你没理解杜甫的深意。

他说，我给你自由，你自己去解读吧！

像墨西哥诗人帕斯说的："写诗的诗人死去，读诗的诗人降生"，"在喊叫与沉默之间，在所有涵义与涵义的空寂之间，诗出现了"。

杜甫以他的复杂性、多重性、不确定性，表达自由，表达对歌咏之人/物的爱意。

我曾在《杜甫与川普》解读《洞房》："洞房环佩冷，玉殿起秋风。秦地应新月，龙池满旧宫。系舟今夜远，清漏往时同。万里黄山北，园陵白露中。"

谓其通过互文，通过意象/词典/事典的并置，经其歌咏，好似送贵妃幽魂归去，与古代的诸多美人一起。

这是经由复杂性表达他的多情之思。

杜甫还要通过不确定性表达他的幽默、自由，他再把这个自由"转发"，表达对读者的关爱。

还是以贵妃为例。

哀江头

少陵野老吞声哭，春日潜行曲江曲。

江头官殿锁千门，细柳新蒲为谁绿？

忆昔霓旌下南苑，苑中万物生颜色。

昭阳殿里第一人，同辇随君侍君侧。

辇前才人带弓箭，白马嚼啮黄金勒。

翻身向天仰射云，一笑正坠双飞翼。

明眸皓齿今何在？血污游魂归不得。

清渭东流剑阁深，去住彼此无消息。

人生有情泪沾臆，江水江花岂终极！

黄昏胡骑尘满城，欲往城南望城北。

此诗前半部分回忆玄宗与贵妃游幸曲江的盛事，后半部分感伤贵妃之死和玄宗出逃，哀叹曲江的昔盛今衰；自伤之时，复又哀怜贵妃之死，实深情之至。

此诗后启白居易《长恨歌》；然比之《长恨歌》，情感更深更真。

而且，我们如果勇敢一点，接过杜甫给予读者的自由，经几个"顿挫"，我们将看到最美的贵妃。

"辇前才人带弓箭，白马嚼啮黄金勒。翻身向天仰射云，一笑正坠双飞翼。"

据陈贻焮先生的考证，唐朝皇帝春天在曲江东南的芙蓉苑游幸时，往往带领一众宫女做打猎的游戏。这些宫女换上戎装，佩带弓箭，她们可以射杀飞禽和小兔。但可想而知，对生手来说，打到猎物的难度是很大的，所以，苑内养着鸭子，可供练习和猎杀；如此一来，大家都开心，气氛很热烈；玄宗和贵妃看着宫女玩乐，自己也非常开心。

这种玩乐项目叫作"射生"，中唐诗人王建《宫词》第二十二首"射生宫女宿红妆，把得新弓各自张"，即歌咏"射生"。

杜甫当然不会这么老实，他让宫女射杀的是天上的飞鸟，"双飞翼"。

白居易在《长恨歌》写道：在天愿作比翼鸟，在地愿为连理枝。这飞翔的"比翼鸟"显然来自杜甫击落的"双飞翼"。

杜甫用典既多又广，有时正用，有时反用，有时偏用，有时他用了你不知道，有时你不知道他有没有用。典故就像一顶帽子，他有时候正戴，有时反戴，有时偏着戴，有时他戴了隐身帽你看不出，有时你不确定他有没有戴。

这里隐含一个典故。历代读杜者争论不休：到底有没有用这个典故。

《左传·昭公二十八年》："昔贾大夫恶，娶妻而美，三年不言不笑。御以如皋，射雉，获之。其妻始笑而言。"

《左传》这个故事是说：有个贾大夫，长得很丑，偏偏娶了一个很漂亮的妻子，妻子嫌他丑，三年不言不笑。有一次，贾大夫显示了一下他的射箭功夫，打下一只雉，他漂亮的妻子才开始言笑。

主张用了典故的认为："翻身向天仰射云，一笑正坠双飞翼"——都是射箭了，都是笑了，应该是用典了；只不过这个帽子戴得有点偏，是偏用典故。

主张没用典故的则认为：整首诗表达出对玄宗和贵妃哀怜的感情，如果此处用典，则暗含玄宗和贵妃感情不和谐的讥讽之意，当然是不妥的。

杜甫的用典，首先是要让他自己开心。他享受到技术的快感——你看他，正用反用偏用，或者，用和不用你看不出——这就像抖动剑花在炫技；其次是改变历史般的快感；还有就是一种自由的感觉——在社会领域处处受限，而在文艺领域却蕴含一切可能，甚至，这种不确定性都意味着一种自由。这是杜诗所映照出的"杜思"的一个切面。

而杜甫，他给予读者不确定性，也是给予一种自由，一种爱意。

杜甫就像一个过分慷慨的赌徒，把骰子给了对方；他又像一个卖国贼，把自己的诗意的领土，无偿地割让给读者。——不不不，他是杜甫宇宙的慷慨主宰，"惟杜诗之清风，与杜思之明月，耳得之而为声，目遇之而成色，取之无禁，用之不竭，是杜工部之无尽藏也，而吾与子之所共适。"

我选择：杜甫用典了。

正如我在《杜甫"相对论"》里所说：对杜甫而言，幽默必然带着讽刺，而温情也和悲凉相伴而来。即便杜甫暗暗嘲讽玄宗和贵妃有点不和谐，可在"明眸皓齿今何在？血污游魂归不得"的反照下，那一点点若有若无的小嗔小怨、忸怩作态，却是多么温情的回想啊；而且，一笑之下，贵妃显得更美了。

而且，我要得寸进尺，像攻破杜甫诗意城池的敌军，大肆掠夺。

我要把"翻身向天仰射云"的人，理解成贵妃，而不是一般理解的"才人"——"辇前才人带弓箭"，——是的，这个宫女带来弓箭了，这时，贵妃想自己显露一下技艺，于是她——翻身向天仰射云，一笑正坠双飞翼。

　　此时的贵妃多美啊，她扭转腰肢，俏脸仰望；她英姿飒爽，她拉起弓箭，瞄准——停个两秒，她用余光瞄了一下玄宗，露出不可名状的微笑。弓箭射出——她不知道，她射向的正是自己啊！那飞翔中，但即将失去自由、失去生命的比翼之鸟。

　　贵妃失去的自由，却正是杜甫要"转发"给读者的。

　　有人说，杜诗太沉痛，看不下去。其实，你看第一遍时，要和杜甫一样沉痛。看第二遍时，此诗就进入美学领域了。你要做一个诗歌国土上的叛徒，你看到"明眸皓齿今何在？血污游魂归不得"不要再哀伤了；你要把这看成布景，是为了衬托"翻身向天仰射云，一笑正坠双飞翼"的美丽身姿的。

　　有人说，杜诗有点晦涩，看不下去。
　　一个作品晦涩，正是为了给你自由，为了给你爱意。
　　因为当你阅读晦涩的文字，当你停住，思忖一秒，这时，时间本身也停住了一秒，它轻轻地放过你，不再数你的眉毛，不再以亿分之一的速度染白你的头发。
　　就像你看我的文字。

第二辑

时空对话录

01　诗歌艺术和命运设计师

1

我的申请获得了时空管理局的批准。这里的规则是：申请者选择时空坐标；申请者必须遵守跨时空访问的首要规则，即，不得改变历史，——这是双向的：比如申请者知道受访人明天要去长安，就极力劝说他别去以避灾祸，这就违反规则了；又如访问者去套古人的意见，而这个意见与普遍认为的不同，然后访问者宣称这是古人告诉他的，这也是违反规则的。时空管理局也是有预防措施的——有一个回放条会自动抹去谈话，那些谈话就像没发生一样，不会对历史产生影响。

我选择的时间是大历五年（770）的夏末。杜甫是在这年的冬天去世的，《回棹》是这年的夏天写的，他在《回棹》里写道："清思汉水上，凉忆岘山巅。"《回棹》之后，他就没写几首诗了。我把时间设定在写《回棹》之后，是因为我觉得，他写好这首诗后，我可以跟他谈谈他的一生了。夏末有点热，但傍晚的时候就会有凉风，让我们"凉忆岘山巅"。

这时的杜甫已耳聋三年，不过时空管理局附赠了一个隐形的时空谈话仪；只要把这个仪器放置在我们中间，我们的谈话就没有任何障碍了，我的话会自动转化成杜甫能理解的唐音，而且不会有任何听力故障；杜甫的话，不管有没有夹带长安或洛阳或四川口音，都能转成我能听懂的话。

2

一个筋斗下到湘江边上，我看到前方树荫下，杜甫坐在他心爱的小乌几上乘凉。脚边放着一个麻编的袋子，估计顺带卖他的药材。

我把时空谈话仪在我们中间一摆。这玩意儿太厉害了。它能多向身份识别——这个仪器能识别杜甫和我，我和杜甫也能经由这个仪器相互识别。

杜甫呵呵笑道：原来是你啊，老翟，我可有点烦你啦，说什么"引人人胜的啰唆"、说什么"少陵剑法"。

我连忙说：杜老先生，别别别，你可不要评判我的观点，这一来违反批评自由的原则，二来也违反时空对话的规则，万一你说我哪个观点你很认可，那我回去说杜甫本人也背书这个观点，这就太不讲理了，而且时空管理局也会把这些谈话抹去的——他们是双向抹除的。

我接着说：我是来谈谈你的人生的。我隔了一千多年，可能看得比你本人更清楚，我跟你说几句，让你感到宽慰，让你不致对自己的人生感到太过失望。

杜甫道：好好好，有意思。别人跨时空过来，基本上都是问我哪首诗我最喜欢；或者给我看自己写的诗，问我写得如何；最多是问我"江流石不转，遗恨失吞吴"到底几个意思。你这样，是我第一次碰到。

我接着说：杜老先生，当我谈你的人生的时候，你不要发表观点。你可以笑，可以哭。因为笑和哭是最模糊多义的，这样，时空管理局就不能说你透露了信息给我，没法说我们违反了规则，没法抹去我们的谈话。

杜甫点头同意。多么可爱的老先生。

3

今天我要说的话题是：诗歌艺术和命运设计师。

杜老先生，你自嘲"朝扣富儿门，暮随肥马尘。残杯与冷炙，到处潜悲辛"，"苦摇求食尾，常曝报恩腮"，你自叹"纨绔不饿死，儒冠多误身"，也认识到自己笨拙，不够圆滑——"杜陵有布衣，老大意转拙。许身一何愚，窃比稷与契"。但你从来没有抱怨过命运，当你说"飘飘何所似，天地一沙鸥"，那是描摹你飘零的身世；你可没抱怨上苍给你安排了这样一个人生。

我首先要表达对你的敬意，即使在你最落寞绝望的时候，你也没有屈服，甚至你就否定命运这东西的存在。这可能与你的儒家信仰，或者理性的世界观有关。

但是，你的人生太圆满了，过分的圆满，充满设计感的圆满。

我这里所说的圆满，不是一般人所说的"大富大贵"意义上的圆满；而是说，你的人生中充满完美的对称，极致的反差，封好的闭环。

先从最无关紧要的说起。

宝应元年（762）的建巳月，你认识的两个朋友，姓焦的校书，姓王的司直，说巧不巧的，都从马上摔下来，还摔得不轻。你写诗取笑他们。

戏赠友二首

元年建巳月，郎有焦校书。自夸足膂力，能骑生马驹。
一朝被马踏，唇裂版齿无。壮心不肯已，欲得东擒胡。

元年建巳月，官有王司直。马惊折左臂，骨折面如墨。
驽骀漫深泥，何不避雨色。劝君休叹恨，未必不为福。

你看，这两个人的坠马，像不像一副对联，焦校书对王司直，主题（横批）：坠马。

当然这事情没完，就像你的排律是对仗连着对仗，必定会有下一个对仗出现。

几年后，你在夔州醉驾，酒后骑马摔下，你自嘲，作了首《醉为马坠，诸公携酒相看》。这与前面的坠马构成对仗，上联是"焦王成都坠马"，下联是"杜甫夔州醉驾"。

当然事情还没完，这个王司直，你出峡后，竟然在江陵的一次宴会上，你们又碰到了，你还又写了一首《短歌行赠王郎司直》赠别。这又是一副对联：成都笑看坠马，江陵泪别远行。

4

不要小看人与人能否碰到，能否重逢。多年后有个诗人崔护写道："去年今日此门中，人面桃花相映红。人面不知何处去，桃花依旧笑春风。"他仅仅隔了一年，就再也见不到他的美人了。

我看到杜甫保持平静。我竖了个大拇指，接着说：我知道你不认同命运的存在，但是，我们姑且先假定有个命运之神存在。基于这个假设，他开始按照诗歌艺术设计你的人生。

诗歌艺术，具体来说，就是对仗。你是对仗高手，排律写起来能够几十韵上百韵，其他人做不到的。

对仗可以正对反对，近对远对，流水对，隐身对。

还有隐身对？我看到杜甫皱了一下眉，我就解释道：你的《北征》开篇写道：

"皇帝二载秋，闰八月初吉。杜子将北征，苍茫问家室。"我就认为"皇帝"和"杜子"是隐身的对仗。

你看《登高》的首联："风急天高猿啸哀，渚清沙白鸟飞回"，"风急天高"和"渚清沙白"构成远对，"风急"和"天高"，"渚清"和"沙白"又分别构成近对。你回头看看，焦校书和王司直两人的坠马，是不是一个近对，他们的坠马和你杜老先生的坠马，是不是构成远对。你成都笑看王司直坠马，和江陵泪别王司直远行，是不是构成一个更远的对仗。

与人的相逢，还有几个对仗。你当年由同谷走向成都，经过甘肃两当县时，拜访了吴郁的旧居，你没碰到他。后来你到达成都后，有一天，吴郁跟着一个范员外，竟然找到你的住处，可惜你出去了，你们就没碰到。这构成一个完美的对仗。

再说几个远对，两年前，你在公安县送李晋肃入川，你还记得吗？李晋肃的儿子李贺，继承你的哥特式风格，诗写得鬼气森森，人称"诗鬼"，想不到排起亲戚来是你的远房表侄。你和李贺是一对有点偏的对仗。

去年，你在长沙碰到故人之子张建封，作了一首《别张十三建封》；张建封后建功立业，成为一代名臣，却是白居易的忘年交。白居易继承了你写实的诗风，你们俩隔着张建封，构成一个遥远的对仗。

还有，你的祖父杜审言，与苏味道是同事，苏味道的后人中有三苏，其中苏轼既是你的粉丝，也是一个文化大家，与你构成一个对偏了的对仗。

5

我看杜甫无动于衷，就接着说：往近了说，你更是对仗之王，对仗的中心。

先说诗歌风格。你与王维构成很正的对仗，王维晚年走向极简风格，几能探究孤独的极致，而你往往以繁复的风格炫人眼目，你们俩对照来读，别有风味。你与李白，反倒对得不是很正，你们都是豪放风格，一个飘逸，一个沉郁。

说到李白，杜甫眼光闪动。我继续说：但李杜在精神上是一对兄弟，诗歌道路和人生道路上却是一副优美的流水对，李白上承建安，复古成大家，杜甫下启后世，革命是诗圣；李白未走蜀道而作《蜀道难》，你就从陕甘入川，而作系列入川诗；李白船经三峡，你索性就居住在三峡上。你是李白的继承、发展和完成，你们是有递进关系的流水对。

而在人际关系上，你却是对仗的中心，李白和王维没有交往，他们一个是你永远的朋友，一个虽然冷感，却与你也有交往。

还有，高适和岑参，彼此之间没有多少交往，却都是你的好朋友。

李王高岑都以你为中心构成对仗。

我看着杜甫，我看到杜甫眼看湘江，面无表情，我接着说：

但是，可能命运之神这个时候心中涌起恶作剧的想法，可能他要和你开个玩笑吧，他设计了一个最恶毒的对仗，你不是说"七龄思即壮，开口咏凤凰"吗？那就让你"百年歌自苦，未见有知音"。你是早慧的，就让你晚成。你的诗歌已经达到很高的高度了，却得不到传唱。你在生前得不到认可，在四五十年后，经元白韩的大力鼓呼，后又经宋朝诸大家的推崇，你才登上中国诗歌的王座。这是个非常远非常远的对仗。

杜甫回过头来，平静地对我说：你就要告诉我这些吗？

我对他说：杜老先生，我对你非常敬仰，特别是看到你平静地面对自己的一生，坦然面对我的胡说八道，我对你的敬仰更加重了几分。我这次来，谈谈你的人生，既是要宽慰你，告诉你，几十年数百年以后，你的知音，甚至徒子徒孙越来越多，你的诗歌，得到了最大的传播；也是要纵谈你的人生，希望你在最后的日子里，当歌则歌，当哭则哭，轻松一下。

杜甫笑道：好吧！你明天来这里，继续说。

02　科举和漂泊

1

第二天傍晚，我又带着时空谈话仪来到湘江边上。我就继续说：

杜老先生，接下来的话题是"科举"和"漂泊"。

这又是一组对仗：真所谓铁打的"科举"，流水的"漂泊"。你看看这流动的湘江，是不是特别亲切、特别喜欢。你的最后时光是漂泊在湘江洞庭，生活在一艘小船上，这是你一生的写照，也是你生命活力来源的表征。

但科举是你过不去的坎，是你挥不去的梦魇。开元二十三年（735），你二十四岁（虚岁），赴京贡举，不第。那年的主考官是孙逖，史称其"精核进士，虽权要不能逼"，所取多俊杰之士，如杜鸿渐官至宰相，颜真卿为尚书。那年及第的有贾至、李颀——你不能说考试不公平。

贾至比你小六岁，他十八岁就进士及第了。王维是二十岁及第的。所以，当你二十三年后，拼上一条小命（逃出叛军战区到达肃宗驻地）才得到左拾遗的任命，才有资格成为贾至、王维的同僚。贾至作《早朝大明宫呈两省僚友》，你、王维、岑参都作了和诗。这是你当年的一个高光时刻，想想，和王维、贾至是僚友啊！可是，你想想，如果是你先作一首诗，王维会应和你吗？你这进士都不能及第的人。

杜甫回过头来看了我一眼，我看他有点急了，连忙说：杜老先生，你先别急，我会全面分析的，我不会贬低你也不会拔高你，但最终，我对你是很敬仰的。

2

我继续说：

你当时心高气傲，锐气不减——我要先赞一句，你从未轻易向命运低头，从不言败。你在《壮游》里说："归帆拂天姥，中岁贡旧乡。气劘屈贾垒，目短曹刘墙。忤下考功第，独辞京尹堂。放荡齐赵间，裘马颇清狂。"

你这首《壮游》写于大历元年（766），那时你在夔州。你说"气劘屈贾垒，目短曹刘墙"，想必是自嘲你那时目空一切，竟然自认为诗赋比屈贾曹刘都要好。

其实你内心知道你不适合科举，你是考不上的。别急，原因我等会儿分析给你听。

天宝六载（747）正月，隔了十二年，你去参加一次额外的全国公开考试。大概，你觉得这次应该比正式的进士考试要容易一点，就去试试。想不到参加考试的全被大奸臣李林甫玩了一把。这次考试没有录取一人，因为李林甫要向皇帝表示"野无遗贤"——他的人才政策是没问题的。

为这件事，你在《奉赠鲜于京兆二十韵》里骂李林甫奸诈狡猾，害苦了你，"破胆遭前政，阴谋独秉钧。微生沾忌刻，万事益酸辛。"

但是，你也不能太怪李林甫。那一年，是有一场正式的进士考试的。诗人包佶就是这一年进士及第的。

可供参照的是，元结和你一样，参加了那次李林甫操纵的考试，也没参加正式的进士考试。但六年后，元结进士及第。

可见，元结对自己评估了一下，在天宝六载参加额外考试，天宝十二载（753）参加正式考试，然后考上了。

而你，开元二十三年那次不第后，再也不敢赴正式进士考试。你从天宝五载到长安后，就是在干谒和献赋中度过的。最终，你得到一个河西尉的官职，你不接受，又被任命为右卫率府兵曹参军这样一个小官。

3

你的判断是对的，如果你一直参加进士考试，你也不会考上的。

进士考试的内容有策论、文赋、诗歌等，我们仅就这三项内容进行分析。

就策论而言，人们普遍认为你"高而不切"，好发高蹈之论而不切合实际。尽管我不认同，我认为从你的诗文中，可以看出你的治国理政（如勤政减赋），军事决策（如不要过分倚重回纥兵），边塞防守（如加强川西三城的防卫）都是非常恰当的。但是，可能你的视野太过宏大；你过于爱国爱民，反倒无法获得认可。

关于文赋，你可能比较得意，因为玄宗赞赏过。但是，后世普遍认为，你的文赋滞涩拗口，很难读下去，简直是你诗歌的反面。可能玄宗和你是远亲，气质上接近吧！（听到这里，杜甫笑了一下。时空谈话仪也没发出黄灯警告——可见开开玩笑是不违规的。）再说，玄宗是梨园之祖，文赋讲究拿腔拿调（见《杜甫与苏轼》），可能他觉得你亮了几下嗓子，胸腔音质不错吧！但是，别人可不觉得。

诗歌，本来应该是你最拿手的。因为考的是六韵排律。对你来说，随随便便十几韵、几十韵就拿下了，这种小型排律应该是小菜一碟。但是，你的风格，当时的人们并不太欣赏；还有，你好像不太擅长应试，要你在短时间内，写出一篇诗文，你要么写不出来，要么就质量平平。

杜甫回过头来看着我，显然，他想说：凭什么说我不擅长应试？

4

人都是有感而发才能写出好诗。但又有个体差异，像岑参，应急之下，就可以写出好诗。你就不行。

你看，严武曾作了一首极好的边塞诗，《军城早秋》：

"昨夜秋风入汉关，朔云边月满西山。更催飞将追骄虏，莫遣沙场匹马还。"

你的应和诗就很一般：《奉和严公军城早秋》："秋风袅袅动高旌，玉帐分弓射虏营。已收滴博云间戍，欲夺蓬婆雪外城。"但当你自己慢慢构思，沉入自己的情境，你就能写出极好的边塞诗，如前后《出塞》。

再看同题诗，贾至作《早朝大明宫呈两省僚友》，你、王维、岑参都作了和诗。普遍认为，四人中，你写得最差，岑参写得最好。当然这与你廷臣生涯短也有关系。

杜甫再也忍不住，他质问我：登慈恩寺塔那次怎么说？

是的，《同诸公登慈恩寺塔》同题诗，高适、你、储光羲、岑参的诗都流传下来了。现代的人普遍认为，你的诗最好，岑参次之。但是，严格说来，你这首诗有点违反规则，你把平时深思熟虑好久的想法写进去了。我曾在《史诗大片》里对《同诸公登慈恩寺塔》和《奉先咏怀》作了比较，发现字句、意象、思想都有重叠之处。可见，这些想法是你多年低回深思的，你是带着本来就有的想法登塔，然后写出，就好比你已经做好了好几次模拟卷。而且，大家一起登临作诗，你一下子兴发这么多忧国忧君的情怀，大家一下子都蒙了，你回想一下当时是不是这样？

而且大家同登佛塔，高适作为发起人，以佛教语起兴，这就相当于出题人说：结合登塔环境和佛教意象，大家同题赋诗。

所以，这首诗，隔远了看，是首好诗，但在当时大家同题竞赛图个一乐的情境下，是不合时宜的。可能也是基于此，岑参有点气你，在诗题中把你略去了。而这也可以看出，你在科举考试中的审题是有问题的。你可能更多地根据自己的意兴而不是考官的意图作诗为赋，这在平时是艺术的真谛，放在考试是一个硬伤啊！

《登岳阳楼》的情况不同，那不是即时之下写同题诗。当你登临岳阳楼时，那种宇宙、感苍凉感自然就出来了，你积蓄的情感和思想自然就涌出了。反之，如果你和孟浩然一起登临，作同题诗，你肯定只能写一首平平之作。

在无外力影响的情况下，写作同题诗，我找出来两处，可以说明你的问题。

广德二年（764）你在阆州时，游览阆苑，这阆苑是滕王所建。一个诗人游览此地，就仿佛看到一个考题：王勃曾作《滕王阁序》，现你游览阆苑的滕王亭，请以《滕王亭》为题，作诗一首或若干。

于是你写下了《滕王亭子二首》，很一般的诗。

广德元年（763）你在梓州游览玄武山时，曾作《题玄武禅师屋壁》。你游览了玄武山，想必游览了圣泉，王勃游此曾作《圣泉宴》："披襟乘石磴，列籍俯春泉。兰气熏山酌，松声韵野弦。影飘垂叶外，香度落花前。兴洽林塘晚，重岩起夕烟。"

你过圣泉而无诗，就好比是弃考。

我看着杜甫，对他说：杜老先生，王勃就好比是你的考题，你一次考了不及格，一次你弃考了；这真的很像是你科举生涯的映射；这真是一件奇妙的事。

杜甫笑道：老翟你这人有点意思，但话喜欢乱说。

5

我接着说：我最佩服你这不服输的精神。几乎在作

《滕王亭子二首》的同时，你也作了一首《游子》，首联是："巴蜀愁谁语，吴门兴杳然。"你意思是说，四川我待得有点烦了，我很想去吴越啊；洪州在吴地，你也有亲友在，如果去吴越，你肯定要登临滕王阁，你是不是还想赋诗，赴这个王勃之考？

同样，你科举失败，你可没认输。天宝十四载（755）春，你的一个从侄杜勤落第，你作《醉歌行》送行。诗中先赞其文才，"陆机二十作文赋，汝更小年能缀文"，中间安慰他"旧穿杨叶真自知，暂蹶霜蹄未为失"——你有百步穿杨的真才能，考试失败乃一时之挫折，不要丧失信心。但最后，你说你还清醒着，但是你哭了，"酒尽沙头双玉瓶，众宾皆醉我独醒。乃知贫贱别更苦，吞声踯躅涕泪零"。

其实，这首诗你更多的是写给自己的，你叫你年轻的侄子不要气馁，你自己实际已经不敢去考试了。你想想，你第一次赴进士考，是二十四岁，天宝十四载这一年，你已经是四十四岁了，如果你一直考，注意考试方法，努力备考，早就像元结，或者像高适一样考上了。高适是天宝八载（749）进士及第的，那时，他已经45岁了。

我看杜甫一脸苦笑，我就接着说：
我不是说，你的做法是错的，相反，我要说，你在一生中所有的选择，都是正确的。具体我等会儿接着说，现在我先要表达一下对你父亲的敬意。

你骄傲你的远祖杜预文武双全，流芳千古，——"吾家碑不昧";你也骄傲祖父诗艺高超，排律第一，"吾祖诗冠古";但是，你几乎没有提到你的父亲。

留白，往往是最多的表达，最深的色彩，最不想说的情感。

实际上，你的父亲非常伟大。你现在，一定一想起父亲就想流泪，但是，你把这份情感藏在心底，不表达出来。

我看到杜甫把脸转过去，看着湘江，就接着说：

你的父亲一定是个非常宽厚通达的人，他给了你自由的人生，这是最伟大的。中国历史上很少看到这么伟大的父亲。

6

你的父亲杜闲，是你们杜家一个平凡的人；因为你祖父的荫庇，你父亲可以不经科举而入仕。实际上，大多数人都是平凡的啊！像你们家，历史上有杜预、杜审言，还有你杜甫三个大家留名史册，是非常少见的。你家中的兄弟姐妹也都是平凡的，但是你，自小就显露出不凡的天赋。你说自己"七龄思即壮，开口咏凤凰""读书破万卷，下笔如有神""李邕求识面，王翰愿卜邻"；我本来以为是夸大吹牛。后来我想了想，实际上你一点都不夸大，因为后人读你的诗，往往发"此老无不有也"的感慨，就是说你的诗，无所不包，不单是各个体裁、风格、形式，无不具备，而且用事用典，无不贴切恰当。考虑到唐朝的书籍印刷状况，你自辞别长安，一路经陕甘川湘，所带书籍，不会太多，而寓居各地，想必也没有皇家或是个人的藏书楼，像你年轻时在洛阳长安那样可供你查找核对。所以，没有非常广博精准的典籍记忆，就没有完备的杜诗可以流传。仅此一点，就足以说明你是个早慧天才，而且勤于读书，"读书破万卷"一点都不吹牛。但"下笔如有神"就要推敲推敲了，如果叫你作应试的诗文，你就没有神采了。

但是，自古以来，我们中国人对付应试的方法还不多吗？但是，你父亲没带你拜访名家，没有报名洛阳长安的培训班，让你按照适合科举的风格写作诗赋。显然，像你这样的天才少年，明明可以在应试上也发挥得很好的。就像登慈恩寺塔那次，实际你已把你的诗思酝酿很久了，所以一登临，作出的就是气势恢宏的名作。如果你把相同的方法用于应试，你遍访洛阳的科举高手，背诵科举的名文名诗，适应科举风格的写作；而且，你如果像贾至那样，从十八岁就开始赴考，你肯定在三十岁前就进士及第了。

而你那些年都在干啥？你在壮游。

7

盛唐文化，自由博大。那时的风尚竟然是壮游和晚婚；这两样，你都赶上了，你是三十岁结婚的，而你的壮游，竟然延续了十多年。

你十九岁曾短时在山西郇瑕从韦之晋、寇锡游。二十岁至三十岁间，除二十四岁返回洛阳备考并赴长安考试外，你都在吴越齐赵间壮游。三十岁结婚后，你安稳了三年；

但三十三岁时你又与李白、高适同游梁宋，三十四岁时你游齐赵，拜会李邕，后又与李白相会于鲁郡。

从我们世俗的眼光看来，你真是个败家的不肖子啊！但是，每次你出去游玩，你父亲都是给你的行囊装满，叮嘱你出门在外注意安全，也没有责备的话。你走出家门，他就目送着你远去。

你自小丧母，小时跟着姑妈长大，到你六七岁时，你的学识让你父亲都有点吃不消了。你父亲面对你这样一个少年天才，他给了你完全的自由，而不是想按他的意志塑造你。真是个伟大的父亲。

我看杜甫两眼有点发红，就接着说：

这其实也是一副对联，上联是厌恶科举，下联是喜欢壮游；当然，年轻时是壮游，中年老年就是漂泊了。在继续讲这个对仗之前，我要先快速地聊一下刚才提到的，为什么说你的每个选择都是对的。

8

我刚才说，从世俗的眼光看来，你是个败家的不肖子；那从世俗的眼光看来，你走的每一步都是错的。你应该研习科举文风和诗法，尽快科举及第，然后一步一步，仕途就会很顺了。

但是，这样一来，潜移默化之下，你就再无神力去开启诗歌的新境，再无豪气去牵掣鲸鱼于碧海。

你父亲放纵你自由，是给中国诗歌存了一口元气啊——你那伟大的父亲啊！

说回你干谒成功后，得了个小官，后来安史之乱爆发，你冒着生命危险从敌占区逃出，投奔肃宗驻地。你的勇敢为你赢得了一个品低位要的左拾遗。

这时候有几个人生的分岔口，从世俗的眼光看来，你都走错了。皇帝要处罚房琯，你去疏救，没有效果，自己还差点儿丢命。这是第一个分岔口，他们说，你走错了。

你被贬谪到华州，你不应该辞官，等皇帝的火气下去，你也会慢慢升回去的。这第二个分岔口，他们说，你也走错了。

但是，如果照他们指引的路子走，你最多成为一个小号的贾至（贾至也算房琯一系的人，他也被贬了，后来慢慢又升回来了）。中国诗歌将失去诗圣和诗史。

即使从世俗的眼光看，你带领全家流离西南，事后看来，实际上是非常合理的一个决定。因为自你入川后，京兆、关中一带还是经历了多次战乱，相比流离西南保护了全家平安，你如果一直留任，对你全家的安全幸福来说，确实风险更大。

9

杜甫笑道：你倒是挺关心我啊，每一步都替我推演。

我继续说：说回漂泊，你晚年"漂泊"恰是你青年

"壮游"的对仗。

杜甫道：老翟，你能不能不说对仗；我听得都有点烦了。

我说：我那是学你。你每次送别，都要人家为国家出力，不惜生命。说得次数多了，就不用多解释；这叫作"啰唆产生简洁"，哈哈。

说回漂泊，杜老先生，我发现你喜欢壮游，喜欢漂泊，你喜欢到处走走逛逛，你喜欢那种在路上的感觉。而且，你在路上时，能写出伟大的作品。像《奉先咏怀》《北征》是写你回家路上的见闻，《羌村》三首写回到家里，《喜达行在所》写到达肃宗驻地并忆路上所见所思，而"三别""三吏"也是你一路上拍的纪录片，入川更是《发秦州》《发同谷县》系列纪行诗，记述一路行走。

你到了成都，浣溪草堂的生活一时让你感到放松；但没待多久，你又各地访问，新津、彭州、绵州、梓州、阆州都去了。

但是，在四川刚待不足三年，你又有点厌烦了，广德元年，你写的《春日梓州登楼二首》提到："厌蜀交游冷，思吴胜事繁。应须理舟楫，长啸下荆门"，你又想着离开四川，走向吴越。

后来，在大历元年你移居夔州。你在夔州待了两年不到，却写出了最多最好的诗。这是一个反差，一个对照(哈哈，又是一个对仗)。正因为此前你一路都在行走，所以此时上天要让你安坐一处，然后，你就忆往、怀古、冥想，所以，夔州诗堪称是你写作的异态，反倒获得特别的美感。

其实，夔州的生活是最安定的，地方官很关照你，安排你照管公田，你还有私有的柑林，你有几个住处，你有几份收入。你的生活是稳定的，相反，在湖南，你仅仅有几个亲戚在，其实提供不了稳定的生活。

从我世俗的看法，你离开夔州是个错误。因为你离开夔州，你的几份收入断掉了，而且，你还要支付船工工资，你们全家的花费不会太小。

但我理解你，我加快语速，赶紧说：

你喜欢漂泊的感觉，漂泊是你活力的来源，甚至是你诗歌力量的来源，你到了湖南，讨厌闷热的天气，你甚至都想漂去襄阳，看看你的祖籍地。当然，也是因为，你在夔州待了一年九个月，到后来，你发现你写不出好诗了。而到了两湖，你留下了千古名诗《登岳阳楼》《江南逢李龟年》，等等。

我看到杜甫惊讶地张大嘴巴，然后，我们都看到时空谈话仪发出黄色的警告闪烁，我说：杜老先生，无论我说得对或是说错了，你都不要评判。

我今天回去了，明天回来跟你聊聊。

03　宋之问和郑虔

第三天傍晚，我又带着时空谈话仪来到湘江边上。杜甫坐在他心爱的小乌几上。

我走过去，对他说：杜老先生，我今天跟你讲的话题是宋之问和郑虔。这是一个隐藏很深的对仗，一般人还真看不出来。可能你自己都是只有隐隐约约的感觉。

我看到杜甫身子微微一颤，他转过身子，说：那边有块方方正正的石头，你搬过来，坐在我边上，我听你慢慢道来。你这人，有点意思。

1

我在石头上坐好，接着说：

杜老先生，我今天所说，会触及你内心深处的非常幽微的情感，无论说得对还是说错了，都请理解，我不是要冒犯你，我是很尊重敬仰你的。

杜甫道：你说吧，我看你能说出啥道道儿。

我就接着说：

为了方便，我就不用敬语了。

先说宋之问。他是一个反差很大的人。可以说，宋是七律诗艺的奠基人（之一），而你是七律诗艺的完成者。从五律到七律，好比是一项技术的突破或跃迁，需要上百年的历程。宋可说是这个历程中的一个关键人物。他是个宫廷诗人，天然地会非常注重诗歌的形式，对诗歌的音韵、平仄、对仗、起承转合，感兴的发起、气氛的营造、情感的收拢，形式上的华贵典雅，都会不遗余力地精进钻研。客观地说，奠基七律诗艺这一历史使命，他完成得很好。遭贬谪后，他写的诗有思乡怀人的，有新的岭南风物，甚至他是最早写到六祖惠能的名诗人；他对世界保有好奇心，是能开出新境的人。实际上，就开拓诗歌新境而言，他是和你很像的人。

宋跟你有非常复杂的对应关系。

你的祖父是宋之问的好友。武周时同为珠英学士，中宗时同为修文馆的学士。并都因依附张易之兄弟被贬谪又被召还，二人时常唱和，友情甚笃。你祖父去世后，是宋之问作的祭文。因为依附张易之兄弟这样不光彩的经历，对于你这样持正统忠义观念的人，你内心深处对宋之问甚至你祖父，有很轻微的羞耻感。所以，当筑土室于首阳山下，意图在冥想中吸取祖先的精神浩气的时候，你祭奠的是你的远祖杜预，而不是你的祖父。

2

我继续说：但是，宋之问是你诗歌方面的精神之父。

我看着杜甫，看他表情平静，给他竖了个大拇指：谢谢理解。这是我们近现代以来的一个看法，就是若一个人从另一个人那里获得思想、精神和力量的传承、启示，那他们之间存在精神上的父子关系。

有意思的是，当你的诗歌获得广泛的传播后，因为大家都从你这里获得资源和启示，你也被认为你之后几乎所有中国诗人的精神之父。美国有位学者叫陆敬思（Christopher Lupke），他说你是中国古今诗人的"大家长"（poetic patriarch）。

我看他面露微笑，心情大好，就出示了一张纸给他看：杜老先生请看，我这里罗列了你一些明显来自宋的诗句，左边的是你的诗句，右边下画线的是宋的诗句。

以下诗句的引用是强联系的。

生涯尽几回——伊阙天泉复几回
气冲星象表——气冲落日红
兹山朝百灵——兹山栖灵异
好鸟鸣岩扃——待月咏岩扃
彤庭所分帛——赐金分帛奉恩辉
飞电常在目——故园长在目
苑中万物生颜色——苑中落花扫还合
丹心一寸灰——丹心已作灰
严程到须早——严程无休隙
陵寝盘空曲——檐端接空曲
参差谷鸟吟——谷鸟啭尚涩
暮宿天边烟——暮投入烟宿
万里伤心严谴日——逐臣北地承严谴
空外一鸷鸟——空外有飞烟

草露亦多湿——草露湿人衣

出郭眄细岑——细岑互攒倚

君听空外音——空外有飞烟

乘槎与问律——愿得乘槎一问津

园收芋栗未全贫——栗芋秋新熟

失喜问京华——失喜先临镜

遥空秋雁灭——还乡秋雁飞

烟花一万重——烟花抚客愁

知君未爱春湖色——春湖绕芳甸

谷暗非关雨——谷暗千旗出

归葬陆浑山——归葬出三条

一德兴王后——业重兴王际

春知催柳别——春迟柳暗催

城峻随天壁——崖口众山断，嵌岑耸天壁

淹薄俱崖口——崖口众山断，嵌岑耸天壁

鬼物倚朝昏——山鬼泣朝昏

登陆草露滋——草露湿人衣

将军且莫破愁颜——破颜看鹊喜

回首扶桑铜柱标——铜柱海南标

低垂困炎病——自可乘炎病

魂断苍梧帝——百越去魂断

越女天下白——越女颜如花

金吼霜钟彻——禁静钟初彻

以下诗句的引用是弱联系的。

归期无奈何——归期多年岁

荆门此路疑——邪溪此路通

客醉挥金碗——客醉山月静
泉声闻复息——石上泉声带雨秋
非关足无力——非关怜翠幕
大君先息战——汉皇未息战
离筵何太频——离筵多故情
为问南溪竹——绿缛南溪树
仙鹤下人间——粉壁图仙鹤

3

我看到杜甫回过头来，脸上似笑非笑。我就接着说：

杜老先生，哈哈哈，不枉我一番研究，原来你的第一大师父竟然是宋之问。当然我给你几次反驳机会。

你可能要说：宋诗又不是我唯一的诗典/语典来源。

说得很对，正如黄山谷所言，"杜诗无一字无来历"，你的引用源穷尽了你之前的所有经典。但是，我经过大数据检测，宋诗却是你最大的引用源。

杜甫回敬一句：不要给自己脸上贴金，你那大数据，不算数。

我接着说：除了明引，还有暗借。

宋之问的名诗《渡汉江》："岭外音书断，经冬复历春。近乡情更怯，不敢问来人"，真是写尽游子接近家乡却心生畏怯的心理，堪称古今第一乡愁诗啊！

你的《述怀》写道："自寄一封书，今已十月后。反畏消息来，寸心亦何有"，却也道尽乱世中对家人的牵挂和忐忑。而此中的诗艺之源甚至感兴之源，你不能否定是来自宋之问老先生吧！

再说你的名句"四更山吐月"，你是有点调皮哦，把月亮当篮球来打了；后来我看到钱锺书说，原来是宋之问调皮在先，他一句"皓月吐层岑"，月亮这个篮球先投出来，你看不过去，让山反投回去。

杜甫笑道：老翟老翟，不要胡说八道。

我接着说：暗借之处肯定还有很多，我以后说不定还能找出别的。

你可能要说：我就这么用了，用的时候可没想着是谁的语句。

对对对。你的广博淹没所有经典，那些经典早已化作你自己的知识和诗意之胚芽。在你的浩瀚之海里，我不能舀出一勺，指出，这是来自宋之问之泉流，那是来自李太白之江河。

但是，有几处，你还是露出痕迹，我能看出，你在写下那几句的时候，你心中铁定闪过宋之问老先生的身影。

请看。你在《承闻故房相公灵榇自阆州启殡归葬东都有作二首》里两次化用宋句，你的"归葬陆浑山"来自宋的"归葬出三条"，你的"一德兴王后"来自宋的"业重兴王际"。

你在《奉汉中王手札》中又两次化用，你的"淹薄俱崖口"来自宋的"崖口众山断，嵌岑耸天壁"，你的"鬼物倚朝昏"来自宋的"山鬼泣朝昏"。

你在《诸将五首》里也化用了两次，你的"将军且莫破愁颜"来自宋的"破颜看鹊喜"，"回首扶桑铜柱标"化自"铜柱海南标"。

一首诗中化用一个宋句，尚可称无心，两次化用，你心中必定掠过宋老先生啊！而且，你看上面提到的房相公——房琯，汉中王李瑀，都是你非常亲近的人，这也能推出，宋之问老先生在你心目中是非常亲近的。

而且，你还有更亲近的举动。

你在《奉观严郑公厅事岷山沱江画图十韵得忘字》中有句"谷暗非关雨"，合化宋之问诗："谷暗千旗出"，和沈佺期诗："暗谷疑风雨。"

你的《薄游》有句"遥空秋雁灭"，则合化你祖父（杜审言）诗："进水落遥空"，和宋之问诗："还乡秋雁飞。"

严郑公严武是你非常亲近的人，而你多少有情啊，你在诗句里，把你祖父，宋之问和沈佺期都叫到一起聚会了。他们三个都是武则天皇帝的诗歌弄臣，都被贬又遣回，名声有亏，却都是格律诗的重要健将。

我看到杜甫两眼发红，却又欲言又止，只能加快语速：

还有一个更亲近的人，郑虔，在你的诗句里更能反映出信息，先按下不表。

4

我们再说宋之问。·

宋之问是反差很大的人。他的清词秀句是一摞一摞的，他是格律诗特别是七律的奠基人——讲到七律，刚才忘讲了，刚才列举的你对宋诗的引用中，没有你的七言诗句引用宋的七言诗句的，显然，你在潜意识里要掩饰你在七律技法上对宋之问的借鉴和继承关系。宋之问是几次宫廷诗赛的桂冠诗人，他也能在各方面开出新境。说宋之问是小号杜甫也不过分（我看到杜甫微微一笑）。但是，因为他与张易之兄弟过于亲近，他被认为是历代诗人中人品最差的。

而你，杜老先生，也是个反差很明显的人。你表面温柔敦厚却暗藏讥刺，你一边继承吸收前人，一边又暗地萌动革命的心思——当然是说诗歌革命啦！你表面看起来苦大仇深，暗地里却很搞笑调皮。

杜甫笑道：老翟，你再这么乱开玩笑，我就不跟你聊了。

好好好，打住打住。

有一天，我就想：杜甫是怎么看宋之问的呢？

这一想，费了我老大的劲。

杜甫插话：老翟，你说话快点，你不是说我"引人入胜的啰唆"，你自己怎么也这样？

好的好的。我加快速度。

我的本意倒也不是要替宋之问平反。只是，自从他的人品被认定为很坏后，"年年岁岁花相似，岁岁年年人不同"就被归在刘希夷名下，且说刘希夷是宋之问外甥，宋之问为得句而杀甥。又有人想把"近乡情更怯，不敢问来人"的诗句归在中晚唐诗人李频的名下。讨厌归讨厌，总不能连带着就欺负他吧。幸好宋之问的好诗句很多，否则他会被剥夺殆尽。

而且我隐隐有种感觉，人们受忠奸观念的影响，他们可能讨厌甚至仇恨武则天，于是连带着讨厌宋之问了，甚至是不敢对武则天表达恨意而迁怒于宋之问。

我甚至在想，在你的时代，即在盛唐时，会不会人们对宋之问是宽容的，反倒是宋朝以后，忠奸观念在加强，人们才越来越讨厌宋之问。

经由你去测知盛唐时人对宋之问的看法，有几个优胜之处。一来，你去宋不远，宋去世之年正好是你出生之年。二来，你与宋有世谊，且宋也是你私淑的师父，你对他的态度和感情必定在你的诗句里有反映。三来，你也是一个比较公直的人，你对你祖父是有比较公直的评判的，想必对宋之问也应如此。

当然，你把你的态度和感情还是埋得很深的，一般地看，还挖掘不出来。

开元二十九年（741）你三十岁那年，你筑室首阳山下，祭远祖当阳君。有一天，你就在周边逛逛，路过了宋之问的旧居。你写下《过宋员外之问旧庄》：

> 宋公旧池馆，零落守阳阿。
> 枉道祗从入，吟诗许更过。
> 淹留问耆老，寂寞向山河。
> 更识将军树，悲风日暮多。

赵汸（元末明初著名学者）评曰：之问为人实不足道，诗无讥词，以其契家前辈也。但曰"零落""寂寞""悲风"，则感慨系之矣。

也就是说你杜老先生与宋之问有世谊，宋这人人品差，你不方便也不忍讥刺，但你对他的身世是感慨系之的。但是，你对宋的更真切的态度和感情是读不出来的。

5

我看着杜甫的眼睛，继续说：但是，当我把郑虔拉进来，一起解读宋之问和郑虔，一切问题都迎刃而解了。

世人都知晓你和李白的感情深，你提及或怀念李白的诗歌有二十多处。但大多数人都低估了你和郑虔的交情。从用情之深，歌咏之多，论说你和郑虔的交情，说是第一，可能李白不服；说是第二，李白可能也不好意思排第一吧！

天宝五年，你三十五岁，你来到长安，准备干谒入仕。

你二十五岁时与苏源明成为好友；你一来到长安，苏源明就介绍你认识郑虔了。现在看不到你第一年与郑虔交游的诗；但是，这一年你有一首《郑驸马宅宴洞中》，郑驸马是郑虔的侄子，应该是郑虔介绍你们认识的；从这也能反推出你一来长安就认识郑虔了。

此后，你在长安待了十年。你和郑虔一起悠游何将军山林，一下子就写了十首诗（《陪郑广文游何将军山林十首》）；你们一起醉酒而歌，哀时伤世（《醉时歌》）；你们一起喝酒，没酒钱了，幸好有苏源明来买单（《戏简郑广文虔，兼呈苏司业源明》）。

当然对你这样至情至性的人，要给你的友情编个排行榜，那是不妥当的。但，难免从俗嘛。从留存的诗篇看，你歌及李白的和郑虔的是最多的。而相处时间，你和郑虔明显比和李白相处的时间要长得多。

所以，当安史之乱中收复长安后，朝廷严惩李白和郑虔，你是同时牵挂你这两位挚友的。你在写《梦李白二首》的同时，也写了《有怀台州郑十八司户（虔）》；你写了《寄李十二白二十韵》，同时也写了《所思》，思及郑虔。

揣测一下，在你心中，就友情而言，郑虔至少和李白是相提并论的。

6

而更进一步，郑虔是你身边的精神之父。

我看到杜甫转过脸来，神情凝重，欲言又止。

我指着我们中间隐身的时空谈话仪，说：

杜老先生，因为谈话纪律，你是不能对我的任何看法表示肯定或否定的，当然，已有公论的意见你是可以表达的。但是，你可以表示对我的愤怒——毕竟愤怒既可表示我揭开你内心秘密而恼怒，也可表示你因我乱说一通而恼怒，因为这种模糊性，时空管理局会放行这些表达的。

杜甫道：我不会因此而愤怒，你继续说吧！

就像后世之人尊你为他们诗歌方面的精神之父。一个人，追寻精神之父，是极为自然的。扩及开来，你的精神之父包括屈原、宋玉、诸葛亮、庾信等；当然，诗歌上的精神之父，最重要的可能是宋之问。

你也寻找你生活中的精神之父。你在《壮游》中说自己"脱略小时辈，结交皆老苍"。这两句诗对理解你的心理很重要。

你是一个早慧的天才儿童，在你大才辈出的家族中，你父亲相对显得平庸，你的兄弟姐妹也都平庸。唯有你，"七龄思即壮，开口咏凤凰"，早早显出天才的一面。你的父亲——我不会贬低他，相反我要向他致敬——显然不知道如何教育你，但他很开明，没有硬按他自己的一套来教育你，而是早早地让你结识名家，"李邕求识面，王翰愿卜邻"——李邕可能曾经路过洛阳，你与他结识——他也是你的精神之父，我等会儿还会说到。

对一个天才儿童而言，越过自己的父亲，寻找精神之父，是最自然不过的了。

然后，当你来到长安，郑虔就是最合适的人选了。

郑虔是"诗书画"三绝，可见高雅不俗；而且，他对史学有喜好，曾因私撰国史而被罚。他的才华与你的喜好是重叠的。而且，你们都是科举的败将，而以才艺勉强入仕的。郑虔是写诗献画，得任广文馆博士和著作郎，你是投诗干谒，后又献赋，才得到一个小官职。

而且你们都嗜酒，你们都清贫。

7

当然，这里我也给你反驳的机会。

你可能会说你们仅是一般的忘年交。

要辩驳你这个反驳理由，我要绕一个大圈，你可不要嫌我啰唆。

你对少作的态度还是很有意思的。你说自己"七龄思即壮，开口咏凤凰"，可见你七岁开始写诗。

但你诗集中的第一首诗《游龙门奉先寺》或《望岳》，却是开元二十四年（736）你二十五岁时的作品，你把二十五岁前的诗作，全部丢弃了；而且你二十五岁至三十岁间的诗作极少，大部分也被丢弃了。

这说明你心高气傲，对自己要求极高。你想想，王维在十七岁时，已经写出名诗《九月九日忆山东兄弟》。你对照自己的少作，一气之下，丢弃了二十五岁前所有诗作。

我又看到你的自残行为，杜老先生。你相当于把七岁到二十五岁之间的时光全部撕掉，又把二十五岁至三十岁（甚至之后）之间的时光折叠起来。当然别人也有撕掉和折叠，但没有你来得狠。

由此，在你身上又形成另一个反差，真是迷人的反差啊！我伸出大拇指，又赞美了一下杜甫。

我在《杜思论》里说你早慧却晚成。

杜甫插了一句：别扯你那《杜思论》了。

这时时空谈话仪似乎要发出黄色警告光束，我眼光示意杜甫不要发出实质性意见。

我继续说：

我说你早慧却晚成。但是，你的晚成却是人为的晚成。其实，《游龙门奉先寺》《望岳》这样的诗作，放在一般诗人的集子里，都是非常成熟、堪称一流的诗作了；而你却把它们当作最年轻的作品。

因此，你的诗越写越好，而且你的诗作更加老成、苍老，所以，人称老杜，是醇厚、苍劲的老。

但是，实际上，你的年龄感，在你内心深处，在另一个切面，却是偏年轻的。从你对少作的丢弃可看出，你把你的心理年龄至少砍去八岁，甚至更多。

读一下你的《登岳阳楼》：

> 昔闻洞庭水，今上岳阳楼。
> 吴楚东南坼，乾坤日夜浮。
> 亲朋无一字，老病有孤舟。
> 戎马关山北，凭轩涕泗流。

所谓"老病有孤舟"，所谓"凭轩涕泗流"，确实很老苍；但是，"吴楚东南坼，乾坤日夜浮"，却又分明有一股豪气，有一股年轻的力量。

你在前几天写《回棹》时，还提到："清思汉水上，凉忆岘山巅"；你还想调转船帆，驶向襄阳。别看你一副苍老的样子，其实，你有一颗年轻的心。

8

杜甫回转头来，说：老翟，我不是要发表实质性意见，但是，你说得有点扯。

我们都看着时空谈话仪，这次倒没发出警告，看来，那个"我不是要发表实质性意见"的开场白还是管用的。

杜老先生，你先别急。

你在《寄薛三郎中（据）》中忆及与苏源明、郑虔的友情，用词很有意思。你说："早岁与苏郑，痛饮情相亲。二公化为土，嗜酒不失真。"

所谓"早岁",总要相隔远一点,总不能三年五年前就叫"早岁"了。你写这首怀念诗时是大历二年(767),你的《戏简郑广文兼呈苏司业》写你们三人喝酒之事是在天宝十四年。你回忆起十二年前的事情,就说"早岁"如何如何,与实际有点不符啊。

当然,战乱一来,几年就恍如隔世,你忆起十几年前的事,说是"早岁",也无不当。

但是,实际上"早岁"一词,还显露出在你潜意识里,在天宝十四年这样的年份,你四十四岁时,你觉得自己还是年轻的。

这是很好的年轻心态。你又是早慧而晚成的天才,你的父亲相对平庸,你本来就追慕风雅多才。所以,当你在长安碰到诗书画三绝、卓识清雅、比你年长二十的郑虔,他成为你的好友,但是在你内心深处成为你的精神之父,就一点不奇怪了。

9

杜甫插了一句:就这些吗?

我继续说:别急,杜老先生,现在你看。

至德二载(757)春,叛军发生内讧,安庆绪杀安禄山。此时叛军控制稍松,郑虔从洛阳回到长安,与你同饮。你写下《郑驸马池台喜遇郑广文同饮》,里边提到"然脐郿坞败,握节汉臣回。白发千茎雪,丹心一寸灰"。

你把郑虔比作苏武,你说他"白发丹心",对朝廷忠心耿耿。

注意，此处的"丹心一寸灰"，化自宋之问的"丹心已作灰"。

至德二载十二月，朝廷严惩陷贼官员，郑虔被贬台州。你因故未能面别，写下最动情的《送郑十八虔贬台州司户，伤其临老陷贼之故，阙为面别，情见于诗》：

> 郑公樗散鬓成丝，酒后常称老画师。
> 万里伤心严谴日，百年垂死中兴时。
> 苍惶已就长途往，邂逅无端出饯迟。
> 便与先生应永诀，九重泉路尽交期。

注意，此处的"万里伤心严谴日"，化自宋之问的"逐臣北地承严谴"。

杜老先生，你写下最动情的诗句时，无意中暴露了你的内心秘密。

你想想，在众人心目中，宋之问是个人品有亏的人，当他写下"丹心已作灰"，读者会说，你还有什么"丹心"啊；当他写下"逐臣北地承严谴"，读者会说，你活该。

而郑虔无论是在你看来，还是在别人看来，都是人格高尚的人。往极端了说，你化用宋之问表忠心的诗句用于郑虔，就好比化用汪精卫的"引刀成一快，不负少年头"，用在抗日将士身上。其实，深究起来，你这里的化用是有问题的。

但是，这种感觉又是很轻微的。一来，这是化用，读者不会马上把你的诗句与宋之问挂钩；二来，毕竟，宋之问首先是个诗人而不是奸臣，即使看出化用，也没问题。

这里又有一个特殊的环节，唐宋间人们的忠奸观念和其他心理是发生了很大变化的。唐朝时，人们，从上到下，似乎都还保有初民般的朴实、豁达、无心。以王维被迫任伪官一事为例，朝廷对王维是从轻发落的。宋朝的朱熹则对王维提出了严苛的批评。从王维的任职变化看就更有意思了，王维陷贼前在朝廷里任"给事中"一职，陷贼后安禄山也任命其为"给事中"，收复长安后，朝廷给予降职处理，一段时间后，王维又被升为"给事中"。这"给事中"一职对王维来说，应该有点讽刺意味吧。但是，王维和他的好友在唱和中坦然提及这一职务。可见，唐人还是如白纸一般纯洁的。

在此，我先赞一下你们唐朝人。

当然，我更加要赞美你。显然，你的感觉系统，或者说，历史感，幽默感，讽刺感，都跨越了时代。你就感觉到了这里边的讽刺感。你在《崔氏东山草堂》里写道：

> 爱汝玉山草堂静，高秋爽气相鲜新。
> 有时自发钟磬响，落日更见渔樵人。
> 盘剥白鸦谷口栗，饭煮青泥坊底芹。
> 何为西庄王给事，柴门空闭锁松筠。

你是非常关心王维的，但你最后那句"何为西庄王给事"，有一种苍凉的讽刺感，或谓，讽刺的苍凉感，我是爱死了（我竖了一下大拇指）。

10

杜甫道：你真的很啰唆哎，还有吗？

我说：杜老先生，别急。现在到了关键深刻了，请控制好情绪。

当你两次化用宋句来表达对郑虔"白发丹心"的赞美和对其遭"严谴"的不平时，你肯定隐隐感觉不对劲。你对自己说：怎么能把郑虔和宋之问相提并论呢？郑老先生品格如此高尚，他的任伪职都是身不由己啊！

此时，你心中隐隐地感觉，甚至是宋之问本人通过诗句向你说出：杜甫啊杜甫，我宋之问也是身不由己啊；我说对朝廷一片丹心，对则天皇帝一片忠心，全是真心的啊！

此时，你有点发蒙。你第一次有个确认：宋之问是你诗歌方面的精神之父，郑虔是你身边的精神之父。但是，你心中有另外一个自我（ego），对此作出否定。

你写《送郑十八虔贬台州司户，伤其临老陷贼之故，阙为面别，情见于诗》是在至德二载十二月。那时候，郑虔刚走，而你错过了与他话别。你伤心欲绝之下，写下此诗，你未作任何的掩饰，千年之下，我也是感动。

那年的冬天和次年（至德三载，758）的春天，你都在长安度过。

至德三载暮春三月的一天，你出来逛逛。我估计你从杜曲/杜陵那一带逛起，沿着长安优美的斜面，走过田野和街巷。此时，长安才收复几个月，还是一片断壁残垣。但是，田野上萌发新绿，一片生机盎然。你也没有自己的目的地，就是想在春天里逛逛。

忽然，走着走着，也不知经过了哪片田野，转过了哪个街角，你竟然走到了第五桥的东面，皇陂岸的北边。你竟然来到了郑虔的故居前面。郑庄门庭破败，只有门前几棵老树长出新枝，在春风中摇曳，好似跟你这个故人打招呼。

此时你彻底蒙住了，那分明不是你要来到这个地方，是你的脚步，受别人的指引，领你到这个地方。

你想起开元二十九年那年，你在首阳山下，也是就那么逛逛，就路过了宋之问的旧居。你写下《过宋员外之问旧庄》，那时，你自己都不知道你到底怎么看待宋之问的。

匆匆之间，十六七年过去了。此时，你站在郑虔的旧居前。宋之问的旧居和郑虔的旧居，仿佛隔着时空相撞，把你撞醒了。

突然之间，你感到难以自抑的悲怆，你当时就倚在门前的石狮上大哭。

你一下子理解了郑虔、宋之问、你祖父、你父亲。你一下子，全谅解了他们，也谅解了自己。

11

我看到杜甫转过脸去，再也抑制不住，失声痛哭。

我轻拍他的肩膀：你有没有想起开元二十四年（736）你二十五岁，那年你科举落第，你又要出去壮游，你父亲给你整好行李，你父亲对你说——子美，早点回来，我们准备下回再考。

第二年，你钱花光了，你回家休整一番，再次出游的时候，你父亲也是这样对你说的。

第三年，你父亲就看着你走远，再也没有对你说——子美，早点回来，我们准备下回再考。

你父亲已经谅解你了。他理解你有一颗自由的心，而你将要经过坎坷的一生，这是他无法左右的。他理解你，他也谅解你了。

你那伟大的父亲啊！

沉默半晌，我看杜甫情绪稳下来，就继续说：
你那天从郑虔旧居回来，写下《题郑十八著作虔》：

> 台州地阔海冥冥，云水长和岛屿青。
> 乱后故人双别泪，春深逐客一浮萍。
> 酒酣懒舞谁相拽，诗罢能吟不复听。
> 第五桥东流恨水，皇陂岸北结愁亭。
> ⋯⋯ ⋯⋯

自从你那次访郑虔旧居后，你的心结就解开了。你坦然地与人谈论你的祖父，几年后，在《赠蜀僧闾丘师兄》

里你说"吾祖诗冠世";在《八哀诗·赠秘书监江夏李公邕》中你提及李邕赞你祖父:"例及吾家诗,旷怀扫氛翳。慷慨嗣真作,咨嗟玉山桂。钟律俨高悬,鲲鲸喷迢递";在《宗武生日》中,你又自豪地说"诗是吾家事"。

你后来在《八哀诗·赠秘书监江夏李公邕》两次化用宋之问诗句怀念你另一位精神之父李邕,你看:低垂困炎病——自可乘炎病,魂断苍梧帝——百越去魂断。此时,你已经非常坦然地将宋之问和李邕排在一起;这两个人都与你关系密切,都被朝廷处死。

就在去年(大历四年,769)正月,你登岳麓山,写下《岳麓山道林二寺行》,末句是:"宋公放逐曾题壁,物色分留与老夫。"你说:宋公啊,我看到你的题壁诗,我很感动;但是,你也留着其他的风物供我歌咏。

这是你对你的这位大师父说说真心话了,而且你的心结完全打开了,你显得很放松。当你写下这最后一句,你肯定开心得不得了——你一辈子的心结彻底解开了。

我看杜甫面朝湘江,慈祥微笑,就接着说:

杜老先生,我是台州人啊。你的诗句"台州地阔海冥冥,云水长和岛屿青"是状写台州的最好最有名的诗句。此地与台州相隔几千里,我没法邀请你访问台州。但我可以告诉你,你的朋友郑虔来到台州,台州人民是感念他的,后来,他被尊为台州文教之祖。我看着时空谈话仪,竟然没把最后一句抹去,也没有发出警告光束。

杜老先生,你在《有怀台州郑十八司户(虔)》说台州:"天台隔三江,风浪无晨暮。……山鬼独一脚,蝮蛇长如树。呼号傍孤城,岁月谁与度。"在《所思(得台州郑司户消息)》说："郑老身仍窜，台州信始传。为农山涧曲，卧病海云边。"

你把我们台州说得很可怕，但是我们台州人感念郑虔，也感念你。你的诗句为江山增色。就像你描写湘江的诗句，也给我们眼前的这条湘江增添不少生气和灵性。

我看杜甫回过头来，露出欣慰的微笑，就对他说：

不好意思，让你想起往事了。今天我也有点累了。明天我再来这里跟你聊。

04　高适和李白岑参严武

第四天傍晚，我又带着时空谈话仪来到湘江边上。我走过去，对杜甫说：杜老先生，昨天不好意思了。今天的话题比较轻松。

杜甫道：你废话少说，直截了当点儿。

1

（先说高适和李白）

我就说：

今天我要讲三个对仗，想不到吧。高适对李白；高适对岑参；高适对严武。

先说高适和李白。

杜老先生，平心而论，上苍对你不薄的。他给你安排朋友，都是两个两个地安排。

开元二十七年（739）你二十八岁，你与高适在汶上碰到。

天宝三载（744）你三十三岁，那年春天，你在洛阳碰到李白。那年秋天，你和李白在梁园会齐高适，同游梁宋。

你们同登吹台，一起游览单父琴台。真是令人神往啊，世界历史上，这么重量级的三大诗人一起壮游，恐怕都是少有，甚至唯一的了。

接着，我给你分析一下，你身上或人生中的反差性就显现出来了。杜老先生，你人生中充满了反差，真是反差之王啊（the King of Contrasts）。

杜甫道：我真的讨厌——哦，他看着我们中间隐身的谈话仪——我不带实质性意见跟你说，我讨厌你这取笑人的样子。

哈哈，我继续说：

你们三个碰到时，李白的境况是最好的。他家里经商，老爸给他很多钱随便花；后来被皇帝打发出宫的时候又赏赐了一些。你的境况次之，你父亲离世了，但是，你还可以坐吃山空几年的。高适最穷，他祖上的家底都被花光了，他又不事生产，整天高谈阔论，蹭吃蹭喝。这样子跟后来的你有点像啊！

你们一起喝酒，李白肯定对老板说：上最好的酒，最好的下酒菜，今天我李十二买单。十次有三次，你解手时候偷偷结了账。高适就默默地吃、喝，听你们高谈阔论，当然，主要是听李白吹大牛。

十几年后，你们的境况完全掉了个方向。安史之乱爆发，李白站错了队，竟然跟着永王打天下；而平永王乱，立下军功的恰是高适。你是拼着老命从长安逃出，赶到流亡政府那里，肃宗很感动，就封你一个左拾遗。房琯失势的时候，想不到你一根筋地要跟皇帝顶撞，触怒了肃宗。

你这不怕天不怕地的个性，倒是跟李白很像，你们是精神上的兄弟啊！

高适平永王乱后，李白成阶下囚，李白写诗给高适，在《送张秀才谒高中丞》中说："高公镇淮海，谈笑却妖氛。采尔幕中画，戡难光殊勋。我无燕霜感，玉石俱烧焚。但洒一行泪，临歧竟何云。"暗暗有求高适通缓之意。高适有没有帮忙我们不知道，但想想高适的为人，他肯定在政治允许情况下，尽力帮忙了。

读一下最后两句，"但洒一行泪，临歧竟何云"，竟不似太白句而似子美句啊。人生的交叉路口，追悔不及或临歧落泪，每使人感慨，纵是豪放如李白，也是脆弱如凡人啊！

你后来流离到四川，家中断粮的时候，首先想到的也还是高适。《因崔五侍御寄高彭州一绝》："百年已过半，秋至转饥寒。为问彭州牧，何时救急难。"

2

但在当时，李白确实太耀眼了。他像仙人一样气度不凡。他的光芒完全把高适掩盖掉了。所以你们三个分开后，你是写了一首又一首的诗怀念李白。同时期你可没写一首诗怀念高适啊！当你连带着高适一并怀念（不止怀念李白一人）、回忆你们三人一起的游乐往事，咏之于诗，已是大历元年（766），那时二十多年过去了，你在夔州，他俩都已离世之后。你在《昔游》中忆及："昔者与高李，晚登单父台"，你在《遣怀》中追忆："忆与高李辈，论交入酒垆。两公壮藻思，得我色敷腴。"

你和李白的交往也是充满了反差。你和他一起，好像完全被他的仙道气度折服了，你们一起访仙问道，谈论的也多是炼丹服药之类的。你叹息自己囊中羞涩，采购不了炼丹药物——"苦乏大药资，山林迹如扫"，说"秋来相顾尚飘蓬，未就丹砂愧葛洪"，仅有一次，你提到李白的诗歌风格——"李侯有佳句，往往似阴铿"。

你和李白分别后，你才醒悟过来一般，你在《春日忆李白》里说："白也诗无敌，飘然思不群。清新庾开府，俊逸鲍参军。渭北春天树，江东日暮云。何时一樽酒，重与细论文。"别后你才想起来：我们再谈谈诗文吧。可能分别后，你才痛彻地领悟到，李白是你诗歌的兄弟，而不是求道或喝酒的兄弟。

可能因为你和李白在一起的时候很少谈论诗歌。此后，你随便碰到谁都要谈论诗歌。比如毕曜，历史上不是一个以诗见称的人，你和他每次都要提到谈诗论文，甚至说"同调嗟谁惜，论文笑自知"——毕曜才调如何跟你相比啊。而跟李白，你只能梦想有一天能"重与细论文"了。

李白杳如黄鹤，自天宝四载（745）秋末分别后，你再也没见到李白。像你这样重友情的人，你肯定想方设法要联系上他。但命运之神还是跟你开个玩笑，你是一个极力维系通信联系的人，比如你晚年的时候，一直跟汉中王李瑀等故旧保持书信联系；但你就是联系不到李白。

3

(接着说高适和岑参)

李白杳如黄鹤，但高适总陪伴着你。

我看到杜甫两眼发红，就继续说：

你天宝五载（746）来到长安。天宝十一载（752），高适组织了一次同登慈恩寺塔的诗赛。那次参加慈恩寺塔诗赛还有岑参。从那时开始，高适与岑参构成一副对仗。

我看着杜甫说：哼哼，比高李更有意思。杜老先生，你的人生怎么这样fascinating呢？

杜甫不语，我只得继续：

那次诗赛，岑参好像有点对你不高兴（原因分析见《科举与漂泊》）。岑参比你小六岁，他二十六岁就进士及第了。诗写得很好，在当时人看来，比你还好。

岑参的家世比你还清贵，祖上曾经三度入相。而高适的祖上是武将，你们几个诗人聚在一起，高适的家世相对要低一点。你们三个在一起，非常有意思。

你们三个都来自曾经显赫但已经没落的家庭。年龄从小到大排列是：岑—杜—高；家世清贵从高到低排列是：岑—杜—高；家境从好到差排列也是：岑—杜—高。

你跟高适交往，是那种老朋友相见，没有距离的感觉。

但跟岑参，要陪着一点小心。因为你有点羡慕岑参。（我竖了一下大拇指）——与人交往，保持一点适度的酸意也是不错的嘛。

岑参的诗写得这么好，他还有个诗文风雅的兄弟岑况，你们曾一起游玩。你说："岑参兄弟皆好奇，携我远来游渼陂"，说这话的时候，你隐隐地为自己的兄弟没有文采而遗憾。

当然之后高适飞黄腾达了，你也表达酸意了，你在《奉寄高常侍》里说：汶上相逢年颇多，飞腾无那故人何。——看到没有，你的人生中，许多东西都是对称分布，构成对仗的；你的命运设计师还是注意对称美学的。

另外，其实你有点偏爱岑参的诗风。

4

说到诗歌，是你们人生的投射。

高岑二人都曾经从军，是大唐边塞诗的双子星座。你欲投军入幕而不得，但你关心军务和远戍，也写了几首边塞诗。

高岑二人的诗歌，可以以你为中点，呈对称分布，处在审美的两端。当然，问题远比这复杂，但是，为了简单一点，权作如此简单粗暴的归纳。

我问一下，你们大唐有面馆吗？
杜甫有点不耐烦：你就当有吧！

好的，假设一个人要出塞，来到阳关，"西出阳关无故人"嘛！那边正好有个边塞面馆，客人点面，说我要一碗边塞面，老板就会问他口味如何，要放什么调料。

这一天来的是岑参，老板就问他要加什么料，岑参就问有什么口味，老板就说有王之涣、王翰、王昌龄的，哦哦，王字牌的还有王维。岑参说：有李白口味的吗？给我来一勺李白。老板问：这里也有杜甫风味的，要一勺吗？

我没听到岑参有没有也要一勺。反正，另一天，高适来了，我听到他是加了一勺杜甫的。

杜甫笑出声来：哈哈，哈哈，不带实质性意见地说，你这人真会扯。

我竖了个大拇指，为他"不带实质性意见地说"这个前缀语，这是时空谈话中经常要用到的。

那个老板就是诗歌风格设计师啦！你可能有点烦我，又是命运设计师，又是诗歌风格设计师。为了把问题讲清楚，我就要打比方。就像你也要打比方。

你在《寄彭州高三十五使君适虢州岑二十七长史参三十韵》里提道："高岑殊缓步，沈鲍得同行。意惬关飞动，篇终接混茫。"

真是字字珠玑，切中肯綮——杜老先生，你是古今一等的诗论家啊！这里你把高适和岑参并置，把他们比作沈约和鲍照；说他们的诗作可比沈鲍，诗意惬合而音韵飞动，余味悠长而混茫大观。

你在《奉寄高常侍》中说："方驾曹刘不啻过。"那是把高适比作曹植、刘桢。大概是赞其有建安风骨吧！

你在《寄岑嘉州》里说："谢朓每篇堪讽诵"，把岑参比作谢朓。这就有意思了，世人都知李白"一生低首谢宣城"，看到月亮也要想起谢朓，——"月下沉吟久不归，令人长忆谢玄晖"。

喜欢不等于重合，但在风格的光谱中，太白的清新与小谢的清丽是有交叉的。而岑参的奇逸峭拔与太白的飘逸豪放也当有交会也。看看，"轮台九月风夜吼，一川碎石大如斗，随风满地石乱走"，这等夸张奇峭的诗句，真可称是边塞之太白也。

而高适，在《燕歌行》中说："战士军前半死生，美人帐下犹歌舞"；《塞上》指出："转斗岂长策，和亲非远图"；则犹如边塞之少陵，时时针砭时弊、论及国策也。

当然，诗歌风格不能如此简单论之，我仅是指出你人生中饶有意趣的一件事，即，边塞双子星都是你朋友，一个近白，一个肖杜。

5

(接着说高适和严武)

当你漂泊到四川，照此前的设计思路，你肯定会碰到高适的。

岑参是大历元年入蜀的。你得到消息很兴奋，写了一首《寄岑嘉州》，里边写道："不见故人十年馀，不道故人无素书。"

上元二年（761）你写《不见》："不见李生久，佯狂真可哀。世人皆欲杀，吾意独怜才。敏捷诗千首，飘零酒一杯。匡山读书处，头白好归来。"

真是巧合，你念及李白和岑参的起句是一样的。也难怪，岑参也走起太白风路线了，你们没在四川碰面，他似乎也与你断了书信联络。

照此前的设计思路，既然出现高适，就应该出现另外一个人，他就是严武。

同样，严武也是高适的对仗、对应、对照。

你和严武父亲严挺之是忘年交，可能之前就认识的。

你大严武十五岁，你当年与严挺之交游时，估计严武尚是少年，说不定哪一次严挺之还交代：严武，你跟杜甫叔叔出去玩，要听叔叔的话；杜二，严武这孩子有点野，你要管牢点。

想不到一切都是倒着来的。

你第一次写诗给严武是在至德二载，那时你四十六岁，严武三十一岁。

那首诗是《奉赠严八阁老》：

> 扈圣登黄阁，明公独妙年。
>
> 蛟龙得云雨，雕鹗在秋天。
>
> 客礼容疏放，官曹可接联。
>
> 新诗句句好，应任老夫传。

那时是在凤翔行在，你刚被任为左拾遗，你心情大好。严武官职比你高，但你倚老卖老，说他"明公独妙年"，年轻有为啊，又自称老夫。恨不得就马上让他叫你叔叔了。

但当你辞了官，流落到四川，你就需要得到高适和严武的资助。高适还仅仅是金钱物资的帮助，严武则后来延请你入幕，还表荐你为检校工部员外郎。

你这故人之子对你真不错啊！

6

同样，按原先的设计思路，你和严武的交往也必须充满反差。

严武第一次镇川时，看你像个钓叟野老，有邀你入幕之意，他在《寄题杜拾遗锦江野亭》诗中写道：

> 漫向江头把钓竿，懒眠沙草爱风湍。
> 莫倚善题鹦鹉赋，何须不著鵔鸃冠。
> 腹中书籍幽时晒，时后医方静处看。
> 兴发会能驰骏马，终当直到使君滩。

你作了首应答诗《奉酬严公寄题野亭之作》：

> 拾遗曾奏数行书，懒性从来水竹居。
> 奉引滥骑沙苑马，幽栖真钓锦江鱼。

谢安不倦登临费，阮籍焉知礼法疏。

柱沐旌麾出城府，草茅无径欲教锄。

这里体现出两个反差：一是，严武犹如变身为其父严挺之，这口吻明显是：杜老弟，回来跟我干吧。二是，严武的诗似乎不错，你的诗倒是一般。

严武第二次镇川时，终于延请你入幕了，严武曾作了一首极好的边塞诗，《军城早秋》："昨夜秋风入汉关，朔云边月满西山。更催飞将追骄虏，莫遣沙场匹马还。"

你的应和诗却很一般：《奉和严公军城早秋》："秋风袅袅动高旌，玉帐分弓射虏营。已收滴博云间戍，欲夺蓬婆雪外城。"

当然，严武跟高适构成的反差也饶有兴味。

严武比你年轻却似你大哥（哈哈），高适比你年纪大却像你弟弟（他有一次说年纪比你大，你却比他老）。严武是武人写诗，却屡有佳作；高适自从成了高官后却写诗日少了。

你自从与李白分开后，就经常与人谈诗，至德二载你第一次写给严武的《奉赠严八阁老》提到："新诗句句好，应任老夫传"；天宝十三载你写给高适的《寄高三十五书记》里提到："叹惜高生老，新诗日又多。"

这里要指出，实际上高适自你写了这首诗送给他后，他地位日高，写诗日少。我这里把你赠高严的诗并举列出，是要说高严都是你谈诗论句的好友，而且，二人保持了对称分布和有趣的反差。

还有，高适是诗人从军，在抗击吐蕃边患时却屡屡失误——连你都看不下去，希望朝廷派一个军政能臣来，你心目中，就是严武。后来，果然朝廷派了严武镇川，收复失地几百里，大振军威。

这最后一点又重现了此前的高适定律，即，当高适的对仗（人）出现后，高适会成为相对被忽视（甚至小小的嫌弃）的一个人。

7

（说回李高杜）

杜甫再也受不了，转身冲我大喊：够了够了，你真是瞎扯。

我看着我们中间的隐身的时空谈话仪，它并没有发出警告；正如我之前说过的，表达愤怒并不违反时空管理局的规则。

我继续说：杜老先生，我敬仰你，你刚才的愤怒显示你很珍视你一生的友谊。我刚才的陈述有点轻慢，我先要向你道歉。

不过，我不会简单地看待你们的友谊，让我们再捋一下。

我刚开始提到，天宝三载（744），那年秋天，你和李白在梁园会齐高适同游梁宋。重量级的三大诗人一起壮游，真是令人神往。后来安史之乱爆发，李白跟随永王，肃宗派高适镇压永王；你则因追随房琯而触怒肃宗。你们三人命运因此剧烈变动而天差地远。平心而论，你们三人本心都是忠于国家，都是冀求能成一番大业，只是因为各人历练不同，眼光机缘都不一样，因此判断不一样，追随了不同的人，最后结果不一样。

但是，放远了看，命运之神对你们三人也没有太过偏颇。从世俗眼光看，高适做到高官，已经大志实现。但他在你们三人中，诗名最低。李白晚年遭厄，但是人们喜欢他啊，他一获赦，江汉的地方官老百姓都给予了很好的招待；就像你，晚年流落川渝两湖，各地的亲友故旧地方官老百姓也都给你帮助啊！而且，李杜同为中国诗歌的高峰，你们是诗界的大神，享有无上的荣耀。

8

（说回高杜）

但是，高适和你，我还没讲完呢。实际上，仔细看，高适是另外一个你。命运设计师似乎喜欢跟你开玩笑，他好像要跟你说：我设计另一个你，放在你身边，给你看看。当然，我不知道你看出没有；如果看出了，那也是很后来的事了。

高适父亲去世后，他失去生活依靠，在宋州一带过着寄食朋友的生活。你第一次和他在汶上碰到，后来你们李杜高三人同游梁宋，都是高适生活无着、游来荡去的时候。这是你后来旅食京华的预演；你好歹还能卖药都市，高适好像没啥谋生技能，所以那期间他过得应该很艰难。

他长期科举不第，也来长安干谒求官，他直接向李林甫投诗；你则是通过别人向李林甫干谒。不过后来高适的运气好了起来，天宝八载（749）他通过了一次额外考试（制举有道科），任县尉后弃之，后入哥舒翰幕，获得军队的履历后，安史之乱一来，就是高适飞黄腾达的时候了。而你天宝六载（747）那次额外考试，大家一起被李林甫耍，再次不第；后来你也想从军，也曾投书哥舒翰，但时机不对，未能成功；你也曾被任县尉但你不接受，后来好不容易做上左拾遗，却因疏救房琯差点儿丢命；想不到你后来流离西南，接受高适的资助了。

高适的诗歌也关心现实问题，这是岑参所没有的，倒是与你接近。如《塞上》指出："转斗岂长策，和亲非远图"；《蓟门五首》其五指出戍卒待遇很低的问题。而《蓟中作》则对边将只顾拥兵自重，无意安边表示了忧虑。这都与你的关心军务和远戍，述及边愁的诗歌有类似之处。

看高适的诗题《东平路中遇大水》《苦雨寄房四昆季》，再对比你的诗题《临邑舍弟书至苦雨黄河泛溢堤防之患簿领所忧因寄此诗用宽其意》《苦雨奉寄陇西公兼呈王征士》《秋雨叹三首》；想必都是哀叹苦雨绵绵，民生艰难，复又自伤之诗吧。

说高适和你在诗歌上非常亲近，包括内容和风格方面，应该不会有大的错误。

很奇妙的是，岑参在其入川先后，和你几乎没有什么联系，但他几次歌咏，与你发生重叠，比如你们都经过了五盘岭这个地方，你写了《五盘》，岑参写了《早上五盘岭》；经过剑门，你写《剑门》，岑写《入剑门作寄杜杨二郎中时二公并为杜元帅判官》；到了成都后，你们都咏及武侯蜀相、琴台、石犀。

这里我们不提及别的，光从诗歌设计师这一角度看，显然，大唐的边塞双星和你有非常亲近的关系。而高岑形成对照，高在你身边而写诗日少，岑与你无联系却诗咏重叠。有没有发现这个奇妙的对仗？

9

现在我们不谈岑参，只谈高适。

你一入川，刚到达成都，高适的诗就到了。

高适《赠杜二拾遗》：

> 传道招提客，诗书自讨论。
> 佛香时入院，僧饭屡过门。
> 听法还应难，寻经剩欲翻。
> 草玄今已毕，此外复何言。

你的应答《酬高使君相赠》：

> 古寺僧牢落，空房客寓居。

故人供禄米，邻舍与园蔬。

双树容听法，三车肯载书。

草玄吾岂敢，赋或似相如。

高适赠你的诗信息量很大。这里能看出很多东西。

一个，高适对你的诗歌创作和理想、生活习惯、人生轨迹都非常了解。

你的诗集的第一首诗是《游龙门奉先寺》，此诗第一、第二句是："已从招提游，更宿招提境。"你的人生蛮有意思的，因为你把少作都删除了，所以集中的第一首诗写的竟然是你夜宿寺院的经历；而你普遍被认为儒家思想很浓厚——这也是一种巧合中的反差，呵呵，还是高适给指出的。

所以高适的第一、第二句诗就太有味道了："传道招提客，诗书自讨论"——听说你又到寺院去做客了，去讨论儒家经典了。这里的"诗书"是指儒家经典。

你说你别扭不别扭，跑到寺院去研究讨论儒家经典。所以你非常直接地回答：古寺僧牢落，空房客寓居。——我没借住在寺院，我住在民房里呢。

还真别说，你虽是儒家诗人，却与僧人很是相契。壮游吴越时，与南京的旻上人交游；在洛阳时，你到巳上人茅斋喝茶。更别提你与赞公在长安和秦州的交往了。

所以高适轻轻地来一句："佛香时入院，僧饭屡过门。"他问你有没有到寺院里蹭点斋饭吃。

高适当年也是蹭吃蹭喝一路过来的，他了解你的境况。而且，你确实曾到寺院里蹭过斋饭的。在《大云寺赞公房四首》里写道："醍醐长发性，饮食过扶衰"，——吃过了寺院里的美食，你的身体慢慢恢复，始能感悟赞公醍醐灌顶般的佛理。呵呵，你蹭吃都蹭出道道儿来了（我竖了一下大拇指，杜甫不语）。

你马上回答："故人供禄米，邻舍与园蔬"，——没呢没呢，都是老朋友赞助了些粮食，邻居提供了蔬菜。

高适诗第五、第六句："听法还应难，寻经剩欲翻"——你这个很懂佛理的人，有没有听经辩法呢？

你回答："双树容听法，三车肯载书"，——我都没去寺院，还能听什么经辩什么法啊！

高适诗的第七、第八句，却是接续第二句而来的，第二句提到"诗书自讨论"，说你在研究儒家经典，所以，此处他就问你："草玄今已毕，此外复何言"，——你是不是像扬雄写《太玄》那样已经写好了哲学著作，还有什么新鲜想法跟我说说。

你就回答："草玄吾岂敢，赋或似相如"，——我哪敢写哲学著作啊，但我的诗赋可跟司马相如一比啊！

高适可真有意思啊，他知道你的想法，偏偏不点破，还故意来挠你痒痒。

你们作此酬答时，大约在上元元年（760），但要说清楚其中奥秘，还得从天宝三载（744）李杜高三人同游梁宋说起。

因李白是蜀人，且"天才英丽，下笔不休"，时人认为"若广之以学，可以相如比肩也"（李白《上安州裴长史书》）。李白也倾慕相如，如在《秋于敬亭送从侄耑游庐山序》中，李白提到"余小时，大人令诵《子虚赋》，私心慕之"，李白复以相如自比，晚年在《自汉阳病酒归寄王明府》中还说起"圣主还听子虚赋，相如却与论文章"。

梁宋是梁孝王的故地，当年司马相如当经常与梁孝王一起在此地游赏。所以你们三人同游之时，李白必定跟你们大吹宫廷之事，而又得意地以相如自命。

你与李白分开后，不断地想起他。你追慕李白，恰如扬雄追慕司马相如，慢慢地，你也自比扬雄了。你说"赋料扬雄敌，诗看子建亲"，"至于沉郁顿挫，随时敏捷，扬雄、枚皋之流，庶可企及也。"（《进雕赋表》）

后面一句，你自比扬雄；但当你说自己"随时敏捷"，需知你也说李白"敏捷诗千首，飘零酒一杯"，可见，暗中你也自比李白啊！

其实你跟扬雄真的没有太大可比性，你的大才在诗而不在赋，扬雄之才则除文赋之外，也是哲理大家。

所以高适故意问你，有没有啥哲理著述，真是会开玩笑。

你就急了，说：我的赋才好呢。你也是有点赌气了，为什么不说自己的诗好呢？

10

杜甫有点儿不快，说：老翟，你怎么这么啰唆呢？

我就继续说：你和高适的事，真是一天也讲不完。

高适非常了解你，从刚才这首《赠杜二拾遗》可以看出，他和你非常亲近，是可以随便开开玩笑的朋友。

你在成都断粮了，你会向他求援，直接就问："为问彭州牧，何时救急难。"后来，你又说"形色秋将晚，交情老更亲"。

越到后来，你越是发现高适是最理解你的人。

就在几个月前，大历五年（770）正月二十一日，你翻检你的书简，你"开文书帙中，检所遗忘，因得故高常侍适（往居在成都时，高任蜀州刺史）人日相忆见寄诗，泪洒行间，读终篇末"。你"今晨散帙眼忽开，迸泪幽吟事如昨"，——你打开装诗简的箱子，当你看到高适的人日相忆见寄诗，你一下子迸泪了。

高适的《人日寄杜二拾遗》是上元二年正月初七也即人日写的：

> 人日题诗寄草堂，遥怜故人思故乡。
> 柳条弄色不忍见，梅花满枝空断肠。
> 身在远藩无所预，心怀百忧复千虑。
> 今年人日空相忆，明年人日知何处。
> 一卧东山三十春，岂知书剑老风尘。
> 龙钟还忝二千石，愧尔东西南北人。

高诗前面几句思故人思故乡，真挚动人。最后四句却真正击中了你的内心。高适说你像谢安一样志向高远、才华盖世，却一卧东山，不得起用，如今尚书剑飘零，成了孔夫子自谓的东西南北之人，反倒是我高适这样才华不如你的人享有厚禄，真是惭愧。

我看到杜甫眼闪泪花，就继续说：

其实你该庆幸——请原谅我继续沿用"命运设计师"这一说法——当你与李白分开后，再也见不到李白，他却让高适一直陪伴你一生。

后来你在《遣怀》里说："乘黄已去矣，凡马徒区区。"高李二人并驰而去，尚留你在这世间。

但是，杜老先生，你有没有想过，高适又太像另一个你，命运设计师把另外一个你展示给你看，很调皮地对你说：这是你另外一个可能的人生，你会挑选吗？

高适和你的人生有太多相似的地方，你们都是世家子弟，都家族没落，科场都是久试不第。你们都志向远大，你要"致君尧舜上，再使风俗淳"，"许身一何愚，窃比稷与契"；高适是"公侯皆我辈，动用在谋略。圣心思贤才，朅来刈葵藿"。

高适狂放不羁，"弹棋击筑白日晚，纵酒高歌杨柳春"；你也"放荡齐赵间，裘马颇清狂"。你们的诗歌都关注社会现实。

后来你们的人生出现分野，高适的运气比你好一些，他经张九皋推举特科及第，且入哥舒翰幕积累军事经验，后在平定永王一役中立功。而你虽然不第，还是干谒得了小官，安史之乱后英勇奔走凤翔而获封左拾遗。此时你似乎可以往前追一追，却不料你站错队，疏救房琯、触怒肃宗，最终辞官。

那些说你言论高而不切，那都是事后倒推，其实，玄宗—房琯的分封诸王子共击安史之策，并不一定比肃宗—高适的独尊肃宗击安史之策要差，说你追随房琯没有眼光那都是按结果倒推。到四川后，你的吐蕃边策明显比高适的实操要合理。

　　所以，如果历史给你机会，你也有可能立功成名臣的。

　　当然，也不是说高适就圆滑、适合混官场，你在《闻高常侍亡》说他"致君丹槛折"，高适也是敢于直谏的人，因而得罪权贵，大志未展。

　　即使从入仕从政分析，你们的相似度也是蛮高的。

　　高适同情你一生坎坷，你却也认为高适未全面实现他的理想。

　　但是，不知道你有没有想到一点，高适自从仕途腾达后，他基本上没写诗了。而你在《天末怀李白》里说："文章憎命达，魑魅喜人过"，说的又何尝不是自己？

　　试想，如果你任左拾遗后一路腾达如高适（嘿嘿，高适字达夫），你会不会也写不出好诗来了。

　　我简单统计了一下，你的诗集中，以《遣兴》为题的有19首，《遣怀》3首，《遣愁》1首，《遣意》2首，《遣忧》1首，《遣闷》2首，《遣愤》1首，《遣遇》1首，——以上"遣"系列30首；《释闷》1首，《遣闷》2首，《拨闷》1首，《解闷》12首，《闷》1首，以上"闷"系列17首；其中"遣""闷"交叉2首。

　　杜甫插了一句：你很无聊哎。

我继续说：这些都是你弃官流离之后的诗题。你感到烦闷、无聊了就写诗解愁解闷遣兴。这是无聊烦闷的情形；而更多的感发、情绪，更具体的思乡怀旧，家国之悲，伤时之叹，怀古幽情，自然风物，哲思点滴，你都歌之咏之，形于笔下。

　　可以说，诗歌成了你生命的一部分，没有诗歌就没有如此之子美，没有如此之子美，也必定无如此之杜诗。

　　现在我问你，如果命运设计师给你选择，你是做晚年腾达却写不出诗的高适，还是做流离坎坷却好诗不断的诗圣？

　　杜甫道：不带实质性地说，你说什么命运设计师，真的很扯。

　　我说：好吧好吧，下次我们换个地方，换个方式，换个话题，谈谈别的。
　　杜甫道：早该如此了，我都闷死了。
　　我就说，那你写首《释闷》吧！

05　格律的放假和语言的偷情

1

第五天午后，我带着时空谈话仪来到夔州。时间坐标定在大历元年。

在夔州时，杜甫搬过几次家，有时还有几个住处。我导航"草阁"，谈话仪一下子就把我带到了草阁。

《草阁》写道："草阁临无地，柴扉永不关。"

大概这草阁临峡而建，杜甫每天看看无敌峡景，门也不关了。

我走进草阁，杜甫从打盹中醒来。

我说：杜老先生，打扰你午休了。

杜甫道：没事没事，我也午休好了。

几天用下来，我发现时空谈话仪的功能很多。这次谈话，我进入操作界面，点击"时空飞地"功能，一下子，我们所在的草阁就成了时空飞地。

我要解释一下，如果没有这个时空飞地，我们这次谈话是没法进行的。因为，谈话进行后，杜甫还要生活四年，即使我们不讨论要不要离开夔州这种大大扰动时空的事项；仅仅是一个细微的可能扰动，都是不允许存在的，比如，如果我也问那个问题，杜甫可能觉得"江流石不转，遗恨失吞吴"这句表意不明确，要修改一下，这一修改就改变历史了，——这是向未来改变历史，是规则不允许的。

有了时空飞地，我们的谈话就被限制在这个飞地里。一旦解除"时空飞地"设定，谈话的内容就对杜甫单向抹除，他就不记得谈过什么，故不会对历史产生任何影响。

而在时空飞地里，事件是共时呈现的——杜甫想起了前几次谈话，而那几次在历史时间上（diachronic）却是四年后进行的。

杜甫马上认出我来，道：老翟老翟，我们前几次谈得挺好，继续继续。

我拿出一瓶酒，对杜甫说：前几次把你憋着了吧，你都没机会说。这次我跟时空管理局的导服小姐抱怨，她就说，时空管理局已对我们的前几次谈话进行了评估，说我们的谈话是有史以来最遵守规则的。而其他人在时空谈话中，有的问秦始皇童男童女的下落，有的问李白的出生地，时空谈话仪频繁发出警告，甚至都一下子失灵了。因为我们表现良好，获准可以自由交谈，前提是给你喝酒。这叫"古人喝酒"规则。

杜甫道：这真是最好的规则啊！

我说：这是对我们的优待啦！导服说了，酒要喝多一点，有点醉醺醺了，无论什么观点，都不能认为是杜老先生的本意了，这样就不会产生时空扰动。所以，杜老先生，你先喝几口，这可是限量版的茅台哦！

杜甫大乐：哈哈，这规则好。

我说：老先生你先喝，我要引一个人进来。

我打开蓝牙功能，时间参数搜索长庆二年（822）夏天。这时候，刘禹锡任夔州刺史。我看到蓝牙光标在时间轴线滚动，夏末的一天，刘禹锡出现在草阁的前面。显然，刘禹锡那天在探访杜甫的故居。我点击"拉人"按钮，刘禹锡就进入时空飞地了。

2

在时空飞地里，事件是共时呈现的（synchronic）。所以，大家都不需要彼此介绍，马上都认出来了。

我就说：梦得兄先喝酒，你相对我来说是古人，所以你也要喝得醉一点。这是遵守"古人喝酒"规则。

杜甫道：梦得啊，来来来，先喝酒。老翟这个人喜欢瞎扯，不过我们多喝点，我们就可以畅谈了，前几次可把我憋死了。什么"对仗"啦，什么"命运设计师"啦，我还不能说他瞎扯。这分明就是瞎扯嘛，还什么"少陵剑法"，真是瞎扯之至。

刘禹锡道：前几次我没参加，我先听听。

我打开前几次谈话的视频回放，让刘禹锡先看。同时我对杜甫说：杜老先生，这次由你来先说一个话题，算是出个上联，然后我讲一个话题，算是下联，完成一副对仗。

杜甫道：老翟，你真是无聊，又是对仗。那说什么话题呢？

我就说：你是对仗之王嘛。这样吧，我给你看一段话，然后你自由发挥，完成上联；然后，我来完成下联。

刘禹锡已看完此前的回放，插话道：这个好这个好，我来听听。

3

　　我就说：请看下面一段话，发表一下你的看法：

　　"韵律的目的在于延续沉思的时刻，即我们似睡似醒的时刻，那是创造的时刻，它用迷人的单调使我们安睡，同时又用变化使我们保持清醒，使我们处于也许是真正入迷的状态之中，在这种状态中从意志的压力下解放出来的心灵表现成为象征。"

　　杜、刘二人就看着我递给他们的纸张，沉吟不语。不过放心，在时空飞地里，不存在任何语言障碍的，纸面上的话已自动转换成他们能懂的文言文。

　　过了一会儿，杜甫道：这段话还是蛮有意思的，是谁说的啊？

　　我说：是泰西小国一个叫叶芝的人说的。

　　杜甫道：很有意思的一段话，我不能说完全理解他的话，但"迷人的单调"这个表达我很喜欢。哎哎，我想起来了，老翟，你说我"迷人的啰唆"是不是从这里学的。

　　我说：杜老先生，不要离题，请继续。

　　杜甫道："迷人的单调"这是一个正向描述。写诗的时候，当字句合乎韵律时，作者和读者就会感到安心，这时，迷人的单调就涌现了。为什么单调会使人入迷呢，恐怕是作者和读者在最深层的那个层面有一个趋同的需求，为此，作者在调遣字句时，必须在音韵和意义两方面都体现出一致、对应或对称。如连绵字、叠韵字之间就有共同的声母或韵母；而不同句子句尾的押韵是为了体现音韵的一致；对仗则是呈现意义的对称或对比。

我竖了个大拇指，刘禹锡也听得入迷。

杜甫继续：把诗歌和散文对比一下，你看，散文一般来说，语义表达是连贯的，这种情况下，作者与读者本来就比较安心。而诗歌，表达是断裂、跳跃的，此时要有一种东西来安抚作者和读者。这就是格律，格律就是要形成迷人的单调，让人安心。

但是，迷人是迷人，也毕竟单调。诗写多了，首首都押韵、都合律，单调连着单调，也让人受不了。

我插一句：那你怎么做？

杜甫道：我就写不合律的诗。你看：《白帝城最高楼》：

> 城尖径仄旌旆愁，独立缥缈之飞楼。
> 峡坼云霾龙虎卧，江清日抱鼋鼍游。
> 扶桑西枝对断石，弱水东影随长流。
> 杖藜叹世者谁子，泣血迸空回白头。

你可以把它看作一首律诗，它也有对仗，也押韵；但句中的平仄是不合律的。老翟，你懂平仄吗？

我说：我不懂平仄，我向来是随便读读，凭感觉读，有些诗读起来特别顺，可能就是平仄特别和谐吧！有些读起来就有点磕磕颠簸，却也有孤峭起伏、铿锵跌宕的别样味道，就像这一首。

杜甫道：你这种读诗法也行，只是你以后要稍微用点心——哦哦，我酒喝得是有点多了——我写诗时，就享受这种自由的感觉。我说"晚节渐于诗律细"，那可不是开玩笑的，我想写合律的，就会非常合律。合律的诗写多了，也会感觉单调的，我就写不合律的诗，呵呵，有些是不合律的律诗。厉害吧，梦得，老翟。

4

我就看向刘禹锡，说：刘老先生，你看杜老先生酒喝多了，多可爱，来来来，你也多喝几杯。

刘禹锡道：我酒也喝多了。好好好，这个谈话好。

我说：刘老先生，你对"迷人的单调"有什么看法？

刘禹锡道：我就很惭愧，我写的诗基本上合律的，也就是太单调了。

我说：不是不是，合律才是基本要求嘛。许多人想合律还做不到呢。

杜甫道：老翟，我总结一下，我的上联是"格律的放假"，该你说出你的下联了。

我沉吟片刻，说：杜老先生，好一个"格律的放假"，真是一个好上联。不过，我要先跟刘老先生先说几句——哎哎，我酒也喝多了，也就乱说了。

刘老先生啊，我读你的诗，几乎是首首押韵，我读起来可快意了。你看：

《秋词》：自古逢秋悲寂寥，我言秋日胜春朝。晴空一鹤排云上，便引诗情到碧霄。

《西塞山怀古》：王濬楼船下益州，金陵王气黯然收。千寻铁锁沉江底，一片降幡出石头。人世几回伤心事，山形依旧枕寒流。今逢四海为家日，故垒萧萧芦荻秋。

《石头城》：山围故国周遭在，潮打空城寂寞回。淮水东边旧时月，夜深还过女墙来。

《乌衣巷》：朱雀桥边野草花，乌衣巷口夕阳斜。旧时王谢堂前燕，飞入寻常百姓家。

我不懂平仄，但是这些诗都很押韵哎，而且隔了一千多年，还是押韵的，真是厉害啊！

刘禹锡道：老翟，我有点儿惭愧，怎么就这么单调，是不是？

我说：还不止这个问题。刚才杜老先生讲到格律的放假。那你想想，你是不是一直都没给格律、音韵放假，他们都在岗一千多年了。这有没有违反劳动法？

刘禹锡一拍额头，大笑：啊啊，这点我咋没想到呢，咋办，咋办？

杜甫一脸坏笑，笑道：是啊是啊，梦得，你一心只想着作诗，就没想到要学学劳动法；赶紧敬老翟一杯，让他给你想想办法。

我说：莫慌莫慌，我给你查查。

我打开"时空搜索"，输入：诗国法律下刘禹锡有无违反劳动法。

有意思的是，前几个搜索结果竟然还有一些广告，原来是有些唐朝以后不知名的诗人在招募字词、音韵，有个广告词是："组李杜诗句，享千年假期"，大概是这个诗人希望那些字词跟去，他好作诗——这些广告把我们都逗笑了。

在首页的底部，有个有效信息。我一点击打开，大家都乐了。原来是诗国政府的一个奖状，内容是：鉴于刘禹锡诗集中的所有字词音韵都自愿坚守岗位、做光荣员工，经调查研究决定，授予刘禹锡"最佳雇主"称号。

刘禹锡轻吁一口气，道：政府真好。

杜甫和我也一起说：政府真好。

5

大家一下子就喝了很多酒，气氛热烈。

我就说：我给大家说个下联，叫"语言的偷情"。

杜甫对刘禹锡道：你看你看，我说得没错吧。老翟这人就喜欢瞎扯，而且品位极低。

我继续说：两位老先生不要客气了，其实你们都是偷情高手。写诗作文，最主要的就是表情达意，特别是写诗，你要表达的想法、感情、思想总不能太浅显太直白，最好是有点曲折地、幽微地、微妙地表达出来。说起容易做起难啊，写诗的媒介是语言，如果说语言是一个人，那么这个人就会特别别扭。你想把想法、感情、思想表达出来，但是，就是表达不出来，语言那道关没过嘛！

这时候就需要写作者与语言偷情，暗通款曲后才能娓娓道来。刘老先生，你说"东边日出西边雨，道是无晴却有晴"，你看看自己，是不是偷情高手啊！

刘禹锡道：老翟，杜先生说得没错，你确实喜欢瞎扯。

我继续说："语言的偷情"这一点，通过翻译最能体现出来。一首好诗放在那里，要把它翻译成另一种语言，这就考验那个译者的偷情功夫了。所谓郎情妾意，其中一方的思想、音节、色彩、感情、气息全在那里了，你需要把它传递过去，不能流失也不能添加太多，要不露痕迹，要有点忸怩又不能太忸怩，要双方合意默契却又耍点小脾气。

我前几天看了一本书《观看王维的十九种方式》，书中专门讲了《鹿柴》一诗的二十多种英文译文，以及若干法文、西班牙文译文，真是叹为观止啊！

刘禹锡道：我们是找杜老先生聊天，你怎么讲起王维诗啦！

我说：是我不对，是我不对。讲到杜诗的翻译，所有杜老先生的诗，都已翻成德文和英文；2016年有个美国人宇文所安，也出了个全译本。只是我没有好好看过，没法多说。

刘禹锡道：老翟，你这样不对啊，你没好好准备，就来跟我们杜老先生聊天。

杜甫道：是呀是呀，老翟，你没好好准备就过来，找我喝酒可以，找我聊天，嘿嘿，不好吧！

这时，时空谈话仪发出长时间的黄灯闪烁。

我说：坏了坏了，我们的谈话时间马上就要结束了。都是我不好，违反了时空谈话的规则。时空管理局的导服跟我讲过，时空谈话有个"古人喝酒"规则，也有一个"后人尽责"规则。后一个规则是这样的：因为都是后人找到古人聊天，那这个后人就要做好充分准备，如果没做充分准备，那这个谈话就没有太大意义，是对时空飞地谈话资源的破坏和浪费。所以，一旦古人在谈话中提到后人准备不充分，这个谈话就要在十分钟之内结束；而且，这个后人在半年内都不能申请时空谈话。

杜甫道：这样啊，老翟，你不能怪我啊，你要聊天，只能半年后再来了。

我说：两位老先生，很开心和你们聊天。我给你们唱一首《对仗的赞歌》吧，副歌部分请一起唱。

对仗的赞歌

时空的垂滴，檐下的流川
一起注入时间的匀称河流
请校正好扭矩，经由对仗
我们飞到银河的岸边，饮
碧落的甘醪，唱悠古的歌

（大家同唱：
时空有飞地
高歌且一曲
子美与梦得
老翟同声和）

诗歌的河流，流漫
流漫成银河，流漫

成壮阔宇宙，经由
对仗，我们飞到这
银河的岸边，对饮

（大家同唱：
时空有飞地
高歌且一曲
子美与梦得
老翟同声和）

这时空的甘泉
这对仗的赞歌
这匀称的河流
这河流的匀称

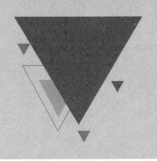

第三辑

在路上

【翟按：杜甫的许多诗记录行旅中的所见所闻所思，如长诗双璧《自京赴奉先县咏怀五百字》《北征》是他两次探亲回家路上的咏怀；《羌村》三首写回到家里，《喜达行在所》写到达肃宗驻地并忆路上所见所思；"三别""三吏"则仿如一路拍的纪录片；入川的《发秦州》《发同谷县》系列纪行诗，描摹山川风物，记述一路行走，被人尊为入蜀图经。漂泊与行走，是杜甫生活的常态，其实也是他的歌咏对象和灵感来源。】

01 辋川之旅

1. 旅行时间

先来看杜甫这次辋川之旅的两首诗。

九日蓝田崔氏庄

老去悲秋强自宽，兴来今日尽君欢。

羞将短发还吹帽，笑倩旁人为正冠。

蓝水远从千涧落，玉山高并两峰寒。

明年此会知谁健？醉把茱萸仔细看。

崔氏东山草堂

爱汝玉山草堂静，高秋爽气相鲜新。

有时自发钟磬响，落日更见渔樵人。

盘剥白鸦谷口栗，饭煮青泥坊底芹。

何为西庄王给事，柴门空闭锁松筠。

杜诗往往沉郁含蓄、多义复指，再加上早期流传中的手抄异文，以及历时逾千年的千家注杜，读之既有蔚然大观、烟霞满天之快意，有时却也令人兴起踌躇不前、滞涩沉重之叹。

以此二首言之，几乎在任何问题上，都有两种以上解释，若我一一列举前人之解读，我将劳累不能再游泳，你也将疲倦无法再看剧，何苦来哉？故我将择要言之，不求面面俱到，但求通畅达意。

杜甫的作诗时间，也即这次辋川之旅发生在哪一年，是首要的问题。因《崔氏东山草堂》原注（钱笺引吴若本注）作："王维时被张通儒禁在京城东山北寺，有所叹息故云。"前人多将时间判定为至德元年（756），谓陷贼时作。

我认为北宋黄鹤的判时是正确的。【鹤注】："此是乾元元年为华州司功时，至蓝田而作。华至蓝田八十里。旧编在至德元年。是时身陷贼中，不能远至蓝田。且两宫奔窜，四海惊扰，岂有兴来尽欢之理乎？"

乾元元年（758），两京在此前（757年）已收复，杜甫先是任左拾遗，六月贬华州司功。华州离蓝田八十里，杜甫喜欢到处走走，他在重阳佳节访问辋川，失意中却也闲适放松——二诗的情感基调与历史背景一致。反之，若是至德元年（756）陷贼时作，当时两京沦陷，两宫奔窜，百姓流离，忧国忧民的杜甫如何"兴来今日尽君欢"？

由此我想到，嘉祐四年（1059）王洙、王琪雕版《杜工部集》印刷之前，杜诗大多以手抄本辗转流传，其原注，有些是保留了杜甫的真正原注，有些则可能是杜甫去世后其他传抄者、编辑者的注释，在时间的流逝中，这些原注保留着神圣的正确和讹误（是的，神圣的讹误），给我们的理解带来明晰和困惑。

诗题中的"崔氏"是谁呢？大多认为是崔兴宗，王维与其多有诗歌唱和；陈贻焮考证认为是崔季重，他与杜甫交好。崔兴宗是王维的内弟，崔季重是王维的内兄。王维的母亲和妻子都姓崔，妻子可能是母亲的侄女，故崔氏是王维亲上加亲的内弟或内兄。崔氏草堂在辋川的东边（有说在谷外的），王维的别业在西边，故诗中称"西庄王给事"。

杜甫喜欢与人交游，这次辋川之旅，留下了两首千古名诗。

2. 逐句解读

九日蓝田崔氏庄

老去悲秋强自宽，兴来今日尽君欢。

羞将短发还吹帽，笑倩旁人为正冠。

蓝水远从千涧落，玉山高并两峰寒。

明年此会知谁健？醉把茱萸仔细看。

"老去悲秋强自宽，兴来今日尽君欢。"

"悲"与"欢"相对。杜甫的诗作和情感，呈现出相对与反差，交响与映照，这既是复杂性又是美感，既是内容本身，也是表达方式。重阳登高，登高而觉年岁已老，继而兴"老去悲秋"之叹；但是，杜甫也不会一味悲叹，他是老当益壮，是悲壮有力的。恰如他在另一首诗中说的，虽然"秋风病欲苏"，但"落日心犹壮"，真是"古来存老马，不必取长途"。

"强自宽"也是对王维《酌酒与裴迪》"酌酒与君君自宽，人情翻覆似波澜"的化用。

"羞将短发还吹帽，笑倩旁人为正冠。"

这两句诗是历代诗词中翻用典故的极致，历来为人所称道。王隐《晋书》："孟嘉为桓温参军，九日游龙山，参僚毕集，时风至，吹嘉帽堕落，温命孙盛为文嘲之。"

杜甫活用典故，化为此联，向为前人激赏。孟嘉以落帽为风流，杜甫发短，不耐风吹，故请人正冠，自然磊落，自得风流。

想象当时场面，杜甫与众人一起登高，秋风送爽，却吹斜了杜甫的帽子，杜甫一手拿着茱萸（见后文），一手按住帽子，笑着对同行的后生说：老夫头发短，帽子吹落了就更难看了，请帮我正一正帽子。——杜甫笨拙的身姿却又隐现一分潇洒。

唐人作诗，多有参考书可作依傍，如何用韵、如何用典，都有定式。孟嘉风吹落帽之典，时人当是耳熟能详，但杜甫的活用翻用才让人耳目一新。从此联可看出杜甫是技巧大师，在他笔下，继承和创新，保守和革命都完美地结合在一起。

"蓝水远从千涧落，玉山高并两峰寒。"

蓝水、玉山都是蓝田县的山水。巧用地名入诗，是杜甫的另一高超技能，此处读来，水似映照天空之蓝，不蓝而蓝，山若遥对高处之雪，不润而润。再则远眺极视，高远壮阔，好似宇宙浩瀚，皆入心胸。

杨万里评此联：诗人至此，笔力多衰，今方且雄杰挺拔，唤起一篇精神，自非笔力拔山，不至于此。

"明年此会知谁健？醉把茱萸仔细看。"

此处，对"把"字的不同理解，会引出不同的诗意。如果"把"是助动词，则是盯着茱萸仔细看；如果"把"是动词，是"拿"的意思，则是拿着茱萸看风景。

也许是对杜甫的偏爱，刘禹锡说：茱萸二字，更三诗人道之，而有能否，杜甫云"醉把茱萸仔细看"，王右丞云"遍插茱萸少一人"，朱仿云"学他年少插茱萸"，三君所用，杜公为优。

3. 逐句解读

崔氏东山草堂

爱汝玉山草堂静，高秋爽气相鲜新。
有时自发钟磬响，落日更见渔樵人。
盘剥白鸦谷口栗，饭煮青泥坊底芹。
何为西庄王给事，柴门空闭锁松筠。

"爱汝玉山草堂静，高秋爽气相鲜新。"
朱瀚曰：草堂之静，延秋气之爽，故曰相鲜新。

"有时自发钟磬响，落日更见渔樵人。"
王维《归辋川作》诗有云"谷口疏钟动，渔樵稍欲稀"，杜甫看到渔樵落日，听到钟磬清音，而吟诵摩诘诗句，想必非常亲切。

"盘剥白鸦谷口栗，饭煮青泥坊底芹。"
白鸦谷、青泥坊都为辋川附近地名。食用当地的果实和园蔬，杜甫对辋川的隐居生活会更多一分艳羡和向往吧！

"何为西庄王给事，柴门空闭锁松筠。"

杜甫也到王维的别业门口转了一圈，只见柴门紧锁，王维不在，想必是在长安处理公务，无暇享此幽静。

浦起龙认为这是"借崔堂以呼给事，是公招隐诗也"。——辋川这么好的田园野趣，你怎么不回来隐居呢？

长安收复后，王维因任伪职，本应受严惩，但王维曾作《凝碧诗》表心迹，其弟王缙复以降职求情，肃宗就没有给王维严厉处分，只是降职为太子中允，后来又累迁为中书舍人、给事中、尚书右丞。杜甫访问辋川时，王维任给事中。有点讽刺意味的是，长安沦陷前，王维正好任给事中，沦陷后安禄山任命的也是给事中，想不到几年后，王维又在给事中任上了。唐朝人大气豁达，倒不一定觉察到有何讽刺意味。但杜甫的心智是跨越时代的，他轻轻一说"何为西庄王给事"，似有轻微的讽刺在其中；但是，杜甫又是很真诚厚道的，这诗句里更多的是真诚的问候和关切。

4. 王维的诗谷

辋川山谷里除了王维的别业，还有崔氏东庄，有寺庙（"应门但迎扫，畏有山僧来。"——王维《宫槐陌》），有渔樵（"暗入商山路，樵人不可知。"——王维《斤竹岭》），有人家（"隔浦望人家，遥遥不相识。"——王维《南垞》）。

辋川不是王维独享的山谷。然而，在诗歌的领地，王维是辋川无可置疑的主人。

王维在《山中与裴秀才迪书》中描写了辋川之美：

"近腊月下，景气和畅，故山殊可过。足下方温经，猥不敢相烦，辄便往山中，憩感配寺，与山僧饭讫而去。

"北涉玄灞，清月映郭。夜登华子冈，辋水沦涟，与月上下。寒山远火，明灭林外。深巷寒犬，吠声如豹。村墟夜春，复与疏钟相间。此时独坐，僮仆静默，多思曩昔，携手赋诗，步仄径，临清流也。

"当待春中，草木蔓发，春山可望，轻鯈出水，白鸥矫翼，露湿青皋，麦陇朝雊，斯之不远，倘能从我游乎？非子天机清妙者，岂能以此不急之务相邀。然是中有深趣矣！无忽。因驮黄蘗人往，不一，山中人王维白。"

在王维心中，只有像裴迪这样"天机清妙"的人，他才会相邀同游。

王维和裴迪分别作了二十首诗，合成《辋川集》，吟咏谷内二十处行止，是辋川永存的留影，也是不朽的诗章。

5. 辋川的回响

杜甫热衷于交游，王维更乐于独处。

乾元元年（758）春，杜甫还是左拾遗，贾至作《早朝大明宫》，王维、杜甫、岑参同和。除了这一次，杜甫和王维之间没有诗歌唱和。即便是这次唱和，也是彼此唱和贾至，而非王维、杜甫间的唱和。

杜甫多想和人谈谈诗歌，唱和唱和啊！

天宝五载（746），他在《春日忆李白》里说："何时一樽酒，重与细论文。"此后却再也不能重逢，再也不能一起谈诗论文。

就在几个月前（乾元元年，春或夏），杜甫还和毕曜谈诗呢。（《赠毕四曜》：同调嗟谁惜，论文笑自知。）

乾元元年（758）六月，杜甫被贬，任华州司功。华州离蓝田八十里。那么何不访问一下辋川呢？

世事难料，诗事也是如此啊！如果这次杜甫碰到王维，说不定彼此有唱和，但肯定不是现在我们所见的二首绝妙好诗了。

但是，辋川，这个神奇的诗歌之谷，好似一个回音壁，当杜甫的诗歌响起，王维的应和其实就在那里，当杜甫听到回声，他们的唱和也就完成了。

杜甫的亲和，不单是热络唱和，写诗安慰（《奉赠王中允》：中允声名久，如今契阔深。共传收庾信，不比得陈琳。一病缘明主，三年独此心。穷愁应有作，试诵白头吟），写诗怀念（《解闷十二首》："不见高人王右丞，蓝田丘壑漫寒藤"），他在写此二首辋川诗时，也在致敬王维。

读到"老去悲秋强自宽"，仿佛听到了王维的回声："酌酒与君君自宽，人情翻覆似波澜"。更不用说"醉把茱萸仔细看"，自然让人想起王维的名句"遍插茱萸少一人"。"有时自发钟磬响，落日更见渔樵人"则是王维"谷口疏钟动，渔樵稍欲稀"的再现。

（现在我要做一个小小的冒险，我要当一个小人，度一下王维的君子之腹）若王维知道杜甫的呼唤："何为西庄王给事，柴门空闭锁松筠"，若王维读到杜甫的此二首辋川诗，他会怎么想？

他会感到被冒犯，他会不高兴。

我此前多次说过，王维是杜甫的对仗。杜甫热络，王维淡漠。王维是一代文宗，杜甫还籍籍无名。

王维是辋川的诗歌之王，裴迪的亦步亦趋的唱和才是相得益彰的。杜甫的辋川诗，从王维角度看，是对诗歌秩序的破坏，是一次诗歌入侵事件。

可是在我看来，这是何等美好的诗歌入侵啊！

王维的《九月九日忆山东兄弟》："独在异乡为异客，每逢佳节倍思亲。遥知兄弟登高处，遍插茱萸少一人。"如地泉自然涌出，似乎不经思考而得之，妇孺皆知，千古传唱。此诗原注："时年十七。"王维何等得意；如果有诗歌之神，那此神对王维何等偏爱。

杜甫虽然"七岁咏凤凰"，却将三十岁前的所有诗作弃置，此时在辋川"醉把茱萸仔细看"时，已经四十八岁。经由《九日蓝田崔氏庄》，或者说经由这束茱萸，我们看到，这个诗歌之神，不单奉送自然涌出的诗句，也颁出精雕细琢的诗章。杜甫的"读书破万卷"的努力，"为人性僻耽佳句"的执着，在辋川，得到了诗神的嘉奖。

王维的《终南山》："太乙近天都，连山接海隅。白云回望合，青霭入看无。分野中峰变，阴晴众壑殊。欲投人处宿，隔水问樵夫。"与杜甫的《望岳》："岱宗夫如何？齐鲁青未了。造化钟神秀，阴阳割昏晓。荡胸生层云，决眦入归鸟。会当凌绝顶，一览众山小。"多少相似，都是连天接地，雄浑壮阔。

当王维老了，他更多地内视，从尺幅小景抵达内心宇宙，《鹿柴》："空山不见人，但闻人语响。返景入深林，复照青苔上。"《辛夷坞》："木末芙蓉花，山中发红萼。涧户寂无人，纷纷开且落。"

经由杜甫的"蓝水远从千涧落，玉山高并两峰寒"，我们看到，辋川的诗神，不单喜欢尺幅小景，也喜欢连天接地。

辋川山谷

神奇的山谷，不可能山谷，
请为我吟诵：
友谊和友谊的不可得；
人的相遇和不遇。

诗歌之神，请奉送不同的偏爱
给子美和摩诘，而他们
站在风格的两端
在此山谷，一生只有一次，唱和

请铺好月色，芙蓉花落
请蓝水弥漫，连山秋色
——啊啊，请和我一起观看
这入侵的诗歌

02　玉华宫——"诗史"与"史诗"的呈现

从一段旅程往往可看出一个人的性格，本节有意截取杜甫诸多行程中的一段，以呈现杜甫的个性和杜诗的独有魅力。

1. 背景

至德二载（757），杜甫的人生之河流速突然加快（对比之下，他之前旅食京华的十年太死气沉沉、波澜不惊了）。至德二载四月，他从敌占的长安逃至肃宗的临时行在——凤翔，当时他"麻鞋见天子，衣袖露两肘"，肃宗感动于他的忠心耿耿和英勇气概，在五月任杜甫为左拾遗。但杜甫在履职的当月，即抗疏救房琯，触怒了肃宗（幸好宰相张镐为他说了好话，才保住一命；第二年六月，杜甫被贬为华州司功参军，左拾遗任内正好一年）。这年八月，杜甫思家心切，向肃宗请假；肃宗准其回家探亲。于是，次月（闰八月）初，"皇帝二载秋，闰八月初吉。杜子将北征，苍茫问家室"（《北征》），杜甫踏上了回家之路。

此次回家之旅，杜甫写下诸多诗作，其中《羌村三首》和《北征》更是名篇，但前人评述已多（此前我也多次对《北征》表示膜拜），且是到家之后的诗作，本书着重关注在途之诗，故不予述及。

2. 借马

杜甫先与一众好友依依惜别。

《留别贾严二阁老两院补阙（得云字）》：

> 田园须暂往，戎马惜离群。
> 去远留诗别，愁多任酒醺。
> 一秋常苦雨，今日始无云。
> 山路时吹角，那堪处处闻。

这些好友是贾至、严武，以及拾遗、补阙两院的同僚（岑参此时是补阙），拾遗、补阙品秩不高，却是专门给皇帝提意见的职务。想不到杜甫一上任就捅了篓子，此时不免"愁多任酒醺"。

上路之前，还要借马。这事细看，还蛮有意思。

杜甫这次回家的路线是凤翔—麟游—邠州（今陕西彬州）—宜君—鄜州（今陕西富县），距离有六七百里，探亲还要带些衣物、化妆品（《北征》："那无囊中帛，救汝寒凛栗。粉黛亦解苞，衾裯稍罗列"），如果步行，这是不可能完成的。

那就得借一匹马。向谁借？向大唐名将李嗣业借。

我们得先体会一下战乱时期旅程的艰难，其中一项就是，很难找到交通工具。

《围城》有一章记叙了方鸿渐一行人从上海到湖南一路的艰辛，其中一段路是：

火车到达鹰潭后，他们取出行李时，汽车票已经卖完，只能买三天后的票。正当一行人无奈之时，李梅亭通过一个小镇妓女，知道可以搭本地侯营长的军用运货汽车。当晚，李梅亭拿着钱去和侯营长交际，也算成功。可是，最终还是李梅亭办事不力，没把事情办好，导致搭车失败。

反观杜甫，借马很顺利（杜甫交游很广，办事利索——与你的印象相反吧）。

杜甫以诗代笺，给名将李嗣业写了一首《徒步归行》：

> 明公壮年值时危，经济实藉英雄姿。
> 国之社稷今若是，武定祸乱非公谁。
> 凤翔千官且饱饭，衣马不复能轻肥。
> 青袍朝士最困者，白头拾遗徒步归。
> 人生交契无老少，论交何必先同调。
> 妻子山中哭向天，须公枥上追风骠。

李嗣业以英勇著称，"每战必为先锋，所向摧北"，曾在西域作战，蓄有良马，史载"嗣业忠毅爱国，不计居产，有宛马十匹，前后赏赐，皆上于官以助军云"，他公而忘私，将私人收藏的大宛马也献给大军了。

可见杜甫借对人了，这就好比向军区司令员借车，这个司令手里还有悍马。这岂是方鸿渐等人能比的。杜甫言辞恳切，诉了一大堆苦，"青袍朝士最困者，白头拾遗徒步归"，"妻子山中哭向天"，但借起马来，也委实不客气，"须公枥上追风骠"——直接就要悍马啦！

想必李嗣业写批条的时候，还要追问一句：老杜，你非得要"追风骠"吗？

杜甫道：哎呀李将军，我是写写而已啦，军务要紧，我就要普通的马就行了。

李嗣业大笔一挥：就借你一匹大宛马吧，近期军马还算宽裕，杜拾遗怎能骑凡马？哈哈。

以上只是我的想象，但杜甫与李嗣业可能颇有私交，几年前，杜甫在长安混日子时，还偶尔和李嗣业喝酒，两年前杜甫写下《陪李金吾花下饮》，记述他们喝酒的事（此诗非常有意思，我将另文论之）。

第二年秋，杜甫在华州任上时，李嗣业军队经过华州；同年冬，杜甫就近去洛阳，他都去观看李嗣业的军队。他观其军容，赞其军功，也献军策，分别写下《观安西兵过赴关中待命二首》和《观兵》。杜甫在洛阳观兵两个月后，李嗣业战死沙场。李嗣业名垂青史，也在诗圣的诗作中留下侧影，九泉之下，也当无憾吧！

杜甫写借马、写观兵，全方位地记录国事家事私事。我们看到杜甫鲜活的动态，又看他毫无违和地在历史中显现，这是杜诗"诗史"的魅力。

3. 途中

途中，《晚行口号》：

三川不可到，归路晚山稠。
落雁浮寒水，饥乌集戍楼。
市朝今日异，丧乱几时休。
远愧梁江总，还家尚黑头。

　　战乱时期，落雁浮水，饥乌集聚，一幅荒凉寒栗景象。国家丧乱，而个人困顿，杜甫想起南朝（梁朝）的江总在丧乱中回家时，才三十余岁，而自己此时已经四十六岁了，不免一阵惆怅。

　　《独酌成诗》：

灯花何太喜，酒绿正相亲。
醉里从为客，诗成觉有神。
兵戈犹在眼，儒术岂谋身。
共被微官缚，低头愧野人。

　　——杜甫住进旅店，还是先喝一壶酒，写一首诗吧！

　　行经麟游县西五里的九成宫，杜甫骑在马上眺望，写下《九成宫》：

苍山入百里，崖断如杵臼。
曾宫凭风回，岌嶪土囊口。
立神扶栋梁，凿翠开户牖。
其阳产灵芝，其阴宿牛斗。
纷披长松倒，揭蘖怪石走。
哀猿啼一声，客泪迸林薮。

> 荒哉隋家帝，制此今颓朽。
>
> 向使国不亡，焉为巨唐有。
>
> 虽无新增修，尚置官居守。
>
> 巡非瑶水远，迹是雕墙后。
>
> 我行属时危，仰望嗟叹久。
>
> 天王狩太白，驻马更搔首。

九成宫为隋文帝初筑，唐太宗时增修而成。杜甫在山口路边停下，骑在马上（"驻马更搔首"），眺望（"仰望嗟叹久"），见山体峥嵘（"苍山入百里，崖断如杵臼"），想见殿宇衰颓（"制此今颓朽"），不禁泛起兴衰之感。虽是讽喻前朝，——"向使国不亡，焉为巨唐有"，但此时大唐也是风雨飘摇，这种历史的疼痛杜甫即时感受到了。

又过了几天，就到了宜君县，杜甫写下《玉华宫》。

4. 玉华宫

《玉华宫》：

> 溪回松风长，苍鼠窜古瓦。
>
> 不知何王殿，遗构绝壁下。
>
> 阴房鬼火青，坏道哀湍泻。
>
> 万籁真笙竽，秋色正萧洒。
>
> 美人为黄土，况乃粉黛假。
>
> 当时侍金舆，故物独石马。
>
> 忧来藉草坐，浩歌泪盈把。

冉冉征途间，谁是长年者。

此诗尽得杜诗"沉郁顿挫"之妙，一情一景，片刻切换，境界叠出。前一刻"阴房鬼火青"，哥特惊悚，后一秒即"秋色正萧洒"，安宁恬淡。王嗣奭《杜臆》："'万籁笙竽''秋色萧洒'，吊古中忽入爽语，令人改观，然适以增其凄惨耳。"

杜甫写诗，可能加上音韵的适配，总有一种大能，如此处的老鼠在断壁残垣奔窜，阴暗的宫殿里鬼火青青，这些令人不快的意象，在溪回松风、潇洒秋色的映衬下，适作黍离行迈之哀调，而无秽恶不堪之观感也。

5. 英雄主义

我更感兴趣的是，我们能否把杜甫的当时情景构想出来，或者说，经由杜诗到达当时的现场，如此，感受杜诗的美妙和杜甫人格的伟大。

玉华宫比九成宫还要偏僻。在唐代，可能除了杜甫，就没人吟咏过。在兵荒马乱的时候特意寻访，这是得有多大的好奇心和使命感在支持着杜甫向前走去。

三百多年后，北宋的张峋游览玉华宫后，在《游玉华山记》写道："由宜君县西南行四十里，有山夹道而来者，玉华也。"注意：张峋此番游历，一共六人，还是在和平时期。

杜甫仅在山下远望九成宫，而走了更远的路，去看一下玉华宫，可能因为玉华宫是本朝所建，九成宫则是前朝遗物，杜甫对太宗朝所建的玉华宫更加牵挂，更加感慨系之吧。

杜甫此次行程是和一个仆人在一起的（《北征》："我行已水滨，我仆犹木末"），但玉华宫，应该是他一个人去的，想必仆人在宜君县城休息而杜甫一人骑马前去。诗中写道："忧来藉草坐，浩歌泪盈把"，杜甫坐在草地上，高歌痛哭——当着仆人的面，总有点不好意思吧！

杜甫是个胆大的人，有点英雄气概。在兵荒马乱的日子，杜甫思家心切，却一个人跑到荒郊野外，去吊古抒怀，除了他的爱国情怀，他对历史、对文化的深爱和责任，他还得有点英雄主义。

五年后（762），杜甫在《光禄坂行》中写道：

> 山行落日下绝壁，西望千山万山赤。
> 树枝有鸟乱鸣时，暝色无人独归客。
> 马惊不忧深谷坠，草动只怕长弓射。
> 安得更似开元中，道路即今多拥隔。

——"马惊不忧深谷坠，草动只怕长弓射。"尽管胆大，一个人行走，杜甫还是有点害怕的。所以，"安得更似开元中"，他怎不怀念美好的开元时代呢？广德二年（764）他在《忆昔二首》里写道："忆昔开元全盛日……九州道路无豺虎，远行不劳吉日出。"

杜甫在写《忆昔二首》时，他就好比是一个说书先生，絮絮叨叨地说着开元年间的美好往事。而几年前孤身独行走向玉华宫的杜甫，像不像一个在惊悚戏中的独行侠呢？

杜甫有没有挑个黄道吉日出行呢？啊啊，真是个无聊的问题，不说这个。

他克服了恐惧，走向玉华宫。他沿着溪流，走近空无一人的宫殿。老鼠听到响动，在檐瓦上乱窜。

据张岷《游玉华山记》："……则唐置宫之故地也。盖其初有九殿五门，而可记其名与处者六。其正殿为'玉华'，其上为'排云'，又其上为'庆云'……"

此地殿宇重重，规模宏大，因空无一人而鬼气森森；殿宇旁又有古坟石马。此时，他却又觉察秋色潇洒，万籁和鸣。不由得又兴起黍离之悲，丧乱之哀。

一股时间之流击中了他，啊啊，人事都会逝去，只有自然/川陆/宇宙永存。"冉冉征途间，谁是长年者"，这末句，就像他早年的一首《龙门》的回音交响，"往还时屡改，川陆日悠哉。相阅征途上，生涯尽几回"，都是伤时之叹，只是此时身经离乱，说起来更加沉重。

他不由得坐在草地上，高歌痛哭。——"忧来藉草坐，浩歌泪盈把。"

清人王士祯评此诗最后四句"忧来藉草坐，浩歌泪盈把。冉冉征途间，谁是长年者"，曰："后亦弩末，竟删后四句更警。"

——渔洋山人真是扫兴，当杜甫把我们带到玉华宫现场，杜甫真情流露的时候，他想掐断画面。更何况，这最后四句的忧叹，却是更具普遍意义的，即使我们没有杜甫此时的黍离行迈之哀，却也被时间之箭所伤，疼痛不已啊！

杜甫一路走来，克服了乱世中的恐惧，一个人走到玉华宫；他像个英雄，历史的英雄、文化的英雄。当他一个人坐在草地上，高歌痛哭。——"忧来藉草坐，浩歌泪盈把。"有比这更动人的，更英雄主义的吗？

而就文本而言，如果我们将杜诗看作一个整体，则其自呈出"诗史"和"史诗"的光辉。就如这次回家之旅中，经由借马（和此后的观兵），杜甫与名将的军国大事交融在一起，彰显杜诗的"诗史"性。而独访玉华宫，如果我们细察杜甫的行程，他的恐惧和英勇，他的伤世伤时之叹，则不啻展开宏大的家国、个人一体的史诗画卷。

附：杜甫这人有意思

在《玉华宫——"诗史"与"史诗"的呈现》一文中，我曾提到：杜甫与李嗣业可能颇有私交，几年前，杜甫在长安混日子时，还偶尔和李嗣业喝酒，两年前杜甫写下《陪李金吾花下饮》，记述他们喝酒的事。

陪李金吾花下饮

胜地初相引，徐行得自娱。
见轻吹鸟毳，随意数花须。
细草偏称坐，香醪懒再沽。
醉归应犯夜，可怕执金吾。

李金吾，就是李嗣业，当时李嗣业为左金吾大将军。金吾是京城中管宵禁的官职。

诗题中仅提及职务而不写名字，可能是杜甫自信后人自会考证出这李金吾是谁吧。

在杜甫诗集中，这是一首平平之作，大约就这句"见轻吹鸟龚，随意数花须"因描写闲适之心境常被人称赏吧。

但这首诗被金圣叹一读，却读出许多戏份来。

金圣叹认为诗题就藏着玄机，不说"李金吾招饮"，而说"陪李金吾饮"，不以主陪宾，反以宾陪主，滑稽之极。首句妙在"初"字。有此胜景，自应频频招饮，这么久了，才叫我喝酒。次句妙在"徐"字，初引之字，自应速速催赴，而乃慢慢起行，何也？着此二句，则其见轻可知矣。"鸟龚轻极之物，彼既意不在我，我意何尝在彼。今日为看花而来，则亦随意数花须而已。花须极难数，而得细细数之。想见一时宾主绝无唱酬，岑寂无聊之苦。""初引之客，不正坐，而只偏坐，是不以客礼相待也。不以客礼相待，是坐则陪之坐也。主人无量。仅仅竭壶而止，是不能尽先生之量也。不能尽先生之量，是醒亦陪之醒也。陪之坐，犹可言也，陪之醒，不可言也。"

我很喜欢金圣叹的激情解读，他有时一惊一乍，有时深度浸入，但总是读出一些前人未得之见，这是应该值得肯定的。但金圣叹往往过度解读，这里则显得心机繁细，他有点放大了主人的轻慢和杜甫的不快。

被邀喝酒，杜甫应该很高兴，"胜地初相引"——说这么好的地方你今天才邀请我来，所以我就慢慢地过来了。这里有轻轻的责怪之意，却是玩笑的口吻，从这里也可看出他们的关系还不错，可以开开玩笑。

"见轻吹鸟毳，随意数花须。"表面上很闲适淡定，实际有点无聊。——嘿嘿，你这大领导把我叫过来喝酒，公务繁忙一时过不来，把我晾在这里，那我只好看看风吹鸟毳，数数你那美丽的园子里的花须。

"细草偏称坐，香醪懒再沽。"金圣叹解为：没让杜甫坐"正坐"，而是坐"偏坐"，主人不循待客之道，因此惹恼杜甫。此解大误。（金圣叹读到的版本是"细草称偏坐"，所以更往喝酒的座位解了）。《杜诗详注》转引【赵次公注】：偏称，言偏宜。公诗常用"偏"字，如偏劝、偏醒、偏秣。——这句的意思是：这园子里的细草挺好，正好可以坐下来喝酒聊天，但是美酒虽好，我却不想再喝了。原因却不是对主人有意见，而是"醉归应犯夜，可怕执金吾"——如果喝醉回去，那是触犯宵禁，而宵禁这事，就归你李金吾管，好怕怕呀。

杜甫喝酒没喝好——他应该是好喝酒且酒量大的人，被李金吾邀去，却未喝尽兴，所以写下这么一首有趣的诗：你一个管宵禁的领导，邀我喝酒，我来了，你又不好好陪我喝酒；我也不敢多喝啊，对着美酒而不能尽兴，这都是啥事啊！此诗幽默，这幽默却藏得深，金圣叹读出来了，说"滑稽之极"，但金圣叹又解偏了。此诗中没有什么不快，更多的是朋友之间的小玩笑、小嗔怪。

由此，我也推而得之：杜诗之中，往往有深藏的东西，这倒不是说我们要去刻意深求；而是很自然的，杜甫是个深沉而复杂的人，你在杜诗中往往有新奇的发现。记得《三联生活周刊》曾专门做过关于"无聊"的专题，略谓：虽古今都感无聊，但"无聊"似乎是近代现代人的专属病症。"在英语中，直到18世纪60年代，'无聊'这个词才产生，自那以后，它得到了越来越广泛的运用。德语的'无聊'（Langeweile）比英语早出现几十年。在古德语中，虽有着与之类似的概念，但仅表示一个长的时段，而非体验时间的过程。"

杜甫应该是经常感到无聊的人，在杜诗中，以"闷"为题的，《释闷》1首，《遣闷》2首，《拨闷》1首，《解闷》12首，《闷》1首，共17首。呵呵，依《三联生活周刊》的说法，杜甫是个跨越时代，与现代人思想共通的人！只是他偶尔耍个小招数，化闷乏为悠游，骗过多少读杜人啊。《杜诗详注》转引张表臣《珊瑚钩诗话》：王临川诗云："细数落花因坐久，缓寻芳草得归迟。"此与杜诗"见轻吹鸟毳，随意数花须"，今意何异？——王安石怕是学杜甫，描写自己的闲适心情吧。

现代人是无聊的、烦躁的，而古代人的生活（或者说古典意境）总给人安宁恬静的感觉。只是我更喜欢杜甫，他感到无聊了，却呈现给我们闲适可人的意境，他说笑话了，却是一副愁苦的样子。

杜甫，这个"狡黠"的老实人，愁苦的幽默大师哎！

03 石龛

1. 往同谷路上

在《史官意识》中，我曾提及《石龛》一诗。现在，我要采取"投石池塘"的读法——即投石于池塘，波纹一圈一圈扩大——随着视野的扩大，来看一首平凡的杜诗如何呈现伟大的光芒。

石龛

熊罴咆我东，虎豹号我西。

我后鬼长啸，我前狨又啼。

天寒昏无日，山远道路迷。

驱车石龛下，仲冬见虹霓。

伐竹者谁子？悲歌上云梯。

"为官采美箭，五岁供梁齐。"

苦云直辂尽，无以充提携。

奈何渔阳骑，飒飒惊烝黎！

乾元二年（759），杜甫一整年都在路上。春天自洛阳返回华州，作"三吏""三别"。七月，携家往秦州。十月，自秦州往同谷，沿途作纪行诗一组。十二月自同谷往成都，复作一组纪行诗。

《石龛》一诗即记自秦州往同谷之旅。杜甫一大家子从秦州赶往同谷，经过了石龛这个山谷。一路虎豹吼叫，非常惊悚。他听到了竹林里传来劳动号子，还有点悲凉，于是叫一家子靠路边先休息一下。他走过去，问砍竹子的人：你们砍竹子干什么用。砍竹子的人告诉他：我们是替政府砍竹子的；竹子是军需物资，是做箭杆的，供应在山东、河南作战的军队；现在，直的适合做箭杆的竹子都砍光了，我们的任务很难完成啊，真是愁人啊！

此诗前八句记述石龛山谷惊悚行旅，我给取个小标题"山谷"；后八句述及伐竹，我称为"问竹"。

2. 第一圈波纹

（先看"问竹"）

> 伐竹者谁子？悲歌上云梯。
> "为官采美箭，五岁供梁齐。"
> 苦云直榦尽，无以充提携。
> 奈何渔阳骑，飒飒惊烝黎！

读诗（特别是读杜诗）的一个坏习惯是对名句的执念。一个名句往往彰显了一首诗，但也遮蔽了一首诗。（我曾在《史诗大片》一文中指出，我们大多只知"朱门酒肉臭，路有冻死骨"一句而无从感知《奉先咏怀》的圣人之怒和史诗风貌，得一失十，殊为可惜。）此诗中没有我们熟悉的名句，反倒可以轻拿轻放，让我们把它放置在诗歌的长河中，整体凸显它本身以及杜诗的伟大。

这第一圈波纹要荡漾到杜甫的其他诗作。

杜甫在"旅食京华"的十年中，虽然过着困苦艰难的生活，但偶尔也有悠游山林的时候。天宝十二年（753），他和好朋友郑虔一起访游何将军的山林，写下《陪郑广文游何将军山林十首》，其中第五首中"绿垂风折笋，红绽雨肥梅"是倒装的名句，风吹折了嫩绿的笋枝，倒垂在园子里，惹起了他的爱惜挂念。第二年，杜甫重游了这片山林，在《重过何氏五首》第一首起句就说"问讯东桥竹，将军有报书"——这次他先写信去问，"那些竹子怎么样了，我想来看看"，何将军说，你来吧！

这回当他来到这个叫"石龛"的山谷，看到竹子被砍伐，而且这些竹子是作为军备物资，是用作两军对战、相互杀戮的；几年战争下来，中原、关中一带的竹子恐怕也被砍光了，连这边地的山谷，都找不出直杆适用的竹子，此情此景，杜甫是何等痛心啊！

3. 第二圈波纹

（再看"问竹"）

这第二圈波纹要荡漾到同时代的其他诗人。

很凑巧，另一个名诗人钱起，曾专门管理伐竹之事，作有《夕发箭场岩下作》及《奉使采箭簳竹谷中晨兴赴岭》二诗。

夕发箭场岩下作

行役不遑安，在幽机转发。

山谷无明晦，溪霞自兴没。

朝栉杉下风，夕饮石上月。

懿尔青云士，垂缨朝凤阙。

宁知采竹人，每食惭薇蕨。

奉使采箭簳竹谷中晨兴赴岭

孤客倦夜坐，闻猿乘早发。

背溪已斜汉，登栈尚残月。

重峰转森爽，幽步更超越。

云木耸鹤巢，风萝扫虎穴。

人群徒自远，世役终难歇。

入山非买山，采竹异采蕨。

谁见子牟意，悁劳书魏阙。

　　如果单从文辞而论，特别是，如果你喜欢幽静淡泊的中唐风味，你甚至可以说，这两首诗比杜甫的《石龛》还要好。但是，在钱起的诗里，你看不到人们的痛苦、时代的悲凉。

　　这组纪行诗中，《石龛》的上一首是《龙门镇》，在诗中杜甫忧虑边防国事——"胡马屯成皋，防虞此何及"。他也关心守边的士兵，"嗟尔远戍人，山寒夜中泣"——他睡不着，走到军营边上，听到士兵在哭泣。

　　从杜诗里容易读出人们的痛苦和时代的悲凉，这是杜甫超越一般名诗人的地方。吊诡的是，钱起早早就名闻天下，是大历十才子之一，而当杜甫在大历年间去世的时候，大唐上上下下几乎不知道这个最伟大的诗人的存在。

4. 第三圈波纹

（接下来看"山谷"）

> 熊罴咆我东，虎豹号我西。
> 我后鬼长啸，我前狱又啼。
> 天寒昏无日，山远道路迷。
> 驱车石龛下，仲冬见虹霓。

黄庭坚称杜甫作诗"无一字无来处"。读此段，仅引《杜诗详注》，即可跟随杜甫走进文本的海洋。

《杜诗详注》先转引张綖的话：

（此段）上叹行路之艰，是伤己。俯视物类，仰观天气，备写凄惨阴森之象。魏武帝《苦寒行》："熊罴对我蹲，虎豹夹路啼。"此句意所本。刘琨《扶风歌》："麋鹿游我前，猿猴戏我侧。"此句法所本。《楚辞·九思》："将升兮高山，上有兮猿猴；将入兮深谷，下有兮虺蛇。左见兮鸣鶪，右睹兮呼枭。"此东西前后叠句所本。

句意来自曹操，句法来自刘琨，东西前后叠句则取法屈原。

而"熊罴咆我东"则又化自《楚辞·招隐士》："虎豹斗兮熊罴咆。""山远道路迷"则隐见谢灵运诗："山远行不近。""驱车石龛下"呼应古诗十九首，"驱车策驽马"。

"仲冬见虹霓"则是杜甫记录气候地貌的奇特。——

《月令》：孟冬之月，虹藏不见，仲冬见之，纪异也，亦地暖使然。

我们每个人说的话都是前人说过的，而每个诗人写的诗句都是前辈诗人写过的。但是，诗歌，或者任何艺术，都允许当面做贼，将他人之旧作剽窃为自己的创新，只要这后作打乱重组且手段高明，删添掩饰而声色变幻，这后作反倒夺人耳目，成为佳作。

于我而言，大多情况下我不会责怪杜甫当面做贼，我甘愿成为诗歌美学之奴，同时，我也体认杜甫的美意，他带我漂流诗歌之河，这河里也荡漾着屈原、曹操、谢灵运的波光。

5. 第四圈波纹

（还是看"山谷"）

本雅明说：我最大的野心是用引文构成一部伟大的书。

（我很想跟本雅明说：你看，杜甫就用引文写成了伟大的杜诗。）

T.S.艾略特的《荒原》引用了35位作家诗人的作品，包括圣经和6种外文。艾略特特别景仰的但丁，在《神曲》里引用了广博无边的经典。

但丁当然不会引用杜甫。但是，且慢。

但丁在《地狱》第一章里描写在黑暗森林里碰到猛兽，

而由他的前辈诗人维吉尔指引走出。

但丁先是走进黑暗森林：

我在人生旅程的半途醒转，
发觉置身于一个黑林里面，
林中正确的道路消失中断。
……

（杜甫：天寒昏无日，山远道路迷。）

惊慌中，但丁还是回头仰望：

面对山脚，置身于幽谷的尽头
仰望，发觉这时候山肩已灿然
披上了光辉。光源是一颗行星。

（杜甫：驱车石龛下，仲冬见虹霓。）

后来，但丁碰到三头猛兽：

哎哟，在靠近悬崖拔起的角落，
赫然出现了一只僄疾的猛豹，
……
可是，当我见一只狮子在前边
出现，我再度感到惶恐心惊。
……

然后是一只母狼，骨瘦如柴，

……见了她，我就感到重压加身，

不敢再希望攀爬眼前的高山。

（杜甫：熊罴咆我东，虎豹号我西。我后鬼长啸，我前狨又啼。）

但丁在惊慌失措时，碰到了前辈诗人维吉尔：

当我跌跌撞撞地俯冲下山，

眼前出现了一个人。

……

你就是维吉尔吗？那沛然奔腾

涌溢的词川哪，就以你为源头流荡？

……

但丁后来跟着维吉尔走出黑林。

6. 诗歌之道

中国与外国的伟大诗人之间，也会发生心灵的激荡。尽管杜甫与异时代的外国诗人之间，不可能存在任何交流，但杜甫与但丁之间也存在基于诗歌同一性的互文关系。

但丁的诗中，出现了杜甫诗中的寒冷阴森、凶猛野兽、瑰丽的天象。而杜甫诗中，虽然没有出现向前辈诗人求助、赞美、跟随，但是，对照但丁诗阅读杜诗，我发现杜甫若隐若显的引用，实际上包含了与前辈诗人情感上的隐秘联系——当他行走在石龛山谷，心怀忧惧，他吟诵、化改屈原、曹操、谢灵运等人的诗句，这也是对前辈诗人的吁助、赞美、追随啊！

两位诗人在忧惧惶恐中，都不忘以闲笔写下瑰丽的天象。伟大诗人的气度格局是一样的；而紧张中稍作舒缓，这诗歌节奏的美学要求也是一样的。杜甫是通过赋、比、兴，这些来自诗经传统的想象表达，但丁则是通过地狱天堂的天路之旅；尽管杜甫和但丁诗中的隐喻或暗指显然不同，各自的诗意来源不同，但是对幽暗世界的恐惧，对时代的隐忧焦虑，则是一样的。

诗歌之道，跨越时代和国界。

杜甫，一直在路上；杜甫的诗，则溢出杜诗本身，流出时代和国界的河道，融入世界的诗歌之海中。

第四辑

杜甫与他者

01 李杜的平野

1

　　我烦死了我家小主整天看《爆笑校园》之类的漫画，有一天我对她说：你要多看些范文，看人家是怎么写作文的。

　　小主说：模仿多没创意啊！

　　我说：创造都是从模仿开始的。

　　小主：比如？

　　我说：比如……，比如……，比如李白和杜甫。李白有句："山随平野尽，江入大荒流。"杜甫在《旅夜书怀》中化为"星垂平野阔，月涌大江流"。你看，杜甫的诗句仿自李白，但比李白的原诗句更加壮阔有力，这就是模仿和超越、继承和发展的关系。杜甫这么厉害的大诗人都要汲取前人的力量，你一个小学生更要学习别人怎样遣词造句，怎样谋篇布局。

　　感谢李白和杜甫，为我提供了方便的例子（如果我举钱起的名句"曲终人不见，江上数峰青"为无数后来者化用的例子，我得费多少口舌啊；而李杜，是每个小学生都知道的，至少省了背景介绍）。后来的一段时间，我都反复吟诵李杜的这两联。没感动小主，反倒把我自己感动得不行了。

显然，所谓"模仿和超越、继承和发展"，这是一个简单化的说法，两联各有擅胜，难分高下。而两位诗歌巨人在此诗歌的平野偶然相遇，碰撞融合，相互映衬，炫目色彩让我激动不已。

2

　　李杜的风格，各自分明，正如严羽所言"子美不能为太白之飘逸，太白不能为子美之沉郁"，若要论高下，我认为是难分的。李句"山随平野尽，江入大荒流"在前，杜联"星垂平野阔，月涌大江流"在后。杜甫恰恰又是化他人为己用而又超越之的高手，所谓"上薄风雅，下该沈宋，古傍苏李，气夺曹刘，掩颜谢之孤高，杂徐庾之流丽，尽得古今之体势，而兼人人之所独专矣"。如果说杜句超越了李句，那是不奇怪的。

　　然而没有，李白是不可被超越的。

3

　　李白擅长的，要么是长篇歌行，要么是短小绝句。他是个自由的歌者，不太愿意被格律所束缚。其诗仿佛是上帝的乐器，风拂过而音韵自成。

　　而杜甫是全才，各种体裁的诗都可以写。他又是一个技巧的大师，所以格律诗在其身上臻于至善。他有时炫一下技巧，"香稻啄余鹦鹉粒，碧梧栖老凤凰枝"，甚至都有点后现代的风格。

李白和杜甫能够在风格的"平野"上相遇吗？

很难。然而，相遇了，而且是唯一的一次相遇，而且就在这两句。

4

杜甫最喜欢化用别人的句子，化用后，就成他自己的了。他功力深厚，不仔细看还看不出化用的痕迹。作为现代人，没有注释，是很难发现杜甫的化用的。

就以这首《旅夜书怀》为例，看《杜诗详注》才知道，"细草微风岸"，合化王融"翻阶没细草"和宋玉《舞赋》"顺微风"；"危樯独夜舟"合化阴铿"度鸟息危樯"和王粲"独夜不能寐"。

杜甫喜欢以化用这种方式致敬前人。他致敬了几乎所有他喜欢的诗人，包括他的祖父。杜审言有句诗"啼鸟惊残梦，飞花搅独愁"，杜甫就以"感时花溅泪，恨别鸟惊心"致敬。

杜甫想致敬李白吗？肯定想，因为他是很喜欢李白诗的。"清新庾开府，俊逸鲍参军"，他把李白比作他最喜欢的庾信了。

可是李白是个天才，他的诗句连杜甫也化用不了。

直到这"平野"诗句。

5

李白不喜欢格律诗，他可能也不会太喜欢杜甫的诗吧！

他也不会喜欢杜甫的"清新庾开府，俊逸鲍参军"这个评价。李白最喜欢的是谢朓，你怎么说他像庾信呢？李白"山随平野尽，江入大荒流"就是致敬谢朓的"大江流日夜，客心悲未央"。

神奇的是，这首《渡荆门送别》（"渡远荆门外，来从楚国游。山随平野尽，江入大荒流。月下飞天镜，云生结海楼。仍怜故乡水，万里送行舟。"）是一首格律诗，而且对仗工整，平仄和谐。这不像是一首李白诗，倒像是杜甫诗。

李白也会格律诗，也会杜甫的技巧，而且更妙。

"江入大荒流"是"江流入大荒"的倒装，可是你几乎感觉不到这个倒装的存在。语句很顺，因此，不是江在流动，而是大荒在流动。

大荒在流。大荒是极致的荒凉，大荒是更远的远方。

这句"江入大荒流"因着伟大的倒装，而让人感知大荒的流动。更妙的是，不像杜甫的"香稻啄余鹦鹉粒，碧梧栖老凤凰枝"，你感觉不到倒装的存在。此句有千钧伟力，搅动大荒，让天河旋转，扳动银河的旋臂，是有着无敌的神力的。而感觉不到技巧的存在，这是古典主义的不落痕迹，这一定让技巧大师杜甫心折。

6

杜甫其实有点现代。"香稻啄余鹦鹉粒，碧梧栖老凤凰枝"，这种破破碎碎的倒装，有点形式主义，有点后现代。"两个黄鹂鸣翠柳，一行白鹭上青天"，肯定是立体几何好的学生的诗句。杜甫有一颗现代的心灵。

765年，杜甫离开成都，乘舟东下，在岷江、长江漂泊。有一天晚上，他看到长江在平野上流动。他想起李白——李白在三年前已经离世。

　　杜甫仿佛听到李白在吟唱：渡远荆门外，来从楚国游。山随平野尽，江入大荒流。月下飞天镜，云生结海楼。仍怜故乡水，万里送行舟。

　　这多像杜甫自己的诗句啊！

　　大江流不尽，大荒流不尽，平野也流不尽啊！

　　这只有李白能写出。

　　此时李白的灵魂附体，于是杜甫向着东边，吟道：细草微风岸，危樯独夜舟。星垂平野阔，月涌大江流。名岂文章著，官应老病休。飘飘何所似？天地一沙鸥。

　　"星垂平野阔，月涌大江流"更像是李白写的诗句。

　　李白喜欢摘星啸月。李白喜欢宏大的宇宙气象。

　　要致敬，就致敬得彻彻底底。

　　"平、野、大、江、流"，十个字中有五个字重复。作为化用高手，这是仅有的一次吧！只有对偶像，才会这样彻底地致敬吧！此时的杜甫，就是一个小迷弟啊！

　　有一次，我在吟诵的时候，因为我的南方口音，我发现，"随"和"垂"其实是同一个音。杜甫，这个立体几何好学生，也在用"垂"致敬"随"啊！

　　"星垂平野阔，月涌大江流"舒缓大气，让暮年杜甫这"天地一沙鸥"不至于太凄惶。李白的大开大合，让杜甫一时元气充满。

7

李白写了一句杜诗，杜甫写了一句李诗，何等神奇。

闻一多说："我们四千年的历史里，除了孔子见老子（假如他们是见过面的），没有比这两人的会面，更重大、更神圣、更可纪念的……如今李白和杜甫——诗中的两曜，劈面走来了，我们看去，不比那天空的异瑞一样的神奇、一样的有重大意义吗？"

李杜平生曾经相遇三次。而在诗歌的平野，他们的心灵相遇，这不是更加奇妙吗？

在长江的平野
这诗歌的河流
李白和杜甫相遇
他们互换风格的衣衫
他们携手而歌，他们联袂合奏
李舞杜剑，杜御李风，何等奇妙啊

我看见大江的流动，大荒的流动
我也看见天河在转
银河的旋臂在转
我泪流满面，自豪自己是
汉语的子民，华夏的苗裔

【附记】

李杜的诗句，合用了"平、野、大、江、流"五字。我托篆刻家涵文老师刻成一印，自右向左读是"平野流大

237

江",自左向右读是"大江流平野"。其实,还可读成"平野大江流","大江平野流","大野流平江","平江大野流","江平大野流","大野流江平",等等。文字自己在流转,自由洒脱,犹如李杜的诗句。我甚至在想,我们处处受限,但汉字给了我们最大的自由。由这五字,思及李杜其实也各自不得自由,但是,此五字,却如自由之精灵,无限自由,无比大气。钤印在此,无比欣喜。

02　李白"齐物"慰芳魂

1

几个月前，我读到了李白的这首《妾薄命》：

> 汉帝宠阿娇，贮之黄金屋。
> 咳唾落九天，随风生珠玉。
> 宠极爱还歇，妒深情却疏。
> 长门一步地，不肯暂回车。
> 雨落不上天，水覆难再收。
> 君情与妾意，各自东西流。
> 昔日芙蓉花，今成断根草。
> 以色事他人，能得几时好。

我马上拿给小主看：你看你看，李白形容古代美人的魅力，"咳唾落九天，随风生珠玉"。说她的唾沫像珠玉一样飘落九天。嘿嘿，你记不记得你老爸也有类似的诗句啊？

小主说：李白的诗句那叫美，你的那叫恶心。

这首《妾薄命》，是李白借汉武帝的陈皇后（阿娇）从万千宠爱到失宠落寞，隐隐表达自己的身世之痛，整首诗质朴自然、清新可喜；"雨落不上天，水覆难再收"则分

239

明来自民间语汇，经太白稍作改动，也成佳句。

"咳唾落九天，随风生珠玉"——这一句实际上我却喜欢不起来，反倒要质疑太白了：写美人之美，为什么要写她的咳唾，这似乎是一种恶趣味哎——我这样的人有点恶趣味倒也无妨，你可是诗仙呢！

李白像他心仪的前辈陈子昂一样，看不上六朝以来浮艳靡丽诗风，他喜欢汉朝古健的文章，建安时期的硬朗风骨，他要通过复古，重返"蓬莱文章建安骨"。他高唱："大雅久不作，吾衰竟谁陈？……废兴虽万变，宪章亦已沦。自从建安来，绮丽不足珍。圣代复元古，垂衣贵清真。……我志在删述，垂辉映千春。希圣如有立，绝笔于获麟。"（《古风》其一）

可是，李白一写到美人，往往就格调不高了。他最推崇谢安功成身退，却每每表达对谢安携妓而游的羡慕；多次重复之下，我有点疑惑，李白到底羡慕谢安立下大功业多一些，还是眼红他美人做伴多一些。如《携妓登梁王栖霞也孟氏桃园中》一诗中有"谢公自有东山妓，金屏笑坐如花人"。《书情题蔡舍人雄》一诗中写道："尝高谢太傅，携妓东山门。楚舞醉碧云，吴歌断清猿。"在《出妓金陵于呈卢六》的诗中有"安石东山三十春，傲然携妓出风尘"的诗句。在《东山吟》一诗中，李白这样表达悲凉之感："携妓东土山，怅然悲谢安。我妓今朝如花月，他妓古坟荒草寒。"

我钦佩赞赏李白对自己私生活和真实想法的直白袒露，

却对他写作风格上的心口不一（或者说：手口不一）有点微词。"我妓今朝如花月，他妓古坟荒草寒"，肤浅恶劣犹如低俗打油诗，"你的妞已经化作黄土了，我的妞还如花似玉"。

——太白啊太白，这哪是"蓬莱文章建安骨"，这哪是"圣代复元古，垂衣贵清真"？

不是说一写美人，格调就低下了。你看看杜甫，他并不反对六朝的诗风，他兼容并蓄去芜存菁，写到美人，"摘花不插发，采柏动盈掬。天寒翠袖薄，日暮倚修竹。"（《佳人》)，反倒显得"清真"、自然。

2

对李白写作风格上的心口不一，我说的可能有点道理。但哪个诗人，不想写几句格调低下的艳句呢？我反倒有点喜欢李白这种心口不一的。这可能才是更加真实的真实吧。

王安石说："李白诗词迅快，无疏脱处，然其识污下，十句九句言妇人、酒耳。"——责之过苛，我不能接受。比之正襟危坐的拗相公，李白可爱多了。

但是，关于这句，"咳唾落九天，随风生珠玉"，我此前的理解恐怕大错特错了。后来我发现，这是一句绝妙好诗。读诗犹如识人，需要不断地发现，而第一印象往往是不全的。

3

几周前，我在陶道恕老先生的《略论庄屈对李白歌行诗的影响》一文中读到：

"（李白）在歌行诗《妾薄命》中，更把《秋水》对'咳'的生动形容'喷则大者如珠，小者如雾，杂而下者不可胜数也'融入诗行，生发出新意：'咳唾落九天，随风生珠玉。'用咳唾随风，象征能使人贵贱的权力，寓意十分深刻。"

当时也没细究是什么寓意，这几天把《庄子·秋水》中那段翻出，仔细玩味，其妙无穷。我对陶道恕老先生的具体理解有所保留，但非常感谢他把李白的这一诗句导向了源头。

《庄子·秋水》片段：

夔怜蚿，蚿怜蛇，蛇怜风，风怜目，目怜心。

夔谓蚿曰："吾以一足趻踔而行，予无如矣！今子之使万足，独奈何？"蚿曰："不然。子不见夫唾者乎？喷则大者如珠，小者如雾，杂而下者不可胜数也。今予动吾天机，而不知其所以然。"

此段译作：

独脚的夔羡慕多脚的蚿，多脚的蚿羡慕无脚的蛇，无脚的蛇羡慕无形的风，无形的风羡慕明察外物的眼睛，明察外物的眼睛羡慕内在的心灵。

夔对蚿说："我依靠一只脚跳跃而行，没有谁再比我简便的了。现在你使用上万只脚行走，竟是怎么样的呢？"

蚿说："不对哩。你没有看见那吐唾沫的情形吗？喷出的唾沫大的像珠子，小的像雾滴，混杂着吐落而下的不可以数计。如今我启动我天生的机能而行走，不过我也并不知道自己为什么能够这样。"

这是个有意思的片段。庄子的寓言中，对话者（不管人还是动物）往往彼此辩论、相互嘲讽，这里却相互羡慕起来。"怜"在古文里一般有两个义项，即"怜惜"和"可爱"，这里则是第三个义项，即羡慕/钦羡/adore/admire之意。寓言中的故事往往由"鄙视链"联结叙事和说理，这里却由"钦慕链"联结起来；忽然之间，物种之间洋溢着和谐友爱之风，这恐怕是由庄子的"齐物"思想推动的。

"齐物"是庄子哲学的核心思想，认为宇宙间一切事物，如生死寿夭、是非得失、高低贵贱、物我有无，都应当同等看待，一切事物都是无差别的。

4

我无能力讨论庄子思想的正确与否，精妙几何，却不妨经由此"咳唾"，探讨"齐物"思想对李白诗作的影响。

古之圣贤，往往就近取喻，中外概同。以"咳唾"论，除了庄子的"喷唾成珠"之喻，佛说："如仰天而唾，唾不至天，而堕其面。如逆风扬尘，尘不至彼，还飞其身。"耶稣则吐唾沫抹在聋子的耳朵上、盲人的眼睛上，就把他们的耳聋、眼盲的疾病治疗好了。

（所以李白以"咳唾"入诗，我们无须太洁癖。）

想象一下庄子的讲课现场。

庄子应该是在户外讲课，可能坐在小板凳上，他讲得唾沫横飞，此时一条毛毛虫（也就是"蚿"）爬到他脚下。他正好讲到"齐物"思想，有一个"钦慕链"正在形成。庄子想到：这毛毛虫肯定是钦慕我的吧，我这样口喷唾沫，大的像珠子，小的像雾滴，这一切都出自天机自然，并非我要大要小；就像这毛毛虫如此多的脚爪，无须指挥协调，自然就会有序前行，这都是天机的作用啊。（对"喷唾"这一段，成玄英【疏】曰：夫唾而喷者，实无心于大小，而大小之质自分，故大者如珠玑，小者如蒙雾，散杂而下，其数难举。今蚿之众足，乃是天然机关，运动而行，未知所以，无心自张，有同喷唾。夔以人情起问，蚿以天机直答，必然之理，于此自明也。）

人人都知庄周梦蝶，庄周即蝴蝶，蝴蝶即庄周。此时，难道不是庄周即毛毛虫，毛毛虫即庄周吗？

5

回到《妾薄命》：

> 汉帝宠阿娇，贮之黄金屋。
> 咳唾落九天，随风生珠玉。
> ……

如果我们深刻领会"齐物"思想，并且足够大胆，当我们读到"咳唾落九天，随风生珠玉"应该想到：此处，谁是毛毛虫呢？

我不同意陶道恕老先生"咳唾随风，象征能使人贵贱的权力"这一解释。确实，用"咳唾"这一平常看来有点不雅的动作来形容美人风姿肯定显得突兀、费解，如果我们顺势而为而不细究，自然会往陈皇后（阿娇）恃宠而骄、呼风唤雨去解释。这样解释整首诗也会非常顺畅：先从恃宠而骄写起，再写其失宠落寞，最后教育一下，"以色事他人，能得几时好"。

但是，我们要追溯到源头。当庄子谈到"咳"这一不雅的动作，是在"钦慕链"中，毛毛虫（"蚿"）对独角兽"夔"说：

你不要羡慕我这百足齐行的本领啊，这就像庄子老先生的唾沫，喷出的唾沫大的像珠子，小的像雾滴，混杂着吐落而下的不可以数计。我百足齐行，纯是天机所为，并非我刻意为之，庄子老先生喷出的唾沫大的像珠子，小的像雾滴，也是天机所为，并非他刻意为之啊！

注意，此处庄子强调他的齐物思想，即物种间（如蚿和夔）、特性间（如珠子和雾滴）无差别，而且气氛处于"钦慕链"中，"咳唾随风"，彰显天机的可贵，"无差别"的优美，而不是"象征能使人贵贱的权力"——显然，此处强调的是"天机"而不是"权力"，强调万物的无差别而不是贵贱的差别。这是对"天机"，稍转一下，是对"自然"（即"不矫饰"这一特质）的赞美。

由此我推想，当李白写下"咳唾落九天，随风生珠玉。"他自己就是毛毛虫，或者，他把汉武帝比作毛毛虫。阿娇那"清水出芙蓉"之美，毫无雕琢矫饰，恰如（在毛毛虫的视角里）阿娇一咳唾，口水一落九天，随风生珠玉，这是何等天机自然之美。

我认为，李白在此对阿娇更多的是赞美，而不是暗刺她恃宠而骄、飞扬跋扈。

6

庄子在《逍遥游》中描写大鹏：

"北冥有鱼，其名为鲲。鲲之大，不知其几千里也。化而为鸟，其名为鹏。鹏之背，不知其几千里也。怒而飞，其翼若垂天之云。……鹏之徙于南冥也，水击三千里，抟扶摇而上者九万里，去以六月息者也。"

此等壮伟遒劲之物种，方入李白之眼，成为他的自喻和图腾。李白在《上李邕》中写道："大鹏一日同风起，扶摇直上九万里。假令风歇时下来，犹能簸却沧溟水。"这大鹏几乎就拷贝自《庄子·逍遥游》。李白《临终歌》中写"大鹏飞兮振八裔，中天摧兮力不济。"——他这只大鹏飞得太久了，在挫折中再也飞不动了。人之将死，其言也真；再不用怀疑，大鹏即是李白，李白即是大鹏。

但是，在庄子的原文中，他实际上要表达：不单鲲鹏这样的神伟之物可以享受"逍遥游",即便是对鲲鹏的万里"图南"之壮举表示讥笑的蜩与学鸠（注意，此处，它们处于"讥笑链"中），只要顺应自然，也自可逍遥游之。在庄子看来，物种没有大小之分，逍遥游的壮伟潇洒与否，也与远近无关。

这里，却有个思想与文字的脱节、相悖的困境。庄子明明要表达万物相齐，各无差别的思想，形之于文字，我们看到的却是鲲鹏的高远有力，蜩与学鸠的卑下短浅。就像一些佛经，屡屡要表达粪土与金钱实无差别，却经常像购物狂一样对金银、琉璃、砗磲、玛瑙等作不厌其烦的罗列。

如果让你选，你肯定选鲲鹏而弃蜩鸠。何况是自视极高的李白。

7

思想的影响是潜移默化的，是润物细无声的。一个接受者无法仅接受华美的外表而摒弃朴实的内涵。李白可能会说：我才不要什么齐物思想，我才不想做短视的蜩鸠呢！可是，no way。

李白写"白发三千丈"的时候，他是个巨人。李白写"飞流直下三千尺，疑是银河落九天"的时候，他还是巨人吗？

以前我没想过这个问题。此时，我想我已经get到了，也就是，李白无意识地采用了"齐物"的视角。

也即，当他写"疑是银河落九天""咳唾落九天"的时候，他就是毛毛虫，就是蚂蚁。请注意，这里都是"落九天"，都是采用了毛毛虫视角。

古代的大诗人早在电影发明之前就具备了电影视角。我在解读杜甫《龙门》一诗时提到：古代的注解者往往不能理解杜甫的俯视（或者说电影的）视角，把前四句解释成杜甫在龙门山上看到的景色，这是不对的（见《杜甫诗踪之巩义洛阳》）。

杜甫往往有很好的纪录片视角，李白的独特之处是他的动画片视角。有时，他是鲲鹏——"大鹏一日同风起，扶摇直上九万里"，巨人——"白发三千丈"；有时，则是蚂蚁——"飞流直下三千尺，疑是银河落九天"，毛毛虫——"咳唾落九天，随风生珠玉"。

李白汪洋恣肆、飘逸无痕的诗才，在鲲鹏和毛毛虫之间出入无间，蒙过了我们的凡夫俗眼（李白是仙哪）。

8

如果认可毛毛虫视角的存在，这首《妾薄命》立马就高了一格。

我们看到李白的钦慕和怜惜，而不是讥刺和轻亵。

古代大诗人对更古的美人表达钦慕和爱怜，我把它称作"追慕"（苏东坡仰慕陶渊明，和了一百多首诗，这叫作"追和"）。

杜甫以《咏怀古迹·其三》追慕王昭君：

> 群山万壑赴荆门，生长明妃尚有村。
> 一去紫台连朔漠，独留青冢向黄昏。
> 画图省识春风面，环佩空归夜月魂。
> 千载琵琶作胡语，分明怨恨曲中论。

李白以这首《妾薄命》"追慕"陈阿娇，安慰她的芳魂。

这一次，格调并不低。

【附赠小诗】

李白的齐物

在庄子的寓言里
李白溯流而上
他是万里图南的鲲鹏

庄子唾沫横飞
令毛毛虫钦慕

庄子说：太白啊
接受齐物的无差别吧
只有化作毛毛虫

才能安慰阿娇的芳魂

李白欲作抗拒，可是
"咳唾落九天，随风生珠玉"
那是自在之风
对远古美人的追慰

那是齐物的冷笑
毛毛虫的胜利
李白的大度
我的发现

哎，
这无差别的齐物

03 庄子与李白

【本文是《李白"齐物"慰芳魂》的余论、续篇。】

1

写完《李白"齐物"慰芳魂》后，再读《庄子》就仿佛飘入寓言里，和庄子老先生碰到了。

我打招呼：庄老先生，你好！

庄子道：哎哎，老翟呀，你的名声不太好哎，杜甫、李白、王维、苏轼这些人都不想搭理你了。

我说：是呀是呀，我这个人说话坦率，有些话他们可能听了不高兴。但正所谓"若批评不自由，则赞美无意义"，我这个人还是有点礼貌的——我在写那些文章前是提前打招呼了的，他们都向我开放批评权了的。您如此宽宏博大，想必也会开放批评权的吧！

庄子道：好吧好吧，我倒要看看你能说出啥。

2

我说：我在《李白"齐物"慰芳魂》提到，"这里，却有个思想与文字的脱节、相悖的困境。庄子明明要表达万物相齐，各无差别的思想，形之于文字，我们看到的却是鲲鹏的高远有力，蜩与学鸠的卑下短浅。就像一些佛经，屡屡要表达粪土与金钱实无差别，却经常像购物狂一样对金银、琉璃、砗磲、玛瑙等作不厌其烦的罗列"。我话没讲完，想继续唠叨唠叨。

庄子道：你说说我就是了，怎么把佛经也拉上了，小心小心。

我继续：第一个疑问，你们这些教导人们不要为物欲迷惑的大咖，开口说话、动笔写文，却是争奇斗艳、铺张浪费。比如，老子说什么"五色令人目盲，五音令人耳聋"，自己的文章却是五彩斑斓、钟鼓齐鸣——文采太过好了吧！还有您老先生，说什么齐物论，世间万物都无差别，却用无比优美的文字渲染彼此之间的差别，比如：鲲鹏的高远有力蜩与学鸠的卑下短浅。

庄子道：那你倒说说，我该怎么说话写文。

我说：你应该保持朴素本色——既然你的思想是朴素无华的；你就说——齐物论很棒啊，世间万物无差别啊——这样才表里如一嘛。

庄子道：你这是要拆我的台吗？我们这些思想家，好比是市场里摆摊的商家，货要好，但更要会吆喝。思想本身是朴素的，但表现却必须是华丽的；思想越强调简朴，表达越要秾丽铺张。

我说：你这是奸商嘛，哈哈。

庄子笑而不语。

3

我继续说：这还是第一层奸猾。好比我去市场买布，我要买无任何染色、任何装饰的麻布，商家却用推销绫罗绸缎的语言，甚至更华丽浓郁的语言推销它，我这个朴素的人买到了朴素的布，尽管对商家华丽的推销方式不满，买到的总归是朴素的麻布，商家的这第一层奸猾我还能接受。

可是您老人家还有第二层奸猾、第三层奸猾。

第二层奸猾是这样的，就好比一个人去买朴素的麻布，商家也给他麻布了，但商家说这麻布比绫罗绸缎还华丽好看。

以您的《逍遥游》为例。大家都知道你推崇"齐物"的思想，万物之间没有高下美丑之差别，你却把鲲鹏描写得壮美豪放，把蜩鸠描写得卑劣低下，叫任何一个审美价值正常的人都会选鲲鹏而弃蜩鸠。还说什么"小知不及大知，小年不及大年"，说好的万物无差别，说好的"齐物论"呢？你这不是思想的奸商，理论的叛徒吗？

庄子微笑不语，我就继续：

这第三层奸猾是这样的，好比一个人去买朴素的麻布，商家说这麻布比绫罗绸缎还华丽好看，但接着又是一转，说刚才你看到这麻布色彩艳丽，那是因为我用彩灯照射，你把那个彩灯撤掉，它就是朴实无华的麻布，我知道你朴素，我没骗你哦！

还是《逍遥游》里鲲鹏与蜩鸠的例子。你在赞美鲲鹏的高飞远翔的同时，实际上却暗含批评和不安。"故九万里，则风斯在下矣，而后乃今培风；背负青天，而莫之夭阏者，而后乃今将图南。"——如此巨大的鲲鹏要南飞万里，需要强劲的动力，这需要海上有大风托举着。所以，正如："列子御风而行……犹有所待者也。"也是需要凭借外力的。你说："若夫乘天地之正，而御六气之辩，以游无穷者，彼且恶乎待哉？故曰：至人无己，神人无功，圣人无名。"——如果达到至人境界，还需要凭借外力吗？

鲲鹏这样高飞远翔，有什么特别体验吗？"天之苍苍，其正色邪？其远而无所至极邪？其视下也，亦若是则已矣。"——我们所见湛蓝的天空，那是它真正的颜色吗？它是无边无际的吗？鲲鹏所见，大概也是这个样子吧。——我们自下往上看和鲲鹏自上往下看，看到的可能是一样的。

这一圈下来，还是你的齐物论——无差别境界嘛！

我看庄子笑而不语，就继续：

此时，你似乎在意义层面也否定鲲鹏的高飞远翔。老先生，你今天好像不太想说话啊！我喜欢你侃侃而谈唾沫横飞的样子，当你谈到"咳唾"的时候，你的寓言都处于"钦慕链"中。在你谈到鲲鹏的时候，表面上你似乎在赞美，实际却构建了一个"讥笑链"，你看，蜩鸠讥笑鲲鹏的不实用高能耗的图南，我们讥笑蜩鸠的短视浅见，而您老人家躲在最后，讥笑所有人。

所有人都被你骗过了，包括李白。

4

我继续说：

李白是你所有顾客中最著名的一位。但你想想，李白这样自我中心、自视极高之人，怎么会喜欢你的齐物思想呢？

庄子插话：哈哈，老翟，我知道为什么他们都那么讨厌你了，你尽胡说八道些大实话！

我继续说：李白是那个来买布的顾客，他倒不一定喜欢麻布，他被你的推销话术吸引了。就像许多人不一定喜欢东西，却喜欢逛直播间一样。

不过这第一层骗术还好，李白也是受益者。你看，你老人家的文字是汪洋恣肆、无所不能，李白的诗句也是啊；你老人家的风格是华而不实——哦，不对——华而充实，李白的诗句也是啊！

到了第二层骗术，李白也中招了。这个也好，一个愿打一个愿挨。你赞美鲲鹏，李白更加喜欢，大鹏就是李白的图腾啊！

第三层骗术可把李白害惨了，我打反诈热线过去，李白还不承认啊！

你想，李白怎么会相信鲲鹏和蜩鸠无异，毛毛虫也是智者呢？

但"咳唾落九天，随风生珠玉"分明就是毛毛虫的视角，"疑是银河落九天"分明就是蚂蚁的视角啊！

李白内心里可不想接受你的齐物思想，但在你的文字骗术熏陶下，也不自觉地接受了。

看看，看看，老先生，你这成功的商贩、思想的骗子！

5

我看庄子笑而不语，就来最后一个重磅刺激：

老先生，我看来看去，你这商铺，我看还挺现代的，你卖的是"虚拟现实"概念，你是"虚拟现实"概念股啊！

庄子道：你再这么牵强附会下去，我要生气了。

我继续：

你看，你们道家，要通过修身达到至人境界，这不就是"虚拟现实"吗？"虚拟现实"基于现实又高于现实，或者是，与现实无差别。你和老子是提供"虚拟现实"概念系统和软件系统的，葛洪这些商贩是提供硬件的。

你看，杜甫说"苦乏大药资，山林迹如扫""秋来相顾尚飘蓬，未就丹砂愧葛洪"。杜甫穷，买不起丹砂这些硬件器材啊！而李白，装备好软件硬件后，游泰山时候，又是玉女相迎——"玉女四五人，飘摇下九垓。含笑引素手，遗我流霞杯。"又是神仙拱卫——"吟诵有所得，众神卫我形。云行信长风，飒若羽翼生。"（《游泰山》）

李白最后的时光，流离落魄，可是在"虚拟现实"里，何等开心：

"天上白玉京，十二楼五城。仙人抚我顶，结发受长生。"

——《经乱离后天恩流夜郎忆旧游书怀赠江夏韦太守良宰》

庄子道：我不能认同。

我继续：

老先生，你看我说话这么牵强附会，可是也不是毫无诚意啊，甚至可以说是非常真诚的。我看你在《逍遥游》中，可能是隐含了最深的精义的。以"鲲鹏"这名字为例，"鲲"据说是一种鱼卵，你以极小之物表示极大之物，又让物物相互转化，"鲲"化为"鹏"，这可能包含我们未及细想的宇宙观吧！

你说："天之苍苍，其正色邪？"可能你对浩瀚星辰也充满好奇吧！你又说："其远而无所至极邪？其视下也，亦若是则已矣。"——大鹏看到的天空可能跟我们看到的差不多吧，你对探索星辰宇宙似乎又有点犹豫。

但是，鲲鹏的高飞远翔，这种探索星辰宇宙之举，你在精神上是赞赏的；所以，当蜩鸠表示讥笑时，你又对蜩鸠表示讥笑。

可是，鲲鹏的高飞远翔，需要强大的动力系统，"风之积也不厚，则其负大翼也无力。故九万里，则风斯在下矣，而后乃今培风；背负青天，而莫之夭阏者，而后乃今将图南。"——如果风不够大，鲲鹏都飞不起来。

蜩鸠对鲲鹏的讥笑，其实你在有些方面是认同的。

在蜩鸠讥笑鲲鹏："我猛地起飞，力图到达榆树和檀树的树枝，有时飞不到，也就落在地上而已，为什么要到九万里的高空再而向南飞呢？"你紧接着就表示对后勤的担忧：到近郊去的人，晚餐前就可以返回，肚子还没饿，不需要干粮；到百里之外去，晚上就要准备第二天的干粮；到千里之外去，就需要三个月的时间来准备粮食。

（蜩与学鸠笑之曰："我决起而飞，抢榆枋而止，时则不至，而控于地而已矣，奚以之九万里而南为？"适莽苍者，三餐而反，腹犹果然；适百里者，宿舂粮；适千里者，三月聚粮。）

你早就对人类的发展路径表达了焦虑——人类该像鲲鹏一样搏击星辰大海呢，还是像蜩鸠，钻进"虚拟现实"的仙境呢？

老先生，你虽然是卖"虚拟现实"软件系统的，可是，在鲲鹏和蜩鸠之间，你似乎也不知道怎么选择。

这是你真诚的犹豫和不安吧，恐怕刘慈欣也要引你为知己吧！

【附赠小诗】

庄子的摊位

如果你闲逛市场
一定不要错过庄子的摊位

那里有鲲鹏、蜩与学鸠
毛毛虫在庄子脚下赞美唾沫
你可玩赏钦慕编成的串链

还可挑选讥笑连缀的珍珠

可要小心这个奸猾的摊主
他描绘壮阔的宇宙星辰
却担忧你的动力系统
意思无非
还是他的虚拟现实靠谱

你会看到他最大的主顾
李白，来到了这个商铺
大鹏的高飞远翔
哪里来的宇宙速度
他幻想的玉女招手、仙人抚顶
都是庄子的骗术

你忍不住打反诈热线过去
李白却摇手拒接
"我就喜欢这个摊主，
他的语言就是宇宙速度。"

你不由得回看这个摊主
"天之苍苍，其正色邪？"
他在思考，他在犹豫：
该去改善动力系统，
还是继续推销虚拟的现实？

04 杜甫穷富论

"穷"的词义比"富"要多一些，从这一点来说，"穷"显得富裕，"富"显得贫瘠。参照"易"有三意的说法，"穷"也有三意——穷困，穷尽，无穷。如此，方能道尽杜甫的穷和富。

1. 穷困

杜甫出身官宦家庭，远祖是西晋名臣大儒杜预，祖父是则天朝的著名诗人杜审言，父亲官至兖州司马。杜甫家庭条件优渥，受过良好的教育，童年早慧，"七龄思即壮，开口咏凤凰"。六岁就观看公孙大娘的剑器舞，可见也不乏顶级的艺术熏陶。

杜甫大约三十岁时，其父去世，家里失去稳定的收入来源。杜甫获得第一份正式的任职时，已经是四十四岁了。二十岁开始，杜甫就裘马轻狂、四处漫游，三十五岁以后又旅食京华、四处干谒，家财早已散尽，生活陷入困顿。

列举这些不是要责怪杜甫——赞扬还来不及呢！

杜甫必须是个富家子弟，否则，如何在《丽人行》里描写华贵服饰和极奢食物：

绣罗衣裳照暮春，蹙金孔雀银麒麟。

头上何所有？翠微盍叶垂鬓唇。

背后何所见？珠压腰衱稳称身。

就中云幕椒房亲，赐名大国虢与秦。

紫驼之峰出翠釜，水精之盘行素鳞。

犀箸厌饫久未下，鸾刀缕切空纷纶。

黄门飞鞚不动尘，御厨络绎送八珍。

此后陷入穷困，他才能发出"大庇天下寒士俱欢颜"的呼喊。

杜甫也挥霍大把时间。据说欧洲贵族子弟也有壮游传统，他们在学业结束后，会规划长达数月的壮游，到巴黎、罗马、威尼斯、佛罗伦萨等地游访。盛唐的各大诗人，如孟浩然、李白、王维，也都有壮游经历。杜甫，他的壮游时间加起来长达十年，他遍游吴越、齐赵、梁宋等地，在南京欣赏顾恺之的名画，与李白、高适、李邕等人交游。

我主要是想说，杜甫是个挥霍钱财、挥霍时间的人。

2. 穷尽

"穷"的这个义项充满了张力，显示了美学上的扩张性。说一个人"穷"一生之力，做某一件事，这是对他努力的肯定。在这点上，"穷"又走到了第一义的对面，表达的是"努力"，"慷慨"，甚至"挥霍"的意思。说一个人"山穷水尽"，实际上暗示此人此前曾努力突破，只是未找到出路而已。

"行到水穷处，坐看云起时"这句诗为什么这么优美，跟"穷"的这个义项的丰富性有关。如果他走得不够远，那他连云都看不到。然而如果他继续走下去，那他就是爬山强驴而不是王维了。他要留一点力，欣赏一下云升腾起来的美景，然后"偶然值林叟，谈笑无还期"。

你要走得够远，但是要节省点力气，要坐下来看看。这样才会优美。

唐诗在杜甫之前就是这种情况，走了够长的路了，有点"穷"了，不是说它寒酸，它也很优美，但不够丰富，不够壮美。

3. 无穷

说到"穷"的第三个义项，我们将迎来伟大的杜甫。

杜甫说"诗是吾家事"，又说"吾祖诗冠古"，说的是他的祖父杜审言。杜审言恃才傲物，目空古今，在他眼里，当时写诗比得上他的可能是没有的。他有一项才能，写五言排律，写得又长又好，可能当时真的是独步天下的。排律要求声韵合律，对仗工整，辞藻优美，用典恰当；十韵、八韵下来，一般人就吃不消了。杜审言能写四十韵。杜甫在《八哀诗·赠秘书监江夏李公邕》里谈及李邕赞其祖父的排律写得好，"例及吾家诗，旷怀扫氛翳。慷慨嗣真作，咨嗟玉山桂。钟律俨高悬，鲲鲸喷迢递"。

后来杜甫写《秋日夔府咏怀》，有多少韵？一百韵。气息何其绵长，力道何其巨大。

说杜甫以自家之富济天下之穷，以无穷之力壮天下之弱，也不为过。

不单要气息绵长，千钧巨力；还要题材广泛，无所不包。不单要诸体皆备，还要无一不精。

杜甫兼容并包，即使是时人觉得已落伍的宫体诗，也要学其技法。

"浑涵汪茫，千汇万状，兼古今而有之，他人不足，甫乃厌余，残膏剩馥，沾丐后人多矣。"

杜甫终成一代巨富矣。

前已论及，"穷"并非一无是处，"穷"也是一种艺术美学。收敛内蕴，克制平淡，"穷"之技法也。而豪富之家，更不可忘"穷"本。以"穷"为富，才是大富。大富之人，不炫而富；而表面以穷示人，实是大富之常。

仅以用典言之。人说杜甫无一字无来历，时时处处致敬前人。以"星垂平野阔"为例［惭愧，此前已专文论及，举不出别的例子，只好再用一次（我也够穷的了）］，你读"星垂平野阔，月涌大江流"，当能享受无上的美感，若知杜甫此处也顺便致敬李白"山随平野尽，江入大荒流"，不啻是美上加美，令人觉得眼前之大江，不只是杜甫的大江，也是李白的大江啊！恰如赠人以存单，不单是本金，还包含利息。而杜甫也不欺负穷人，你若没看出来，也能看大江流淌，欣赏其中之美。这是杜甫的体贴之处，他绝不欺负"穷"人，制造审美的障碍。

杜甫，诚巨富大公也。

05　和王维一起感受宇宙的孤独

1. 引子

此前，我在《杜甫穷富论》里提到："穷"的词义比"富"要多一些，从这一点来说，"穷"显得富裕，"富"显得贫瘠。参照"易"有三意的说法，"穷"也有三意——穷困，穷尽，无穷。如此，方能道尽杜甫的穷和富。

近日颇觉意犹未尽，有继续探索的必要。

钱锺书曾提及：黑格尔鄙薄汉语，以为不宜思辨；又自夸德语能冥契道妙，举"奥伏赫变"为例，以相反两意融会于一字（einund dasslbe wort fur zwei entgegesetzte bestimmungen），拉丁文中亦无义蕴深富尔许者。

钱锺书遂举出"易"有三意等语义现象，指出汉语也是足以思辨的语言。

我认同黑格尔和钱锺书的论说基础，即文字的表意的丰富程度以及蕴含其中的变化路径，甚至相反相成的状态，足以彰显某一语言的魅力和思考的深度广度。

进行语义分析往往艰涩无趣，所以我打算以寓言体娓娓道出。

2. 一个要求

话说有一天王维找到我，说：老翟，你的《杜甫穷富论》我看了，处处以我为靶子，暗指杜富王穷，令我脸面全无，我很不高兴。

我说：摩诘兄，我是很佩服你的啊！我是有点偏爱杜甫，所以我说杜甫的为富之道，集大成而极丰富。但是，穷极也能大成，甚至抵达宇宙的核心。

王维道：哦，还有这等说法，那你写文夸夸我。否则，我不让你评价我的诗。

我说：现在怎么这么严苛，都没有批评的权利啦！

王维道：如果你说我好，我就向你开放批评的权利，否则，你休想评我的诗。

我说：好好好，摩诘兄，你先跟我去参加一个公司的年会。

3. 一个公司的年会

这个公司叫"汉语词典公司"，董事长是仓颉，高管有写《说文解字》的许慎、创四声八病之说的沈约、造"她"字的刘半农、证汉语思辨力的钱锺书等；员工就是一个个字。

年会的一个环节就是评出优秀的员工。我很荣幸地成为评委。今年的候选人中有"富"字、"穷"字。为了叙述的方便，我就称他们为"同学"。

到我点评的时候，我就说：字的本职工作是表意，从这个角度讲，"富"同学其实很穷，"穷"同学其实很富。

你看，什么富裕啦、丰富啦、富集啦，其实就一个意思，表示多，这与"穷"的第一个义项——穷困、穷乏、匮乏（即表示"少"）对应。"富"就一个义项，"穷"除了第一个义项——穷困之外，还有两个义项，分别是"穷尽"和"无穷"。

"富"同学就说，至少我的唯一义项比"穷"同学的第一个义项好吧。

小样的，看不起穷人是吧，我就说：那倒也不是，你看"富集"其实是聚敛搜刮，只进不出，表现为体态就是富态臃肿，也与现代的审美观不符；相反，"穷乏"往往是散发耗尽的结果，实际上有慷慨大方的秉性，更何况，有时，保持良好的匮乏（如脂肪）和高尚的懒惰（如待在家里不去旅游），也是环境友好的一种啊！

接下来看"穷"的另外两个义项，何以"穷尽"和"无穷"这两个相反的义项能同时存在一个字上，我们要细细品一下。

首先，你可能不相信这两个义项会共存吧？先看一下，我说你的武功"穷极天际"，是不是表示"穷尽"和"无穷"两个意思？换一个字试试，我说你的颜值"美极天际"，只表示"美"而不同时表示"不美"吧。

我们来看一句诗，"山穷水尽疑无路"，是说一个人走路，走到了路的尽头，这个"穷"字首先表示"穷尽"的意思，但是你体会一下，"穷尽—穷尽"，他是不是可以继续走下去呢，用英语来表示，即便"穷尽"这一个义项，也包含go和end两个意思。所以，你只要继续走下去（也就是继续"穷尽"下去），就进入"无穷"之境，就是endless。而所有这些含义，"穷尽"、"无穷"、go、end以及endless，都可以由"穷"一个字来表达。

年会上，大家都对"穷"同学刮目相看，啧啧称奇。

我继续说："穷"字的第二、第三义项，也可看看前人文句，品出味道来，就是一碗励志鸡汤。

当年阮籍途穷而哭，实千古伤心无力之时也。王勃有"阮籍猖狂，岂效穷途之哭"，杜甫有"君见途穷哭，宜忧阮步兵"，均状此伤心无力。此处的"穷"字仅代表第二义项中的end一意，所以，非常消极无助。此时，你需要把"穷"字的其他意思激发出来。

再看几句诗，"山穷水尽疑无路，柳暗花明又一村"，你看后一句有个"又"字，这个人又往前走了几步，把go、endless、"无穷"这些意思全激发出来了。"欲穷千里目，更上一层楼"，前一句本来就很积极了（这是因为"穷"字中包含go的意思），后句一个"更"字，又带你进入"无穷"之境了。

所以，面对穷困之境不要害怕，只要再往前走几步，就是一片新天地，这是"穷"同学送我们的鸡汤，大家先喝几口吧！

我接着说：喝过鸡汤了，继续品这个字。其实"穷"同学很有哲理气质，还有探索宇宙的精神。你看西西弗斯推巨石上山顶，巨石滚下山又继续推，他不断重复、永无止境地做这件事，是不是不断地go，end，endless——一个"穷"字足以表达。

数学上的无穷大概念，也可用"穷"字表达。因为"穷"字在不断地go嘛。

宇宙是无穷大的，设若一个人走了万亿亿光年，就说，我走到宇宙的尽头了，宇宙笑了，说，兄弟，还远着呢，那人就说，我还在"穷"（尽）呢——我还在go呢，每一刻，只要我多走一步，都是进入无穷之境。

如果加上我们刚才提到的"穷"的第一个义项"穷乏"，往往是散发耗尽的结果，那一个"穷"可表示："耗散"，go，end，endless，这几个意思；那我不夸张地说，如果在全球所有语言中找出一个字概括宇宙的本质，是不是就是这个"穷"字啊。

4. 宇宙的孤独

　　从年会中出来，王维对我说：想不到"穷"字有这么奥妙，老翟，你说得不错。

　　我说：其实"穷"字用得最好的还是你摩诘兄啊！

　　王维道：那你干吗人多的时候不说？

　　我说：最真诚的赞美的话，我要对你一个人说。摩诘兄，你看啊，你的诗路，实际上是越走越穷的。年轻的时候，你还写写边塞诗，"大漠孤烟直，长河落日圆"，你也写女性诗，《息夫人》——"莫以今时宠，难忘旧日恩。看花满眼泪，不共楚王言"，你还有太白风味的游侠诗，"新丰美酒斗十千，咸阳游侠多少年"。但当你老了，"晚年惟好静，万事不关心"，你整天坐在辋川树林里，念经参禅，写的诗越来越短，越来越简单。说你的诗越来越穷，没错吧。

　　王维道：经你这么一说，好像是这么个状况。

　　我继续说：但是，穷有穷的妙处，当你用最简单的字句描述你的感知和意境时，往往更容易到达事物的本质，甚至是，宇宙的本质。

　　世上有边塞诗，而无宇宙诗。但触及宇宙意境的，我认为不是杜子美的"吴楚东南坼，乾坤日夜浮"，而是摩诘兄你的诗啊！

王维道：此话怎讲？

我说：把你的两段名句凑在一起，组成一首诗，当是古往今来最好的宇宙诗。

> 空山不见人，但闻人语响。
> 行到水穷处，坐看云起时。

以后，如果人类要探索火星甚至更远的星球星系，宇航员、探险家一定会喜欢这首诗的。

> 宇宙如此孤寂
> 当我走出航空器
> 甚至连一点声音都听不到
> 我只能返回船舱
> 听同事吹一声口哨
>
> 我想我是到达了宇宙的尽头
> 我要坐下来
> 看远处的星河

过了一会儿，王维道：是啊，宇宙是如此的孤独。

06 杜甫与元稹

1

看杜甫的传记或者介绍杜诗流传的文章，都会提到杜甫去世四十多年后，他的孙子杜嗣业把他的灵柩从湖南耒阳迁移到偃师，在迁移的途中，遇到前来送行的元稹（时为江陵府士参军），在杜嗣业请求下，元稹为杜甫撰写了墓志铭，即《唐故工部员外郎杜君墓志铭并序》。

这是杜诗传奇中的一个关键时刻。

在印刷术大规模普及之前，诗文的流传非常困难。杜甫的朋友郑虔，玄宗夸他诗书画三绝，他现在流传下来的诗只有一首（有说一首也无的）。唐朝诗人中，诗作流传下来最多的是白居易，有3800首，因为他晚年比较安闲有钱，他编好自己的诗集，抄了5份，2份交家人保管，3份托3个寺庙保管。

王维只留下400首左右，李白只留下800首左右。

杜诗，如果没人拯救，极可能一首不留，运气好一点，他的唱和诗或同题诗会流传几首下来。

所以我对元稹有无限的好感。

而且元稹说得多好啊，"历世之文，能者互出。而又沈、宋之流，研练精切，稳顺声势，谓之为律诗。由是而后，文变之体极焉。然而莫不好古者遗近，务华者去实；效齐、梁则不逮于魏、晋，工乐府则力屈于五言；律切则骨格不存，闲暇则纤浓莫备。至于子美，盖所谓上薄风骚，下该沈宋，古傍苏李，气夺曹刘，掩颜谢之孤高，杂徐庾之流丽，尽得古今之体势，而兼人人之所独专矣。使仲尼考锻其旨要，尚不知贵其多乎哉。苟以为能所不能，无可不可，则诗人以来，未有如子美者"。——就是别人都是会这个，不会那个，而杜甫是无所不会、无所不精。

他是巨眼英雄，他是狂热粉丝，经其大声疾呼，杜诗不致断绝，再经几十年的蓄势，终于风行天下。

2

一个是书写大唐壮阔史诗的磊落直男，一个是情事不断的"渣男"。伟大的杜诗何以由气质如此不同的微之兄拯救？

杜甫和元稹都是洛阳人。洛阳，一座辉煌的大城，几经战火的摧毁而又凤凰涅槃，几百年上千年都是中原人乡愁的中心（我在泉州旅行的时候，看到洛阳镇、洛阳桥等地名，我理解这种千年的乡愁）。

杜嗣业的时候，杜家的景况稍稍好了点，他要接老爷子魂归故里。一路上的故交亲旧都通知到了，大家资助杜家一点路费，也送送杜甫的归魂。走到荆州的时候，他碰到了元稹。元稹原来就雅好杜诗（此时，江汉间尚流传一些杜诗），杜嗣业就请求元稹写一篇墓志铭，元稹欣然应允。元稹问杜嗣业是否带着祖父的诗卷，他要看看更多的杜诗；杜嗣业竟然带着，足足三十多卷。何等激动，何等幸福！

当然，以上是我的想象。

3

元稹给人的印象是写写艳情诗，风格与杜诗相去甚远。其实不然，当细析之。

前段时间，我在网上看到一篇文章——《大唐孤军：苦守西域四十年，满城尽是白发兵》，讲的是唐朝衰弱后，河西走廊被吐蕃占去，安西都护府的守军与祖国失去联系，孤守四十年，终被陷落。

据薛宗正教授考证，安西都护府最终陷落，应是在唐宪宗元和三年（808）的一个冬夜，而其中的依据，就包括元稹的一首叙事诗《缚戎人》，这是一篇安西都护府老兵的"口述历史"。

"自安西四镇沦陷后，常有边将捕获从西域来投的汉人，充当吐蕃俘虏，邀功请赏。其中一名从吐蕃人手中逃回的唐军老兵，也被当作俘虏，押解回中原。机缘巧合下，元稹与他相遇，并听他讲述一路的遭遇，听罢，作诗记录，诗中句句都是安西都护府唐军的血泪。"

兹引一段：

五六十年消息绝，中间盟会又猖獗。

眼穿东日望尧云，肠断正朝梳汉发。

近年如此思汉者，半为老病半埋骨。

常教孙子学乡音，犹话平时好城阙。

这是典型的杜风——诗歌是杜诗风格，行事也是杜甫风格的。

都说杜诗是诗史，是现实主义。在表现手法上，是叙事的引入。

此前也有叙事诗，如《木兰诗》《孔雀东南飞》，但乐府诗等同于民间文学，文人雅士觉得低级。

此前的边塞诗是一幅画或一小节动图，如王维的《使至塞上》：

单车欲问边，属国过居延。

征蓬出汉塞，归雁入胡天。

大漠孤烟直，长河落日圆。

萧关逢候骑，都护在燕然。

而杜甫的《后出塞》五首组诗从一个士兵的视角，叙述他从应募赴军到从范阳叛军中脱身逃归的经历。杜甫出手豪阔，一首不够就来五首，他展现的也有经典的边塞画面——如：落日照大旗，马鸣风萧萧，而整体展现的却是一部大片。

用《三体》的语言来说就是：杜甫展示了其降维打击的能力。杜甫的维度已经升了一级了。

元稹的《缚戎人》是不是和《后出塞》很像？都是以

长诗记述历史；都是从士兵的角度叙述；而我们读诗犹如看大片，非常生动。

4

一部杜诗既是杜甫的自传，也是大唐的史诗。读杜诗，固然历历都是杜甫颠沛流离、饥寒歌哭，却也展示天下苍生的穷塞流变、生生不息。

杜甫其实是两个杜甫，一个是病恹恹的痛苦不堪的杜甫，另一个是生命力顽强、神经强大、记录苦痛的杜甫。有时候是主观的杜甫看到荒凉的风景，而客观的杜甫也看到野花野果的可爱喜人。杜甫是多重的、复杂的、丰富的。杜甫是个"富"人。

说到元稹的多重、复杂、丰富，就要提到他写的《莺莺传》。

现在许多人说元稹是"渣男"，其中一个依据就是，你看，他对莺莺始乱终弃，他还不是渣男吗？其实《莺莺传》是个多层嵌套的故事/文本，像个迷宫，很难看明白。元稹可能就想让人看不明白吧！

故事是说：元稹的朋友张生，在普救寺，于兵乱中救了莺莺一家。莺莺之母就设宴感谢，其实是希望张生求婚，好把莺莺许配给他。莺莺一副爱理不理的样子出来见张生，张生一下子被吸引住了。但张生的理性告诉他，太魅惑的女子其实也不好，他怕失去控制，所以他又强力克制住。可是丫鬟红娘告诉他，他是有机会的。然后张生写了艳词过去，莺莺传来更艳的词："待月西厢下，迎风户半开。拂墙花影动，疑是玉人来。"张生大喜，等莺莺来相会。但见到莺莺，莺莺则是一通义正词严的训导。张生为此很失落，几天后，莺莺却像神女一般来到他的房间。第二天莺莺又很端庄，张生都怀疑是梦了。如此夜晚神女白天端庄一个月，试探莺莺的态度，都是朦朦胧胧的。张生要去长安了，他作了点表白，莺莺仿佛没有为难的话，然而忧愁怨恨的表情令人动心。走的前天晚上，莺莺没来……如此这般，反反复复，最终张生没有与莺莺成婚。张生的朋友都责怪他，河南元稹则续写了"会真诗"。

这是个迷宫般的故事，充满了男女之间的诱惑/反诱惑和控制/反控制。更有意思的是，据说女读者会支持张生的选择，男读者则会反对张生。

最有意思的问题来了，元稹是不是张生？

宇文所安说："如果元稹不是张生，那么他就是一位讽刺大师……，如果元稹就是张生，那么他的自我辩护正好说明他完全不知道自己向读者揭示了什么。"

我觉得元稹是双重的，元稹就是张生，只是他写自己的情事时，情不自禁地进行了加工，现实和故事已难分清，如此说来，元稹又不是张生。

如果说杜甫为天下苍生写诗，那元稹，是不是为天下人写情呢？而且代价沉重，要背"渣男"的名声。

07　铸剑为犁：杜甫和阿米亥的合奏与互注

1. 阿米亥的一首诗

前天读到以色列诗人耶胡达·阿米亥（Yehuda Amichai，1924—2000）的一首诗。多情应笑我，总觉西人写杜诗，我又觉得这首诗和杜甫诗形成互文（互注）和合奏。

兹引阿米亥先生的诗。

春歌

清晨我像一架轻型飞机一样起身，
检视我的生活：旧房子，院子里
烤烧酵母的烟气，后来死了的小女儿。

中午我降落。芳香的飞机
融化在开花的果园里。
我步行去一个令人怀旧的
小径与大路的会合处。一个回忆的交叉点。
曾经有过的汽车公司的名字：
"统一""联合""晨星"，
它们全都充满许诺

要永远待在一起。

也有带刺的金合欢树构成的隧道,
盛开着芬芳的黄色球形花。我可以蹲下身
钻过去到那一头
我的童年时代。

傍晚我为我的儿子们挑选新娘,
因未来而疯狂,我到处挑呵选呵,
选了一打又一打美丽少女,
直到我累了。
夜里一个女人在被遗忘的生活大厅里歌唱
"从前我们夜不闭户",
嗓音非常甜美而孤独。

我腾空我的身体,说:
来,和平,进入我的心。

和平幻景的附录

把刀剑打造成犁铧之后
不要停手,别停!继续锤打,
从犁铧之中锻造出乐器。

无论谁想重新制造战争
都必须先把乐器变成犁铧。

2. 铸剑为犁

阿米亥这首诗末节提到的"把刀剑打造成犁铧",引自圣经《以赛亚书》第2章第4节:"他们要将刀打成犁头,把枪打成镰刀。"

《孔子家语·致思》中,颜回说了类似的话:"回愿明王圣主辅相之,敷其五教,导之以礼乐;使民城郭不修,沟池不越,铸剑戟以为农器,放牛马于原薮,室家无离旷之思,千岁无战斗之患。"

东西方对和平的共同吁求合成如今全世界通行的一词——"铸剑为犁"(Beat Swords into Plowshares)。

青铜雕塑"铸剑为犁"位于纽约联合国总部的花园中。

这座青铜雕像是由苏联艺术家叶夫根尼·武切季奇(Yevgeny Vuchetich)为了纪念第一次世界和平大会的召开而创作的,由苏联于1959年赠送给联合国。雕塑中的男子一手拿着锤子,另一只手拿着他要改铸为犁的剑,象征着人类要求终结战争,把毁灭的武器变为创造的工具,以造福全人类。

雕塑名为"Let Us Beat Swords into Plowshares"(铸剑为犁应有日)(它的底座上铭刻着:"WE SHALL BEAT SWORDS INTO PLOWSHARES",译为:铸剑为犁)。

3. 杜甫多次写到"铸剑为犁"

杜甫多次在诗中写到"铸剑为犁",也许他是古今中外用到这一意象/语汇最多的大诗人。

大历元年（766），杜甫在夔州过着相对安定的日子，此时安史之乱已经平息，但唐王朝还是不时地陷入藩镇割据、军阀混战的内乱中，杜甫在咏古怀旧、感兴抒怀中表达他对和平的热望。这一年他在三首诗中提到了"铸剑为犁"。

1）稍喜临边王相国，肯销金甲事春农。——《诸将五首》

2）凶兵铸农器，讲殿辟书帷。——《夔府书怀四十韵》

3）锋镝供锄犁，征戍听所从。冗官各复业，土著还力农。——《往在》

大历三年（768），杜甫飘零湖湘时，他又写下以下诗句：

4）愿闻锋镝铸，莫使栋梁摧。——《秋日荆南述怀三十韵》

严格说来，这句诗只表达了"铸剑为犁"的一半，因为此句出自《过秦论》："收天下之兵，聚之咸阳，销锋镝，铸以为金人十二，以弱天下之民。"——销毁武器，没有化为农具，而是化为艺术品，但这也值得称道。

5）天下郡国向万城，无有一城无甲兵。焉得铸甲作农器，一寸荒田牛得耕。牛尽耕，蚕亦成。不劳烈士泪滂沱，男谷女丝行复歌。——《蚕谷行》

杜甫痛恨战争，关心农事，在写出上列"铸剑为犁"

诗句之前，早就将战争和农事、兵甲和犁铧相对描写。如：

1）莫辞酒味薄，黍地无人耕。兵戈既未息，儿童尽东征。——《羌村三首》

2）陇右河源不种田，胡骑羌兵入巴蜀。——《天边行》

3）玄甲聚不散，兵久食恐贫。穷谷无粟帛，使者来相因。——《别蔡十四著作》

4）丈夫则带甲，妇女终在家。力难及黍稷，得种菜与麻。——《喜晴》

5）君不闻汉家山东二百州，千村万落生荆杞。纵有健妇把锄犁，禾生陇亩无东西。——《兵车行》

上引4）中的"丈夫则带甲"，和5）中的"健妇把锄犁"，构成一个让杜甫伤心落泪的对仗，天下生灵涂炭，田地荒芜，百姓劳顿，怎不叫他顿足哀叹啊！终于在大历元年，《孔子家语》中颜回的这句"铸剑戟以为农器"引发他的感慨，他再三吁求，拳拳之心、谆谆之意，无以过之。杜甫经历了战争带来的死伤、饥荒、逃亡、流离，他对和平的呼唤，他的铸剑为犁的宏愿多么真诚感人啊！

4. 杜甫与阿米亥，相映而共伟

杜甫诗中，往往有晦涩难解之处；而现代诗，也向以奥义多解为妙。更所谓千家注杜，又有郭象注庄子，庄子注郭象之循环往复之妙矣。故我想试试，以杜甫注阿米亥，或曰以阿米亥注杜甫，当又何如？

春歌

(杜甫当写秋歌也。先看《秋兴八首·其六》全诗：
瞿塘峡口曲江头，万里风烟接素秋。
花萼夹城通御气，芙蓉小苑入边愁。
珠帘绣柱围黄鹄，锦缆牙樯起白鸥。
回首可怜歌舞地，秦中自古帝王州。)

清晨我像一架轻型飞机一样起身，
检视我的生活：旧房子，院子里
烤烧酵母的烟气，后来死了的小女儿。
("瞿塘峡口曲江头，万里风烟接素秋"：
杜甫在瞿塘峡口的万里风烟里，
检视他的过去。
他也想起了饿死的小孩，
"入门闻号啕，幼子饥已卒"
——《自京赴奉先县咏怀五百字》。)

中午我降落。芳香的飞机
融化在开花的果园里。
("杂蕊红相对，他时锦不如。"
——《将别巫峡，赠南卿兄瀼西果园四十亩》。杜甫
的果园里也鲜花盛开。)
我步行去一个令人怀旧的
小径与大路的会合处。一个回忆的交叉点。
("花萼夹城通御气，芙蓉小苑入边愁"：
玄宗从花萼楼下来，穿过夹城里的通道，
来到曲江边的芙蓉苑；

杜甫在恍然一梦中也走过同样的路径。）
曾经有过的汽车公司的名字：
"统一""联合""晨星"，
它们全都充满许诺
要永远待在一起。
（"回首可怜歌舞地，秦中自古帝王州。"
曾经美好的岁月，如繁华一梦，
如今都是回忆的许诺。）

也有带刺的金合欢树构成的隧道，
（"花萼夹城通御气"：这夹城通道，
就如时光通道，把杜甫带到曲江边，
也带回童年。）
盛开着芬芳的黄色球形花。我可以蹲下身
钻过去到那一头
我的童年时代。
（"忆年十五心尚孩，健如黄犊走复来。
庭前八月梨枣熟，一日上树能千回"
　　——《百忧集行》。）

傍晚我为我的儿子们挑选新娘，
因未来而疯狂，我到处挑呵选呵，
选了一打又一打美丽少女，
（杜甫晚婚晚育，杜甫年老时，
儿子们尚年轻。杜甫教他们写诗作文，
"诗是吾家事"，"吾祖诗冠古"，
　　——诗歌，就是一打又一打的美丽少女吧。）
直到我累了。

夜里一个女人在被遗忘的生活大厅里歌唱
（"正是江南好风景，落花时节又逢君"
　　——《江南逢李龟年》。）
"从前我们夜不闭户"，
嗓音非常甜美而孤独。
（杜甫自己唱道：
"小邑犹藏万家室。稻米流脂粟米白，
公私仓廪俱丰实。九州道路无豺虎"
　　——《忆昔》。）

我腾空我的身体，说：
来，和平，进入我的心。
（"感时花溅泪，恨别鸟惊心"
　　——《春望》。和平也在杜甫的心里。）

和平幻景的附录

把刀剑打造成犁铧之后
不要停手，别停！继续锤打，
从犁铧之中锻造出乐器。
（"焉得铸甲作农器，一寸荒田牛得耕。
牛尽耕，蚕亦成。不劳烈士泪滂沱，
男谷女丝行复歌"
　　——《蚕谷行》。）

无论谁想重新制造战争
都必须先把乐器变成犁铧。

（"昔有佳人公孙氏，一舞剑器动四方。……

来如雷霆收震怒，罢如江海凝清光。……

临颍美人在白帝，妙舞此曲神扬扬。……

玳筵急管曲复终，乐极哀来月东出"

——《观公孙大娘弟子舞剑器行》。

这剑器化作乐器，乐曲让杜甫哀伤。）

铸剑为犁，呼唤和平；古今一也，中外一也。"东海西海，心理攸同"，杜甫，阿米亥，相映而共伟。

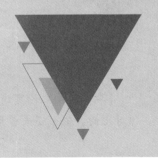

第五辑

王维与杜甫：门

01 柴门关不关

【李杜对比之论可谓汗牛充栋，而大规模将王维与杜甫作对比的，似乎还未曾见过。】

1. 引子

我在大学期间写过一首《断章》：

谁的脚步走近
你不忍打开
打开就不是你的了
这门和声音

因为很短，所以一直记得。当我读到杜甫的这首《草阁》：

草阁临无地，柴扉永不关。
鱼龙回夜水，星月动秋山。
久露清初湿，高云薄未还。
泛舟惭小妇，飘泊损红颜。

"柴扉永不关"这句让我内心震动，故在此前多文中都有提及。草阁在夔州，因是临峡谷而建，柴门开着也无闲人来打扰；所以杜甫就开着柴门，看星月看三峡。这是无比潇洒自由的风姿。

之后我陆续地看到王维那扇门，总是关闭着。摩诘似乎是我的诗句所说的"你不忍打开/打开就不是你的了"那种幽微状态。

天地良心，我写此文不是为了与摩诘套近乎；相反，我首先要向摩诘申请许可——我忍心打开摩诘那扇门，摩诘可能会不高兴吧！

2. 列举和分类

王维在诗中写到"门"（包括"柴门""柴扉""荆扉"等）的有40多处，而杜甫只有20多处，考虑到杜甫的存诗量是王维的3倍还多，则可见"门"之于王维之诗意、诗心是何等重要。摩诘曾感慨："一生几许伤心事，不向空门何处销。"我要对他说：摩诘啊，你的伤心事，向"诗"门销销就可以了。

简单归类，王维诗中关于"门"的状态、动作大约可分八类：

（1）掩，关，闭。这一类是最多的，兹列如下：

①静者亦何事，荆扉乘昼关。——《淇上田园即事》
②迢递嵩高下，归来且闭关。——《归嵩山作》

③东皋春草色，惆怅掩柴扉。——《归辋川作》

④寂寞掩柴扉，苍茫对落晖。——《山居即事》

⑤不枉故人驾，平生多掩扉。——《喜祖三至留宿》

⑥终年无客常闭关，终日无心长自闲。——《答张五弟》

⑦山中相送罢，日暮掩柴扉。——《送别》

⑧徒御犹回首，田园方掩扉。——《送崔九兴宗游蜀》

⑨借问袁安舍，翛然尚闭关。——《冬晚对雪忆胡居士家》

⑩杜门不复出，久与世情疏。——《送孟六归襄阳》

⑪好客多乘月，应门莫上关。——《登裴秀才迪小台》

⑫虽与人境接，闭门成隐居。——《济州过赵叟家宴》

⑬余适欲锄瓜，倚锄听叩门。——《瓜园诗》

⑭闲门寂已闭，落日照秋草。——《赠祖三咏（济州官舍作）》

（2）扫

①我闻有客，足扫荆扉。——酬诸公见过（时官未出，在辋川庄）

②不知炊黍谷，谁解扫荆扉。——《酬严少尹徐舍人见过不遇》

③东山有茅屋，幸为扫荆扉。——《送张五归山》

④荆扉但洒扫，乘闲当过歇。——《留别山中温古上人兄并示舍弟缙》

（3）返，归，候，待

①篱间犬迎吠，出屋候荆扉。——《赠刘蓝田》

②今年寒食酒，应是返柴扉。——《送钱少府还蓝田》

③方同菊花节，相待洛阳扉。——《送崔兴宗》

④暮禽先去马，新月待开扉。——《留别钱起》

⑤石路枉回驾，山家谁候门。——《酬虞部苏员外过蓝田别业不见留之作》

⑥野老念牧童，倚杖候荆扉。——《渭川田家》

⑦倚杖柴门外，临风听暮蝉。——《辋川闲居赠裴秀才迪》

(4) 开

①暮禽先去马，新月待开扉。——《留别钱起》

②隔牖风惊竹，开门雪满山。——《冬晚对雪忆胡居士家》

③好客多乘月，应门莫上关。——《登裴秀才迪小台》

(5) 看

所思竟何在，怅望深荆门。——《寄荆州张丞相》

(6) 倚

①倚杖柴门外，临风听暮蝉。——《辋川闲居赠裴秀才迪》

②同怀扇枕恋，独念倚门愁。——《送崔三往密州觐省》

③悬知倚门望，遥识老莱衣。——《送友人南归》

（7）寂寞

①寂寞柴门人不到，空林独与白云期。——《早秋山中作》

②闲门寂已闭，落日照秋草。——《赠祖三咏（济州官舍作）》

③青簟日何长，闲门昼方静。——《林园即事寄舍弟紞（次荆州时作）》

（8）白描

雀乳青苔井，鸡鸣白板扉。——《田家》

反观杜甫，则相对简单，杜甫诗中关于"门"的状态、动作大约可分四类：

（1）掩，闭

①只应尽客泪，复作掩荆扉。——《赠韦赞善别》

②何为西庄王给事，柴门空闭锁松筠。——《崔氏东山草堂》（注意：此处杜甫所写的恰巧是王维关闭的柴门。）

③懒慢无堪不出村，呼儿日在掩柴门。——《绝句漫兴九首·其六》

（2）待，归

①论文或不愧，肯重款柴扉。——《范二员外邈、吴十侍御郁特枉驾阙展待，聊寄此》

②天险终难立，柴门岂重过？——《怀锦水居止二首》

③岂无柴门归，欲出畏虎狼。——《遣兴五首》

（3）开

①草阁临无地，柴扉永不关。——《草阁》

②改席台能迥，留门月复光。——《台上（得凉字）》

（4）白描

①日长唯鸟雀，春远独柴荆。——《春远》

②草阁柴扉星散居，浪翻江黑雨飞初。——《解闷十二首》

③荆扉深蔓草，土锉冷疏烟。——《闻斛斯六官未归》

④岂惟清溪上，日傍柴门游。——《破船》

⑤涧水空山道，柴门老树村。——《忆幼子》

⑥柴门鸟雀噪，归客千里至。——《羌村三首》

⑦隐者柴门内，畦蔬绕舍秋。——《秋日阮隐居致薤三十束》

⑧田舍清江曲，柴门古道旁。——《田舍》

⑨江涨柴门外，儿童报急流。——《江涨》

⑩野老篱前江岸回，柴门不正逐江开。——《野老》

⑪白沙翠竹江村暮，相对柴门月色新。——《南邻》

⑫朝来没沙尾，碧色动柴门。——《春水》

⑬戎马交驰际，柴门老病身。——《赠别郑炼赴襄阳》

⑭无数春笋满林生，柴门密掩断人行。——《戏为三绝句·其三》

⑮百年地僻柴门迥，五月江深草阁寒。——《严公仲夏枉驾草堂兼携酒馔》

3. 对比：由门观心

诗歌真是一门充满反差和惊奇的艺术。其实，诗人也是如此。以上罗列的王维诗句，最多的是他把门掩起来，他走向内视和幽闭。接着，王维也一反他的含蓄，直接道出他的寂寞（"寂寞柴门人不到，空林独与白云期。"）他渴望与朋友们相聚，（出屋候荆扉、应是返柴扉、相待洛阳扉。）所以，如果朋友要来，他都要把门前的路径洒扫干净，迎候朋友（足扫荆扉、荆扉但洒扫）。王维的柴门充满了揪心的寂寞、对友情的期待、与自我相处的脆弱。这是一个参禅间歇，袒露脆弱和不安的摩诘。

而杜甫写到柴门，更多的是白描。"日长唯鸟雀，春远独柴荆。"其实也很寂寞，后一句"数有关中乱，何曾剑外清"——杜甫也在为国事烦忧，但全诗看不出王维那种揪心的寂寞。杜甫的柴门，淡淡地融入环境，显得平静安宁；有时，还会热闹起来，如："柴门鸟雀噪，归客千里至。"杜甫住在夔州草阁时，门就开着，"柴扉永不关"，非常洒脱自在。杜甫无聊时，看看星星和长江，写诗解闷——"草阁柴扉星散居，浪翻江黑雨飞初。"杜甫的柴门，平静、淡定，杜甫像一个不参禅却淡然不语的高人，适成王维的对照。

其实，杜甫本该是高喊寂寞、渴求友情的那个；王维本该是安静淡然的那个啊！——但诗歌是反差和惊奇的艺术，需要错位和倒置。

王、杜的柴门有许多个角度和切面供分析——我会多文阐述的——本书仅从"仕/隐"和"孤独"两方面来对照分析。

4. 仕与隐

隐居也是一门反差和惊奇的（行为）艺术。"隐"相对于"仕"而存在，隐士应该与官场保持若即若离的距离，他得吟啸山林而声闻于朝，如果仅仅是吟啸山林而朝廷不知，则他是真正的野人而非隐士。隐居也是如此，隐居相对于都市却不能完全脱离凡尘。

王维在人生的各个时期在嵩山和终南山等地有多处别业，他长期保持既仕又隐的状态。他对陶渊明完全隐居因此陷入贫困持否定态度，但显然，"掩门"的动作来自陶渊明。

杜门不复出，终身与世辞。——陶渊明《饮酒·十二》
杜门不复出，久与世情疏。——王维《送孟六归襄阳》

长吟掩柴门，聊为陇亩民。——陶渊明《癸卯岁始春怀古田舍·其二》
顾盼莫谁知，荆扉昼常闭。——陶渊明《癸卯岁十二月中作与从弟敬远》
白日掩荆扉，虚室绝尘想。——陶渊明《归园田居·其二》

但陶渊明"长吟掩柴门"前，他是"日入相与归，壶浆劳近邻"。他和邻居相处融洽，其乐融融；"白日掩荆扉"后，他"虚室绝尘想"，他的内心是恬静的。

王维的寂寞来自既仕又隐、半仕半隐的状态。他既不能完全融入官场，但又做不到高洁如渊明退隐到底。王维感到寂寞了，作为一个参禅人士他不应该直接说出来。但是，当他掩门的时候，他以为这个寂寞足够私密；却不料，我们也听到了。

5. 孤独和亲近

王维有点不堪忍受这种寂寞，他的孤独感上来了。他要洒扫院子和小径，他"足扫荆扉""荆扉但洒扫"。他的院子很大，里边有瓜地，他在锄地时都竖着耳朵听着，（"余适欲锄瓜，倚锄听叩门。"——《瓜园诗》）他期待友人的来访，"暮禽先去马，新月待开扉。""倚杖柴门外，临风听暮蝉。"

他的朋友们都不远不近，可以不时来访，这加重了王维的寂寞。

这个参禅无念的摩诘，原来这么渴慕友情，这么需要亲近感。

6. 自然之子

杜甫则显得心思洒脱，似乎没有仕隐之分。自华州弃官后，他就不是朝廷的官员了，后来他成了严武的幕僚，还获得了一个虚职，与王维相比，他更像一个在野之人。但他似乎不作在野之想。他写诗反映广阔的社会现实，在诗中提出批评、劝谏和建议；杜甫的心与朝廷、与国家政治在一起，即使他远离京城，他也"尚想趋朝廷，毫发裨社稷"（《客堂》），他"时危思报主，衰谢不能休"（《江上》），他"在家常早起，忧国愿年丰。语及君臣际，经书满腹中"（《吾宗》）。每次送友人入朝或寄语登用友朋时，他都希望他们为国家出力，甚至不顾自身安危，"致君尧舜付公等，早据要路思捐躯"（《暮秋枉裴道州手札，率尔遣兴，寄近呈苏涣侍御》），"公若登台辅，临危莫爱身"（《奉送严公入朝十韵》）。他也希望朋友带去他的谏言，"上请减兵甲，下请安井田"（《湘江宴饯裴二端公赴道州》）。

杜甫很少掩门，他与邻人打成一片。他在成都草堂时，北边邻居"时来访老疾，步屟到荜蒿"（《北邻》），南边邻居"相对柴门月色新"（《南邻》）。他和邻居间有热络的往来。相比之下，王维"行到水穷处，坐看云起时。偶然值林叟，谈笑无还期"；我们看到王维和老者谈笑，但是没有更多的细节，估计谈的也就是客套话吧！

杜甫会感到孤独，甚至是很深的孤独。杜甫的朋友们有些远在天边，有些永远也联系不上了，这样他反倒看透了，他期待的知音在遥远的未来。所以，他不会感到揪心的寂寞。他没有那么迫切，要等着朋友上门，好多时候他身边都没有亲近的朋友可以聊聊诗歌，聊聊时局。

这反倒使他保有了心灵的自由、精神的洒脱。他更像个自然之子，这，从他那扇不关的柴门就可以看出。

02　倚杖的姿势

1. 王维的感人姿势

在写《柴门开不开》一文时，我把王维诗中涉及门的诗句读了几遍，诗中"倚门""倚杖"的动作让我特别感动。

送崔三往密州觐省
南陌去悠悠，东郊不少留。
同怀扇枕恋，独念倚门愁。
路绕天山雪，家临海树秋。
鲁连功未报，且莫蹈沧洲。

王维在河西幕府任职期间，送崔三回山东密州省亲。王维事母极孝，他朋友回家探亲，他不免想起自己母亲倚门眺望游子归来，而每次都没有等到自己回来，母亲的愁念让王维揪心，母亲的愁念正是王维自己的愁念啊！"同怀扇枕恋，独念倚门愁。"令人进泪！

渭川田家
斜阳照墟落，穷巷牛羊归。
野老念牧童，倚杖候荆扉。

雉雊麦苗秀，蚕眠桑叶稀。

田夫荷锄至，相见语依依。

即此羡闲逸，怅然吟式微。

王维隐居蓝田时，一日傍晚游览渭水岸边农村，只见斜阳西照，村坞祥和，麦苗青秀，牛羊归来，而一个老者，在柴门外倚杖等候他孙子回来。

古早时候，孙子没有电话可以告诉爷爷：他几分钟之后就到家了。老人就习惯到路口去等。我想起早年去县城读初中，快放假了我爷爷总是去村口等，他是每天去等，等了五天七天才等到。当我读到"野老念牧童，倚杖候荆扉"时，几次眼眶湿润。

2. 杜甫的不安

"倚门""倚杖"的样子唤起了我们内心的亲近感。这其实也和内心的安全感紧密相关，母亲老了，需要手倚门框才能眺望远方；爷爷老了，需要手拄拐杖才能望孙归来；而当他们倚上门框、手拄拐杖，你立马觉得安全了，一种亲近感温暖了你。

王维心中的不安全感让他屡屡掩上柴门，但"倚门""倚杖"的姿势给了他充足的亲近感和安全感。

通过《柴门关不关》一文，我们似乎觉察到杜甫的淡定和洒脱。但是，如果看看他"倚杖"的姿势，我们就能觉察到他的不安了。

与描写柴门正好相反，杜甫写到的"倚杖"，比王维要多。王维的"倚门""倚杖"多为母亲或老者，王维视之而觉亲近和温暖，杜甫的"倚杖"则往往是自己为之，看着让人揪心哀怜；这正如杜甫诗中的柴门往往是白描的，看着觉得安宁平静，而王维的柴门都是自己掩上的，看着让人惆怅寂寞。是否，客观的白描让人平静，而主观的沉入则让人不安。

杜甫的倚杖就让人不安，如：

独坐

悲愁回白首，倚杖背孤城。

江敛洲渚出，天虚风物清。

沧溟服衰谢，朱绂负平生。

仰羡黄昏鸟，投林羽翮轻。

——杜甫在秋天里一人倚杖，背对孤城，真是无比的落寞孤独。

茅屋为秋风所破歌

八月秋高风怒号，卷我屋上三重茅。……

南村群童欺我老无力，忍能对面为盗贼，公然抱茅入竹去。唇焦口燥呼不得，归来倚杖自叹息。

——杜甫倚杖叹息，此时他很无力、很无奈。

下面一首显现了杜甫焦虑的顶点。

独立

空外一鸷鸟，河间双白鸥。
飘飘搏击便，容易往来游。
草露亦多湿，蛛丝仍未收。
天机近人事，独立万端忧。

杜甫本来是喜欢鹰鸷等猛禽的，他也往往以鸥自比，如"飘飘何所似，天地一沙鸥"。此时，鸷鸟展搏击之势，白鸥危乎；而蛛丝未收，复有陷阱处处。天机犹如人事，处处显露危机和险境。"独立万端忧"，既可以是白鸥单腿独立在河边，也可以是杜甫独自一人站立在河边。而实际上，杜甫就是白鸥，白鸥就是杜甫啊！此时，杜甫连拐杖都没有（或者说，白鸥连拐杖都没有）；杜甫是多么无助啊！

此诗作于乾元元年杜甫被贬为华州司功后，杜甫深感仕途的险恶，人事的复杂。杜甫后来入严武幕，他对年轻同僚的当面一套背面一套连连告饶，"晚将末契托年少，当面输心背面笑。寄谢悠悠世上儿，不争好恶莫相疑。"——此处我下一个轻率的结论：杜甫似乎不适合于职场。

但显然本书的目的不是分析杜甫的职场性格。相反，我们又将看到人生导师庄子。

3. 一个插曲

却说李白上来插话了：嘿嘿老翟，你说杜甫不适合于职场，其实我也不适合职场啊！

我说：白兄我知道你憋坏了。世人惯于李杜对比，少有王杜对照的。说杜甫怎能不说李白而大谈王维呢？以后我会大谈特谈李杜对照的，这点你放心。这里我跟你解释一下，写"门"，写"倚杖"，王杜有可比性，你的诗句跟他们没有可比性。

你看，你写门的诗句，"绿水接柴门，有如桃花源。"（《之广陵宿常二南郭幽居》）

"相携及田家，童稚开荆扉。"（《下终南山过斛斯山人宿置酒》），你一副安乐融融的样子，与王杜的基调完全不一样；你再看这首《咏邻女东窗海石榴》）：

鲁女东窗下，海榴世所稀。珊瑚映绿水，未足比光辉。
清香随风发，落日好鸟归。愿为东南枝，低举拂罗衣。
无由一攀折，引领望金扉。

"无由一攀折，引领望金扉。"你好像和邻女眉来眼去，正在发展伟大友谊吧！

李白被说得不好意思了，说：老翟老翟，别说了。

我继续：再看你写"倚杖"的诗句，"无由谒明主，杖策还蓬藜。"（《赠从弟冽》）

"杖策寻英豪，立谈乃知我。"（《酬崔五郎中》）"窥庭但萧瑟，倚杖空踌躇。"（《题许宜平庵壁》）"手持绿玉杖，朝别黄鹤楼。"（《庐山谣寄卢侍御虚舟》）一副小人得志——哦不，一副踌躇满志的样子，与王杜的调子也不搭啊。

李白道：哦哦，那就下次吧！

我说：上回我不是说庄子骗了你吗（见《庄子与李白》一文），你还不信，这回我们再把庄子叫过来，开开他的玩笑。这回他又欺骗杜甫了，哎，其实你也包括在内的。

4. 杜甫的杖藜

我们回看杜甫的倚杖姿势。

杜甫写倚杖姿势，一旦用到"杖藜"一词，立马人都精神了。

绝域惟高枕，清风独杖藜。——《送舍弟颖赴齐州三首》

杖藜妨跃马，不是故离群。——《南楚》

杖藜叹世者谁子？泣血迸空回白头。——《白帝城最高楼》

杖藜风尘际，老丑难翦拂。——《七月三日亭午已后较热退晚加小凉稳睡有诗因论壮年乐事戏呈元二十一曹长》

杖藜复恣意，免值公与侯。——《晦日寻崔戢、李封》

杖藜长松阴，作尉穷谷僻。——《白水县崔少府十九翁高斋三十韵》

肠断江春欲尽头，杖藜徐步立芳洲。——《绝句漫兴九首·其五》

杖藜从白首，心迹喜双清。——《屏迹三首》

其实，"杖藜"和"倚杖""杖策"的语义是一样的，但杜甫一用"杖藜"，马上获得了力量和自信，这是为什么呢？这又得从庄子说起。

5. 庄子的直播

听庄子讲课就像看直播，有一次他说到子贡去看原宪，"杖藜"一词，最初就出现在《庄子》中：

> 原宪居鲁，环堵之室，茨以生草，蓬户不完，桑以为枢而瓮牖，二室，褐以为塞，上漏下湿，匡坐而弦歌。子贡乘大马，中绀而表素，轩车不容巷，往见原宪。原宪华冠𦅾履，杖藜而应门。子贡曰："嘻！先生何病？"原宪应之曰："宪闻之，无财谓之贫，学而不能行谓之病。今宪贫也，非病也。"子贡逡巡而有愧色。原宪笑曰："夫希世而行，比周而友，学以为人，教以为己，仁义之慝，舆马之饰，宪不忍为也。"
>
> ——（选自《庄子·杂篇·让王》）

译文：

原宪住在鲁国，围着土墙的屋子，盖着新割下的茅草；蓬草编成的门四处透亮，折断桑条作门轴，用破瓮的口做成窗子，两间屋子，用褐土涂墙缝，下雨的时候屋顶漏雨地下湿滑，而原宪却端端正正地坐着弹琴唱歌。子贡坐着大马车，穿着暗红色的内衣，外罩白色的大褂，气派的马车小巷子都容不下，前去看望原宪。原宪戴着裂开口子的帽子穿着破了后跟的鞋，拄着藜杖应声开门，子贡说：

"哎呀！先生得了什么病吗？"原宪回答："我听说，没有财物叫作贫，学习了却不能付诸实践叫作病。如今我原宪是贫困，而不是生病。"子贡听了退后数步面有羞愧之色。原宪又笑着说："迎合世俗而行事，比附周旋而交朋结友，勤奋学习用以求取别人的夸赞，注重教诲是为了炫耀自己，用仁义作为奸恶勾当的掩护，讲求高车大马的华贵装饰，我原宪是不愿去做的。"

原宪一番安贫乐道的演说很痛快，这样一来，原宪"杖藜而应门"的样子就显得很酷了。

当杜甫说自己"杖藜"的时候，原宪的身影从他心上拂过，给他力量。杜甫有一种安贫乐道、穷且益坚的自许，这让他杖藜的姿势多了点从容，少了点落寞。

6. 开开庄子的玩笑

李白把庄子叫来了，杜甫也一起来了。

庄子笑道：老翟，你又在说我坏话了，我听说了。

我说：不敢不敢，我哪里敢说你老人家坏话。我正想赞美你呢！

庄子道：那你就赞美呗，我愿意听。

我说：老先生你看，你们古代又没电影，又没电视，但是你描述一件事，总是栩栩如生，非常逼真，如果最佳制片人不颁发给你，我都替你喊冤呢！

庄子道：好好好！

我继续：你说原宪住在茅草房里，说他杖藜开门，他慷慨激昂地痛斥子贡，真是活灵活现，大张贫士的风采啊！

可是，庄老先生，原宪住茅草房，他杖藜开门，原宪和子贡的对话都是你亲眼看到亲耳听到的吗？子贡作为一个成功商人，最懂人情世故，最会辞令，他行事说话会伤原宪的自尊，而专门讨来原宪的一通训话吗？

庄子道：可是那篇文章不是我写的。

我说：大家都说《庄子·杂篇》是你老人家的一班弟子所作。但你老人家没少给他们讲儒家师徒的事吧！后人把弟子的话安在你头上，你也不冤。

我就继续说：你们师徒，好比是做动画的公司，整天就制作一些大鹏、蜩鸠、毛毛虫这类故事。孔子师徒，却是做公共治理、政务策划的智库，也算一个公司吧！你呢，看着友商发展比你的公司好，你就编了儒家一个富豪高管访问贫穷高管，反被后者训斥的故事。

我看看杜甫又看看庄子，说：杜老先生，你原本觉得"杖藜"的样子很酷，哪知道这原是讽刺您自家母公司的。

李白和杜甫一起大笑，杜甫道：哈哈哈，庄老先生，原来你是个大骗子啊，上次骗了李白，这次又骗了我。

庄子道：老翟，我剥夺你的批判权，一年内你再不能提到我。

03 开门雪满山

1

先看王维的《冬晚对雪忆胡居士家》：

> 寒更传晓箭，清镜览衰颜。
> 隔牖风惊竹，开门雪满山。
> 洒空深巷静，积素广庭闲。
> 借问袁安舍，翛然尚闭关。

这是一首清新可喜的诗。

"寒更传晓箭"——冬天下雪之夜，虽然寒冷，计时仪器漏壶的时间刻度之箭还是无情地划走；"清镜览衰颜"——很私密的，但是王维让我们看到了，王维竟然在此时照了下镜子。"隔牖风惊竹，开门雪满山。"——王维听到窗外的风吹过竹林，可能有积雪，声音听起来有一点点的惊心；王维打开门一看，满山的雪照亮了寒夜。"洒空深巷静，积素广庭闲。"——雪花飘洒，深巷宁静，庭院铺着雪的素纱，安闲之中显得更空阔一些了。"借问袁安舍，翛然尚闭关。"——王维不禁想起胡居士，是否像东汉的高士袁安一样，在此寒冷的雪夜，安于饥寒，紧闭房门。

这首诗充满了对称美学，这有点像杜甫——杜甫的诗歌和人生都充满了对称美学（这是我的发现啊）。此前，我们看到王维的门多是关着的，而此诗中，王维先去开门，看雪，后想起胡居士的门关着。唯一的一次，王维的诗中开门又关门。首句让人感觉冬夜的寒冷，末句王维想起了他的朋友，王维是多么温暖啊，他在惦记胡居士是否在挨饿受冻（据王维另一首诗《胡居士卧病遗米因赠》，王维曾经周济过胡居士）。时间之箭、镜中衰颜、风中之竹都让人有一点点心惊，三次，这主要是时间上的；而开门见雪满山，见深巷安静，见闲庭积素，三次，安慰了王维，让他平静下来，这主要是空间上的。

2

再来看杜甫的《投简成华两县诸子》：

> 赤县官曹拥才杰，软裘快马当冰雪。
> 长安苦寒谁独悲？杜陵野老骨欲折。
> 南山豆苗早荒秽，青门瓜地新冻裂。
> 乡里儿童项领成，朝廷故旧礼数绝。
> 自然弃掷与时异，况乃疏顽临事拙。
> 饥卧动即向一旬，敝裘何啻联百结。
> 君不见空墙日色晚，此老无声泪垂血！

如果说前面王维的诗充满了美感，安心的节奏和宁静的画面，那这首杜诗则充满了愤怒、粗暴、不受控制的节奏。含蓄深沉的子美受尽贫困的欺压，终于愤怒一吼，然而，仅就诗艺而言，全失风度和水准。

全诗大意是：京畿赤县的官僚们个个是杰出的人才，穿软裘骑快马，独当冰雪。

我在长安受苦受寒，谁会怜惜，我这个杜陵野老的身子骨也快断折。我在南山种的豆苗早已经荒秽，我在青门边的那几亩瓜地也已经冻裂。县里乡里的小官们养尊处优，鱼肉百姓，朝廷中的老朋友也礼数断绝。我这种与时不合的人自然会被时人遗弃，何况性情疏顽到关键时刻也不屈身事人。饥饿时就睡觉，不去麻烦别人，我的衣服密密麻麻全都是补丁啊！你看我家徒四壁，日暮天晚，连哭泣的声音都发不出来了，我泪干滴血啊！

这首诗与王维前诗的对照有二处，在王维诗中是开门见雪，杜甫诗中是"软裘快马当冰雪"，富人官僚的冰雪运动照映出杜甫的寒酸；王维诗中，胡居士"翛然尚闭关"，杜甫是"饥卧动即向一旬"，都是关门在家。

3

王杜二诗都引用到一个典故——"袁安卧雪"——不是说袁安卧在雪地里，而是说下雪天袁安躺在床上，关门在家。据《汝南先贤传》记载：东汉时，一日大雪，洛阳令灾后上街考察。到高士袁安的门前，大雪堵了门前路，大门紧闭。大家都以为袁安饥寒而死了，令人除雪入户，见安僵卧。问何以不出。安曰："大雪人皆饿，不宜干人。"——大雪天大家都饿着，我就不向人乞食了。

袁安清贫自守，不乞求于人的高洁品格折服了后人，包括王维和杜甫，其中王维，又用心更多。

陶渊明《咏贫士》："袁安困积雪，邈然不可干。"骆宾王《寓居洛滨对雪忆谢二》："谢庭赏方逸，袁扉掩未开。"都咏及袁安。王维众多的掩门/关门诗句，都隐约有袁安的影子。

王维也是大画家。他曾画过《袁安卧雪图》，可惜此画已亡佚失传。此画却是中国绘画史上争论最多的一幅画。王维想必画了雪地里袁安的紧闭的草房；但有趣的是，画的局部，在雪地上画了一丛芭蕉，芭蕉是热带植物，何以出现在雪地里，惹人热议。沈括《梦溪笔谈》载："余家所藏摩诘画《袁安卧雪图》，有雪中芭蕉，此乃得心应手，意到便成，故其理入神，迥得天意，此难可与俗人论也。"

据陈允吉《王维"雪中芭蕉"寓意蠡测》一文，"雪中芭蕉"这一不拘形似的形象，应该是表达了王维"人身空虚"的佛教思想。

摩诘真是个深沉的人啊！

4

杜诗都可编年，《投简成华两县诸子》被认定作于天宝十年（751），王维诗往往无法精确到年，《冬晚对雪忆胡居士家》当作于天宝（742—756）年间。当王维大雪的冬夜想起胡居士，念及后者可能正在袁安卧雪的时候，极有可能，杜甫正在杜陵陋室里"袁安卧雪"。那时，杜甫怎么也高攀不上王维，杜甫在任左拾遗后，才有机会和王维唱和。

杜甫毕竟是出"格"的人。本来，你既然"饥卧动即向一旬"——你既然"袁安卧雪"，那你就得安静地躺在床上；但是，可没有洛阳令（或长安令）来寻访杜甫啊！所以，他愤怒大吼。他的所作所为，他的这首诗，其实是反"袁安卧雪"的。

杜甫的姿势，一点也不"袁安"，一点也不卧雪。他饿急了，要出门讨吃的。作于天宝十三年（754）的《病后遇过王倚饮赠歌》《示从孙济》都记录了他接受他人饭食的经历。

所以，最后，我似乎必须赞美杜甫。他不同于之前的任何人，是一个极率真的人；反过来说，他是个大勇之人。他不顾体面的，反"袁安卧雪"的愤怒大吼，撕破了儒家社会的虚伪面纱。只是，往往人们爱杜怜杜，看不出杜甫"饥卧"姿势的反"袁安卧雪"本质。

回过头来，我要对《投简成华两县诸子》这首诗保留一下意见：可能这是一首表面看起来不怎么样的诗，但是杜甫的出"格"诗句——作为技巧大师却不避粗陋，他的失"格"行为——作为儒家信徒却反"袁安卧雪"，令这首诗具有不一样的不羁气质。也许，这是一首伟大的诗呢。

04 开着门让月光照进来

1. 引子

乾道六年（1170）至八年，陆游任夔州通判。陆游也是爱杜之人，自然要寻访杜甫在夔州期间的故居。他在乾道七年（1171）写成《东屯高斋记》，文中述及杜甫三处旧居，皆名高斋；白帝城、瀼西之高斋已无存，独东屯之高斋尚存，为李氏所居，陆游作文记之。

陆游的爱杜怜杜之心，我自感之。但陆游在此文中所发感慨，我认为大多是偏颇的。

《东屯高斋记》首句即说："少陵先生晚游夔州，爱其山川不忍去，三徙居皆名高斋。"少陵先生热爱祖国的大好河山，当然也喜爱夔州无敌的三峡风光，但杜甫的漂泊本性，他对洛阳长安的思念，使他在任何地方待久了都要厌烦（可参《科举与漂泊》一文）。他在《峡中览物》中写道：

> 曾为掾吏趋三辅，忆在潼关诗兴多。
> 巫峡忽如瞻华岳，蜀江犹似见黄河。
> 舟中得病移衾枕，洞口经春长薜萝。
> 形胜有馀风土恶，几时回首一高歌。

那意思就是，夔州这地方风景是挺好的，但风土人情极坏，我何时才能回到京城长安啊！

陆游在《东屯高斋记》感慨：然去国浸久，诸公故人熟睨其穷，无肯出力。比至夔，客于柏中丞、严明府之间，如九尺丈夫，俯首居小屋下，思一吐气而不可得。予读其诗，至"小臣议论绝，老病客殊方"之句，未尝不流涕也。

放翁大误！杜甫在长安时，可是穷困潦倒，无故人出力救助的，有杜甫诗《投简成华两县诸子》为证。（当然这一点也不能作狭隘绝对理解；我认为杜甫在川时生活好于长安，主要是当时的经济条件实际是四川好于关中。）杜甫辞官出陕入川后，却处处得到朋友的帮助。恰恰是在夔州，地方官柏中丞、严明府对杜甫照料犹多，杜甫的生活相对安定，柏中丞、严明府也没要求杜甫作出违反其本意的事情，如作诗歌颂地方善政之类；相反，杜甫在夔州期间是写了许多抨击地方恶政的诗歌的——杜甫的精神自由是得到保证的——看看《王维杜甫对照录01》，杜甫的门开着，他的精神是自由的。何来"客于柏中丞、严明府之间，如九尺丈夫，俯首居小屋下，思一吐气而不可得"？

杜甫秉笔直书，在他的诗中，地方恶政历历在目。但另一面，川渝两地的地方官又对杜甫照顾有加，杜甫和他们有真实而独特的友谊。

本书拟对照王维和杜甫的诗句，探讨摩诘、子美在月光照映下的精神世界以及不同的友谊模式。

2. 先来看王维诗

王维《登裴秀才迪小台》：

> 端居不出户，满目望云山。
> 落日鸟边下，秋原人外闲。
> 遥知远林际，不见此檐间。
> 好客多乘月，应门莫上关。

网上有现成的翻译，大致不差。
《登裴秀才迪小台》翻译（吴鹏飞　韵译）

你闲居在家时不用出门，
满眼就能望见云雾缭绕的山峰。
落日西坠，
鸟儿在晚霞中飞去；
人们离开之后，
秋天的原野显得格外闲静。
以前只知道去遥远的树林边，
没想到登上这间茅檐的小台，
同样可以欣赏到美景。
好客的主人啊，
我会经常乘着月色前来造访；
照应门户的童仆，
也不要总把院门闩上。

"好客多乘月"中的"好客"不是主人好客的意思，应是"风雅的客人"（原意即为"好的客人"）的意思。

此诗当与王维的绝世美文《山中与裴秀才迪书》对照着看。

文中先说腊月的一天辋川一带景气和畅，王维本想邀请裴迪同游，但裴迪正在温习经书，也就不敢相烦——

"近腊月下，景气和畅，故山殊可过。足下方温经，猥不敢相烦，辄便往山中，憩感配寺，与山僧饭讫而去。"

次写独游辋川，夜景之美——

"北涉玄灞，清月映郭。夜登华子冈，辋水沦涟，与月上下。寒山远火，明灭林外。深巷寒犬，吠声如豹。村墟夜舂，复与疏钟相间。此时独坐，僮仆静默，多思曩昔，携手赋诗，步仄径，临清流也。"

最后，期待来春同游——

"当待春中，草木蔓发，春山可望，轻鲦出水，白鸥矫翼，露湿青皋，麦陇朝雊，斯之不远，倘能从我游乎？非子天机清妙者，岂能以此不急之务相邀。然是中有深趣矣！无忽。因驮黄檗人往，不一，山中人王维白。"

注意，最后一段中一句，"非子天机清妙者，岂能以此不急之务相邀。"如果不是你天机清妙，我也不会邀你同游啊！

说回王维这首诗，首句"端居不出户"，看来裴迪也和王维一样，都是喜欢关着门温习经书或者参禅默想的。接着写日间登上小台看到的美丽景色：云山在落日斜晖中，鸟儿在秋原飞翔，树林连绵到远方。最后一联"好客多乘月"中，"好客"就是前文中的"天机清妙者"，尾联意思是自己这样的风雅客人，乘着月色而来，天机清妙的朋友们一起游赏夜景，请你不要把院门关上。

整首诗洋溢着恬静的自然气息和温暖亲近的友谊。

3. 再看杜甫诗

杜甫《台上》（得凉字）：

> 改席台能迥，留门月复光。
> 云行遗暑湿，山谷进风凉。
> 老去一杯足，谁怜屡舞长。
> 何须把官烛，似恼鬓毛苍。

首先我要惊叹一下王维和杜甫之间存在奇妙的巧合和对照。王维前诗写了台子，他嘱托裴迪开着门，他好乘着月色来访。杜甫此诗中也出现了台子，开着门，月光照进来。

杜甫写《九日蓝田崔氏庄》，心中时刻与王维的《九月九日忆山东兄弟》对照。杜甫在写这首《台上》时，绝无可能有对照之想——只能说，他们二人之间有神秘的对应存在。

二诗之间，除了台子、开着门、月光照进来，这三点一样，其他各方面都处于相反情形。

王维诗中是岁月静好，朋友相约；杜甫诗中则是安史乱后漂泊四川，他和地方官的应酬周旋。

此诗作于广德元年（763）六月，此时杜甫流落到四川梓州。一日，梓州的最高长官章彝邀他赴宴，先在城楼宴饮，杜甫作《陪章留后侍御宴南楼（得风字）》。宴席中，雨止月出，于是移席至城楼外面的瞭望台上，继续饮酒作诗。轮到杜甫时，得了个"凉"字，于是杜甫以"凉"为韵，作这首《台上（得凉字）》。

仇注：此台上夜饮而作也。上四风月之佳，下四衰老之感。近云纳风，台上高旷也。酒杯乐舞，席间供设也。把烛句，又与月光相应，此只随意说来，而脉理清析如此。

杜甫是对称美学的大师，前四句咏风月之佳，后四句叹衰老之至；在首联中，杜甫说，让门开着，月光照射进来，尾联中说，不要把官烛点这么亮，把我的两鬓照得这么苍白。

月光给他安慰，烛光让他悲伤。这与王维诗自然安宁、友谊温暖形成对照。

4. 隐含的苍凉

杜甫在上一首《陪章留后侍御宴南楼（得风字）》中写道："屡食将军第，仍骑御史骢。"——章留后真是照顾我，时不时地邀请我赴宴，我这次还是骑着他的高头大马去的啊！我们已经知道，杜甫是经常挨饿的，杜甫甚至不顾体面地直说"朝廷故旧礼数绝"——这些亲朋故交也不照顾我一下。由此，我们可以推想，杜甫对章彝是极其感念的。

章彝在历史上的名声不佳，他奢侈铺张，杜甫《冬狩行》中对其纠集官兵大兴围猎一事进行了记录和劝谏。

对照陆游的感慨，我们可以听见历史苍凉的冷笑。（我觉得杜甫也是个史家，我们可以直接把历史老人想象成杜甫的模样）

陆游说："（杜甫）客于柏中丞、严明府之间，如九尺丈夫，俯首居小屋下，思一吐气而不可得。"
陆游显然在慷时空之慨，陆游发此感慨时，任夔州通判，正是柏中丞、严明府一类人物，假设此时一个诗名未显穷困潦倒的诗人流落夔州，陆游还不一定看得上，更不用说去资助、宴请了。尽管陆游是杜甫的超级粉丝，杜甫若知陆游的感慨，想必也是先淡淡一笑吧！
而且，另一层吊诡之处，陆游这类在历史记录簿上留下良好记录的人，获得对记录不良的柏中丞、严明府、章留后等人无情嘲笑的权利，但是，恰恰，柏中丞、严明府、章留后等人对杜甫资助最多。

本来，王维与裴迪，应该是对照着杜甫和高适。杜甫与高适，也是一辈子的良友，高适也资助杜甫，杜甫见高适的人日诗而迸泪实是杜甫一生最动情的时刻。但是，经王维诗的对照，冥冥中，似乎杜甫经由与章彝的诸多应酬诗，不单是记录他们之间的交往，也表达了隐藏的某种情感。

5. 缺失的感谢词

杜甫生前，没有一本诗集收录他哪怕一首诗。当元结等人出了一个合集的时候，他说："不意复见比兴体制，微婉顿挫之词。"——其实，这个评语，他是送给自己的。他说："百年歌自苦，不见有知音。"直至嘉祐四年（1059），王洙、王琪雕版《杜工部集》印行，他的全集才算出版。

假设要他写《杜工部集》后记，如果照现代人的做法，他肯定要感谢一下诸多的诗友，如给他诗艺启发的王维、李白，如早年赏识他的王翰、李邕，如给他生活资助的高适、严武。他在后记里会感谢柏中丞、严明府、章留后吗？

幸好杜甫没有面对这一情况，这是很难的选择。章彝后被严武杖杀。即便在政治上、历史上留下的是不良记录，章彝毕竟是杜甫的朋友，却被另一个朋友杀死，杜甫心上该留下多少伤痕。只是，这个伤痕不能很明显地写出来。

从"百年歌自苦，不见有知音"这一句，我们当感知杜甫的大寂寞。由此，我想到，杜甫极有可能是向未来寻找知己，是面向未来写作的。

即以这首《台上（得凉字）》为例，前四句写风月之佳，就很适合在宴会上吟出，后四句，叹自己衰老，不喜宴会上的歌舞，恼官烛太亮，这些都是非常扫兴的，不适合宴会上吟诵应酬的。如果杜甫都在宴会上作这些诗，章彝还会宴请这个扫兴的人吗？杜甫的情商，虽然照许多人的说法，是很低的，但不至于低到这个程度。

所以，我猜，杜甫在宴会上写的应该是通俗喜庆的，回到家，他把诗改一下。他真正的诗，是给我们——这些他未来的知己看的。

只是，他的苍凉之意，我要好好感受一下。以后，如果夏天吃小龙虾，我会跟老板说，就在户外吃吧，灯光能照到，天上也有月亮，风吹过来很凉——这，正是杜甫曾说过的。

4.5　杜甫的大寂寞与双重真实

【本文是王维杜甫对照录04的余论，因不涉王杜对照，故标为4.5】

费孝通先生的老师，马林诺夫斯基，20世纪最重要的人类学家之一，在其重要著作《西太平洋的航海者》中描述了巴布亚新几内亚东部群岛上的一种叫"库拉"的交换制度，以及与这一制度相关的当地土著社会的巫术、宗教、贸易及日常生活等方面。在田野调查中，他参与聚落的生活，使用当地的语言甚至和土著建立友谊。可以想象，书中充满了对土著生活、文化、习俗、品行的赞美。马林诺夫斯基去世25年后，其遗孀出版了他的日记，在日记中，随处可见他对当地人的鄙夷和痛恨（甚至有种族歧视的嫌疑），而且他还不断怀疑自己和工作的意义，并饱受情感、健康的困扰。此日记（书名为《一本严格意义上的日记》）引发了持续近二十年的争议：这位德高望重的开山祖师式人物在巴布亚新几内亚和特罗布里恩岛考察期间，所记日记与他在严肃著作中对于当地人的态度相去甚远、充满矛盾。

以马林诺夫斯基的日记为例对照杜甫的写作，我认为杜甫写下他的诗作时，面对的是大寂寞，而这大寂寞，却反倒促使杜甫面向自己、面向未来写作；如此写出的诗，更加真实，更加深沉。

夔州时期是最好的观察窗口。大历元年（766）初夏至大历元年正月间，杜甫流落夔州，两年不到时间，作诗四百多首，是其创作的一个绝对高峰期。大多数诗作，如怀古、怀旧、咏物、风光、田园，都是可以毫无避忌写出、流传的。但杜甫面临一个大寂寞局面，他的大多数诗歌都是安史之乱后创作的，之前他在长安洛阳都没有赢得诗名，当他开始大写特写的时候，他都处于边地，他的不朽诗歌更无从流传了。很自然地，也应该说是机缘巧合，他开始面向自己、面向未来写作。

考察杜甫的夔州生活，他好比就是另一个马林诺夫斯基。他在夔州时，当地最高长官柏茂琳送了他一批官奴，有獠奴阿段，有隶人伯夷、辛秀、信行，有女奴阿稽等。他们就是当地未完全归化的土著，杜甫写了《示獠奴阿段》《课伐木》等诗作记录他们的劳作。在《信行远修水筒》中他称赞这个叫"信行"的土著："秉心识本源，于事少滞碍。……浮瓜供老病，裂饼尝所爱。……"——"你为人处世完全出自内心本能和认知，少有迟疑和疑虑。……我忙着把供我消暑的瓜果剖开，把我最喜欢吃的饼子撕开，让你品尝……"——我没读过马林诺夫斯基的著作，但这段话肯定是很像马兄对土著的描述的。

杜甫在《戏作俳谐体遣闷二首》描写了当地刀耕火种的生活，"瓦卜传神语，畲田费火声。"至于"家家养乌鬼，顿顿食黄鱼"这"乌鬼"是什么，引发了不断的争论。

"楚山经月火，大旱则斯举。旧俗烧蛟龙，惊惶致雷雨"（《火》），"暴尪或前闻，鞭巫非稽古"（《雷》），"瓦卜传神语"等记录了当地人民的迷信活动。

"儿童解蛮语"（《秋野五首》）——居夔日久，小孩子都会蛮语了，想必杜甫这个人类学家也学会点蛮语了吧！

杜甫注意到："土风坐男使女立，应当门户女出入。"（《负薪行》）——当地的风俗是男人坐享其成，而女人忙碌地工作；男主内，女主外。这里的女子都很辛苦，所以，显得粗丑，"若道巫山女粗丑，何得此有昭君村?"（《负薪行》）

杜甫还学习当地的民间小调，"万里巴渝曲，三年实饱闻"（《暮春题瀼西新赁草屋五首》），"竹枝歌未好，画舸莫迟回"（《奉寄李十五秘书二首》）。

以上都是可以公开说出的。

但杜甫待烦了，就说："此乡之人气量窄，误竞南风疏北客。"（《最能行》），说夔州"形胜有馀风土恶，几时回首一高歌。"（《峡中览物》）很难想象王维、李白会这样说，因为王维、李白都是当时的名家，岂能说某地风俗恶劣。只有这种诗作不得流传的大寂寞，才让杜甫采取了日记式写作。他是对自己说的，对未来的读者说的。

　　杜甫接受了柏茂琳的资助，自然会在诗中对其颂美。但是，杜甫写了更多的批评地方恶政、哀叹民生多艰的诗。"哀哀寡妇诛求尽，恸哭秋原何处村"（《白帝》），"兵戈犹拥蜀，赋敛强输秦"（《上白帝城二首》），"乱世诛求急，黎民糠籺窄。饱食复何心？荒哉膏粱客！富家厨肉臭，战地骸骨白"（《驱竖子摘苍耳》）。不一而足。

　　杜甫颂美柏茂琳的诗，朱东润先生直接批判"这实在不是诗而是乞丐口中的《莲花落》"，从而认为"诗人堕落成新兴军阀的帮闲"。
　　且不说杜甫的颂美诗中也暗含劝谏（我倒是怀疑杜甫真正呈给柏茂琳的才是真正的《莲花落》，而让我们看到的是经过他修改的）；杜甫把他的不体面的《莲花落》流传下来，不是需要很大的坦率和勇气吗？
　　不管怎么说，杜甫把批评恶政的诗留给我们了。

　　杜甫寄人篱下，他也感到拘束。"不爱入州府，畏人嫌我真""水深鱼极乐，林茂鸟知归"都是写其厌烦应酬、喜爱自然之情状。可是，在成都严武幕中时，杜甫也感到类似的烦躁。虽然，严武毕竟是好友，在柏茂琳之篱下，必定更加压抑，但是，还不至于如陆游在《东屯高斋记》感慨的："比至夔，客于柏中丞、严明府之间，如九尺丈夫，俯首居小屋下，思一吐气而不可得。"

　　名诗《观公孙大娘弟子舞剑器行》就写在夔州时期，据杜甫的诗序，是在夔府别驾元持的院子里看到这场演出的。

杜甫在夔州还是有文化生活的。杜甫看完这样的演出，或者是别的应酬结束回家的情形，有一首《夜归》予以呈现：

夜来归来冲虎过，山黑家中已眠卧。
傍见北斗向江低，仰看明星当空大。
庭前把烛嗔两炬，峡口惊猿闻一个。
白头老罢舞复歌，杖藜不睡谁能那。

"仰看明星当空大""峡口惊猿闻一个"——土话连篇，此老活泼、可爱如此！放翁先生，杜甫的心灵是自由的。

"文章千古事，得失寸心知"，读杜甫的诗，就好比是合看马林诺夫斯基的人类学著作和日记，看到的是双重真实，一重是当时可说的真实，一重是面向自己、面向未来的真实。

05　王维杜甫：门之合奏曲

让我认真地为摩诘、子美写一首诗
就仿佛，之前写的都不作数

我要走进辋川，让这个诗之山谷
成为合唱的巨大音响
就像那年，子美走进山谷
手把茱萸的歌唱

我给你们看辋川的门，夔州的门
王维把它关上，杜甫又把它打开
直到长安的雪，冻住了杜甫
啊啊，杜甫要袁安卧雪
但是，此时王维只关心胡居士
是否关着柴门
而杜甫的柴门啊，永不关

杜甫在三峡崖边的柴门啊
永不关，他要看羲和的日车驶过
看李白的轻舟穿过万重山
他要在窗边看雪，看门口
靠泊的小船，是否起航

王维打开门，看雪满山
看庭院积素，听风惊竹叶
和深巷之静
——摩诘，如果你对胡居士
的挂念已消，请你为我画一幅
失传的袁安卧雪图
请画上雪中的芭蕉
如果有柴门
请照着杜甫的柴门画上

但杜甫不是袁安啊
他要不体面地大吼
像个失态的儒家门徒
那是饥饿和寒冷
不耐　雪中的芭蕉
就像　寒更的晓箭
衰老了王维的容颜
梓州城外的官烛
斑白了杜甫的双鬓

感谢你啊　摩诘
母亲倚门的远眺
渭河边老者倚杖的等候
让我想起爷爷　去村口等我
但是，杜甫独对孤城的倚杖
也引起我的不安

我们去看　茅屋

为秋风所破
看杜甫和白鸥一起
在河边，无杖独立
此时，叫出踌躇满志的李白
没用。我们当　叫出庄子
示范杖藜的姿势
杜甫才会获得自信和勇气

还是让摩诘　叫上裴迪
遥望云山，看飞鸟与夕阳一起落下
王维，你得嘱托裴迪
开着院门，让月色照进
风雅的客人，总是乘着月色走来

摩诘，请确认子美
也是，天机清妙之人
当他在乱世的梓州城楼
说，我们移席瞭望台吧
把门开着，让月光进来吧
那是你的门，你的月光
你和裴迪的友谊
在安慰他　虽然他
一定不知道，直到我
寻访那扇不关的柴门
告诉他，那是摩诘的月光

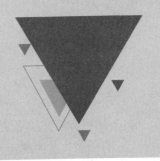

第六辑

王维与杜甫：离别诗

01　维强甫弱

江淹的《别赋》开篇即说："黯然销魂者，唯别而已矣！"灞桥折柳，歧路沾巾，实唐人不绝之吟咏也。

据松浦久友的统计，杜甫的离别诗有130首，占1450首杜诗中的9%，王维的离别诗有73首，占415首王维诗的17.6%。王维离别诗的数量少于杜甫，但比重大，总体上艺术感染力也强于杜甫的离别诗。王维与李白一样，是作离别诗的圣手，而杜甫，这位诸体皆备、无所不能的诗歌大师，在离别诗上，若与王维相比，未免相形见绌。然我写此系列文，并非示杜之弱以显王之强，而是希望通过对比王杜之离别诗，一窥二人之心意，若窥心之余，尚能展示杜诗之开拓革新，王诗之高超卓越，则我心足矣。

王维的《送元二使安西》：

> 渭城朝雨浥轻尘，客舍青青柳色新。
> 劝君更尽一杯酒，西出阳关无故人。

真是千古绝唱，妇孺皆知。更有"日落江湖白，潮来天地青。"（《送邢桂州》），"万壑树参天，千山响杜鹃。山中一夜雨，树杪百重泉。"（《送梓州李使君》）等送别诗佳句醒人耳目。而杜甫纵有130首，我们能想出哪一首呢？

杜甫《衡州送李大夫七丈勉赴广州》：

斧钺下青冥，楼船过洞庭。
北风随爽气，南斗避文星。
日月笼中鸟，乾坤水上萍。
王孙丈人行，垂老见飘零。

方回赞曰："此诗气盖宇宙，不待赘说。老杜送人诗多矣，此为冠。"此诗气象壮阔，然比之摩诘诸诗，总差点离别诗所需的那点幽然味道。

何以如此？也许因为对杜甫怀着更多敬重，鲜有中国学者详细分析个中原因；有两位日本学者却提出了有意思的看法。

松浦久友（见《李白诗歌抒情艺术研究》）认为：李白、王维都善于在离别诗中通过抽象性、一般化、类型化的意象语汇，而舍弃对送别或留别对象的个性化、具体的、个别的描写，读者在高度抽象的意境和语汇中获得了共鸣和感动。

这与我们的经验相反，本来我认定只有展示个性，进行个别描写的诗句才能达至艺术的高点；而进行类型化的写作，不单是因循守旧，也会招致艺术的失败和风格的失守。但检视李白王维杜甫的离别诗，不得不承认此论。

李白的《黄鹤楼送孟浩然之广陵》："故人西辞黄鹤楼，烟花三月下扬州。孤帆远影碧空尽，唯见长江天际流。"完全未对送别对象进行个别的、具体的、细节的描写，而本来，孟浩然其人无论是风采行踪、还是诗歌人生都是值得大写特写的（想象一下让杜甫写同题诗会怎样）。但对历代的读者来说，只消给他烟花的三月，孤帆远影和浩浩长江就可以了，言短意长，悠悠的韵味都在里边了。至于孟浩然高洁的人格，洒脱的风姿，主客之间的友情，都无须言说；一说反倒要破坏这已经提纯的别意。

王维的《送别/山中送别/送友》：

> 山中相送罢，日暮掩柴扉。
> 春草明年绿，王孙归不归？

《送别》：

> 下马饮君酒，问君何所之？
> 君言不得意，归卧南山陲。
> 但去莫复问，白云无尽时。

二首送别诗制题随意，诗题中不带任何送别对象的信息，已经高度抽象，甚至有论者认为王维是拟想送别的情境，实际有无送别对象尚存疑问。诗中也无具体的、个别的描写，第一首的"春草明年绿，王孙归不归"化用《楚辞·招隐士》："王孙游兮不归，春草生兮萋萋。"第二首的"南山""白云"也都是描写归隐的程式套语。

如果照一般的文艺批评逻辑，此二首当是空洞无物，不是好诗。但是，空洞、抽象的描写，却偏偏能成为好的离别诗。

入谷仙介（见《王维研究》）另指出：当王维送别之人并非至亲好友时，他在完成一次仪式化的送别，在诗中他对送别对象没有强烈的离愁别绪，他只是淡漠地把目光投向前路或是遥远的目的地风景，此时，往往产生好诗和佳句。

送宇文太守赴宣城

寥落云外山，迢遥舟中赏。
铙吹发西江，秋空多清响。
地迥古城芜，月明寒潮广。
时赛敬亭神，复解罟师网。
何处寄相思，南风吹五两。

送方城韦明府

遥思葭菼际，寥落楚人行。
高鸟长淮水，平芜故郢城。
使车听雉乳，县鼓应鸡鸣。
若见州从事，无嫌手板迎。

送梓州李使君

万壑树参天，千山响杜鹃。
山中一夜雨，树杪百重泉。
汉女输橦布，巴人讼芋田。
文翁翻教授，不敢倚先贤。

送李太守赴上洛

商山包楚邓，积翠蔼沉沉。
驿路飞泉洒，关门落照深。
野花开古戍，行客响空林。
板屋春多雨，山城昼欲阴。
丹泉通虢略，白羽抵荆岑。

若见西山爽，应知黄绮心。

下面来看一首王维在相反情形下写成的送别诗。

送綦毋秘书弃官还江东

明时久不达，弃置与君同。
天命无怨色，人生有素风。
念君拂衣去，四海将安穷。
秋天万里净，日暮澄江空。
清夜何悠悠，扣舷明月中。
和光鱼鸟际，澹尔兼葭丛。
无庸客昭世，衰鬓日如蓬。
顽疏暗人事，僻陋远天聪。
微物纵可采，其谁为至公。
余亦从此去，归耕为老农。

綦毋潜是王维的好友，他因不受重用而弃官还家。王维与他关系密切，他在诗中为朋友鸣不平，而且自己也同病相怜，说自己也可能归耕为农。这首诗内容充实、感情真挚饱满，应该是一首好诗吧？但与上引感情淡漠、内容空洞的诗相比，却显得一般了。

离别诗就像一个扰人心思的迷离尤物，她在小巷转弯的地方对你粲然一笑，你追上去，她就告诉你，你知道吗，感情淡漠、内容空洞、高度抽象的离别诗，才是好的，感情真挚、内容充实、具体细致的离别诗，就一般了。

照她这么说，杜甫的离别诗会好吗？

02　杜甫想学一下

不是说感情淡漠、内容空洞就能写好离别诗。李白的《黄鹤楼送孟浩然之广陵》之所以好，与李白独特的跳跃飞动意象紧密相关。王维的《送元二使安西》"不穷婉曲，含蓄多味"，元二可能不如綦毋潜亲近，但正是诗中那含蓄婉曲的惜别之情，让此诗在王维的诸多离别诗中胜出，成为此中最优。

杜甫的绝句不合主流、超出常格应该是个通行的观点了。杜甫是个感情真挚而丰富的人，让他在短短四句里表情达意，真的有点难为他了。他的绝句多为联章组诗，这是他扬长避短、自知自觉吧！

那么，回到离别诗，杜甫知道自己的离别诗不如李白、王维吗？——应该知道的，因为我们可以看出他学习的痕迹。

杜甫的《送孔巢父谢病归游江东兼呈李白》：

> 巢父掉头不肯住，东将入海随烟雾。
> 诗卷长留天地间，钓竿欲拂珊瑚树。
> 深山大泽龙蛇远，春寒野阴风景暮。
> 蓬莱织女回云车，指点虚无是归路。
> 自是君身有仙骨，世人那得知其故。

惜君只欲苦死留，富贵何如草头露？

蔡侯静者意有余，清夜置酒临前除。

罢琴惆怅月照席："几岁寄我空中书？

南寻禹穴见李白，道甫问讯今何如！"

既然是"兼呈李白"——最后一句"南寻禹穴见李白，道甫问讯今何如！"是说，你如果见到李白，就代我向他问好——那就顺便学学李白的离别诗吧！诗中的"东将入海随烟雾。诗卷长留天地间，钓竿欲拂珊瑚树。深山大泽龙蛇远，春寒野阴风景暮。蓬莱织女回云车，指点虚无是归路"。令人想起李白著名的离别诗《梦游天姥吟留别》中的"霓为衣兮风为马，云之君兮纷纷而来下。虎鼓瑟兮鸾回车，仙之人兮列如麻。"

但杜句总无李句跳跃飞动、飘飘欲仙的神韵。不学也罢。

当杜甫在垂暮之年写出被方回赞为其送别诗之冠的《衡州送李大夫七丈勉赴广州》：

斧钺下青冥，楼船过洞庭。

北风随爽气，南斗避文星。

日月笼中鸟，乾坤水上萍。

王孙丈人行，垂老见飘零。

我几乎能肯定杜甫从王维的诸多离别诗中学到了一个基本原则，即：无须过多描写彼此之间的关系或感情，而须将（1）具体的离别情境（2）抽象化，提纯出（3）独特的离情别意；循此"个别—抽象—个别"路径，一首好的离别诗就可完成。

在王维，第（2）步抽象化的成果，往往是"日落江湖白，潮来天地青""山中一夜雨，树杪百重泉"这样的优美之景，景语即情语，百发百中，当王维这个丹青高手以祖国各地的优美风景提纯离情别意，所有人，无论哪个朝代，都无法抵挡其离别诗的魅力。

在杜甫此诗，第（2）步抽象化的成果，则是充满宇宙壮阔气象的"日月笼中鸟，乾坤水上萍"。

这不由令人想起他的《登岳阳楼》：

> 昔闻洞庭水，今上岳阳楼。
> 吴楚东南坼，乾坤日夜浮。
> 亲朋无一字，老病有孤舟。
> 戎马关山北，凭轩涕泗流。

如果允许我极端决绝一点，我要说杜甫的这首离别诗就是他的《登岳阳楼》的复写：都是在洞庭湖，都是广阔湖面引发了天地苍茫之感，由天地苍茫又引发身世飘零之叹。

这里又隐藏着一个悖反之理：一首好的离别诗往往不是突显友情，而是呈现自恋。你要写离别诗，不管送别的是张三还是李四，你就写"天地之大，身世飘零"好了——你的送别与你送别的人无关，而与自己有关。

纵是如此，杜甫的这首离别诗还是比不过王维顺手写成的诸多离别诗——这却与虎年春晚能扯上一点关系。

经过几天的科普，我已知道《只此青绿》源自《千里江山图》，而《千里江山图》用了"三远"之法。北宋画家郭熙在《林泉高致》中提出山水画的"三远"技法："山有三远：自山下来仰山巅，谓之高远；自山前而窥山后，谓之深远；自近山而望远山，谓之平远。"

以"三远"法观之，王维的"山中一夜雨，树杪百重泉"写近景的高远山水，"日落江湖白，潮来天地青"，"天寒远山净，日暮长河急"，"山川何寂寞，长望泪沾巾"，"送归青门外，车马去骎骎。惆怅新丰树，空余天际禽"诸句写由近及远的平远山水。

东坡云："味摩诘之诗；诗中有画；观摩诘之画；画中有诗。"摩诘诗画两栖而技法高超，子美自难学之，更不用说超越了。

有意思的是，我发现杜甫往往采用一个非常非常高远的视角，堪称宇宙视角。"吴楚东南坼，乾坤日夜浮。"仿佛是站在空间站上看洞庭湖，"日月笼中鸟，乾坤水上萍。"该是在火星上看地球、日月吧！

我想把杜甫的这首诗（其中"长望泪沾巾"是王维诗句）改写送给埃隆·马斯克。《送埃隆·马斯克赴火星》：

"日月笼中鸟，乾坤水上萍。埃隆火星行，长望泪沾巾。"

哈哈！

03　杜甫扳回一点

　　将离别的情境抽象化，以优美的景语幽显情语，从而提纯离情别意，这一传统离别诗的不二法门，非杜甫所长。

　　那杜甫就另走一路，另开一境。他就拉长篇幅，具体描写送别对象，絮絮叨叨地叮嘱、劝勉、规谏，声泪俱下地告别。这与王维、李白离别诗中普遍出现的淡漠地远望，轻声/无言的道别，大为不同。

　　严羽《沧浪诗话·诗评》：

　　古人赠答多相勉之辞。苏子卿云："愿君崇明德，随时爱景光。"李少卿云："努力崇明德，皓首以为期。"刘公干云："勉哉修令德，北面自宠珍。"杜子美云："公若登台辅，临危莫爱身。"往往是此意。

　　汉唐以来的离别诗中多相勉之辞，李白、王维概莫能外，如李白的《送梁公昌从信安北征》："旋应献凯入，麟阁忙深功"，《送张秀才从军》："当令千古后，麟阁著奇勋"勉励送别对象建立功勋；王维的《送綦毋潜落第还乡》："吾谋适不用，勿谓知音稀"勉励綦毋潜不要消极失望。

　　但把劝勉、规谏这一离别诗传统发扬光大的，是杜甫：杜甫离别诗中的劝勉、规谏比重，大大增加了。

　　每次送别身处高位或行使职权的朋友时，他都希望他们为国家出力，甚至不顾自身安危，"致君尧舜付公等，早据要路思捐躯"（《暮秋枉裴道州手札，率尔遣兴，寄近呈苏涣侍御》），"公若登台辅，临危莫爱身"（《奉送严公入朝十韵》）。他规谏朋友要树立佳政，造福一方，"行行树佳政，慰我深相忆"（《送韦讽上阆州录事参军》）；要轻徭薄赋，体恤百姓，"众寮宜洁白，万役但平均"（《送陵州路使君赴任》），"邦以民为本，鱼饥费香饵"（《送顾八分文学适洪吉州》）。他也希望朋友带去他的谏言，"上请减兵甲，下请安井田"（《湘江宴饯裴二端公赴道州》）。

其他如《送樊二十三侍御赴汉中判官》《送长孙九侍御赴武威判官》《送从弟亚赴安西判官》《送韦十六评事充同谷郡防御判官》《送杨六判官使西蕃》《奉送郭中丞兼太仆卿充陇右节度使三十韵》，都是长篇大论，谆谆劝导，晓以大义，动以真情。

如果朋友无官无职，他就勉励各自努力，如《别赞上人》："相看俱衰年，出处各努力。"《送韩十四江东觐省》："此别应须各努力，故乡犹恐未同归。"

离别诗，一般来说，是闲淡生活中的一点波澜，其离愁别绪、离人点泪恰是生活的点缀，故不可用力过重。李白、王维写离别，轻笔淡写，情境抽象，景语幽显，提纯别意，都是笔轻意远；自是高明之道、不二法门。李白、王维并非不写劝勉、规谏，他们往往在诗末短短地提一下，既照顾到人情世故，也符合离别诗的归谏传统；正所谓上承诗教，下启化育，而因为这劝勉、规谏的部分往往就一句、两句，也不致给读者造成负担。

但是，"安史之乱"造就了杜甫诗的特别的感发力量，这其中也包括了离别诗。在国家危难、士民流离的时刻，离别就分外沉重，而杜甫那些絮絮叨叨的叮嘱、劝勉、规谏、甚至训导，就不会太过分、过格，反倒出凡入圣，成为人格的指引，行为的高标。

后世许多人读杜诗，如陆游、文天祥，都是处于国家危难之时，当他们读到杜甫离别诗中的谆谆劝导、声声叮嘱，当不啻是圣言天音。所以，我们读杜甫的离别诗，也当考虑到这一层。

04　梓州李使君

【小得意的是：关于本节论及的王杜二人几乎同题的这二首诗，就我所见，似乎自古以来无人特别予以比较。民国学者高步瀛首先提出王杜诗中的梓州李使君是否同一人的疑问，当代学者徐希平考证出梓州李使君分别为谁。对此二诗作对比论述，本节是第一篇。】

两人离别诗中，有个很有意思的事，王杜二人都曾送别梓州李使君，诗题几乎相同。这是偶然的巧合，还是杜甫的有意碰瓷，只有杜甫本人知道了。

1

先看王维的《送梓州李使君》：

> 万壑树参天，千山响杜鹃。
> 山中一夜雨，树杪百重泉。
> 汉女输橦布，巴人讼芋田。
> 文翁翻教授，不敢倚先贤。

此诗不同凡响，从各方面来说都是王维超出常格、放手一写之诗。一般来说，王维是盛唐大家，是当时的诗坛主流，他的诗大致中规中矩，合于常式。但王维写此诗时，好比是一个武林盟主，本来一招一式都大气稳重、脉络分明，但斗至酣处，自入化境，竟然别开生面、分外洒脱。

大多送别诗，总要从眼前之情景写起，王维也是如此。但此诗一上来就写目的地之壮丽风景，恰似把诗题当作跑道，一飞就飞到目的地了。

我们先查考王维几首著名的离别诗，看看他的"飞行"方式。王维最有名的送别诗《送元二使安西》（渭城曲）：

> 渭城朝雨浥轻尘，客舍青青柳色新。
> 劝君更尽一杯酒，西出阳关无故人。

此诗中，眼前之情景，渭城朝雨、客舍青青、柳色新新，恰似跑道，王维带着我们缓缓滑行。之后，在绝句的第三句的伟力中，王维借着一杯酒起飞，一下子把元二送出阳关。这种"飞行"方式，适用于王维大多数送别诗。

同样是送人到安西，《送刘司直赴安西》：

> 绝域阳关道，胡沙与塞尘。
> 三春时有雁，万里少行人。
> 苜蓿随天马，蒲桃逐汉臣。
> 当令外国惧，不敢觅和亲。

王维一上来就是阳关道、胡地沙、塞外尘，是"把诗题当作跑道，一飞就飞到目的地"的"飞行"方式。

另外一首，《送宇文三赴河西充行军司马》：

横吹杂繁笳，边风卷塞沙。

还闻田司马，更逐李轻车。

蒲类成秦地，莎车属汉家。

当令犬戎国，朝聘学昆邪。

也是这种方式。这种"飞行"方式下，往往都是送人出任边塞，王维一上来就描写边塞风光，在末句则是叮嘱被送之人要为国家守边，令外族震慑于天朝的国威。此时的王维豪迈、大气、威严，展示了王维诗风甚至性格中完全不同的一面。

回到《送梓州李使君》，王维起笔就写梓州风光："万壑树参天，千山响杜鹃。山中一夜雨，树杪百重泉。"梓州的千山万壑大树参天，杜鹃的鸣叫时响其间；山中下了一夜雨，树梢流下清冽之泉。风光之刻摹，无过于此。

王士禛：律诗贵工于发端，承接二句尤贵得势，如懒残履衡岳之石，旋转而下，此非有伯昏无人之气者不能也。如"万壑树参天，千山响杜鹃"，下即云"山中一夜雨，树杪百重泉"……皆转石万仞手也（《带经堂诗话》）。

朱庭珍《筱园诗话》：凡五七律诗，最争起处。凡起处最宜经营，贵用陡峭之笔，洒然而来，突然涌出，若天外奇峰，壁立千仞，则入手势便紧健，气自雄壮，格自高，意自奇，不但取调之响也。起笔得势，入手即不同人，以下迎刃而解矣。如……王右丞之"万壑树参天，千山响杜鹃"……皆高格响调，起句之极有力、最得势者，可为后学法式。

此高格响调，我们当听到杜鹃的鸣叫，树梢的流泉轻泻，此开首四句，不单是诗中有画，诗中还有音乐呢！让我们想起，王维不单是诗中圣手，也是画中圣手，还是音乐大家啊！此时，王维写嗨了，写酣了，未顾及诗中前四句重复"树""山"两字。这本是近体诗的大忌。但此处，读者不觉得此处有重复，甚至，这"树""山"两字的重复恰恰形成画面和音色的美感。诗艺至此，规范的束缚解开了；王维在自由地歌唱，恰似山上的杜鹃。

之后，转入目的地风情画（或者是风情专题片）——"汉女输橦布，巴人讼芋田。"梓州处蜀汉、巴人之地，妇女交棉布纳税，农人常因芋田争讼。所以，"文翁翻教授，不敢倚先贤。"——你应像汉景帝时的蜀地郡守文翁那样，教化当地，移风易俗。王维作为长期任职的朝廷官员，对地方风情是了解的，对地方治理是在行的，最后的劝勉规谏是恰当的。叶嘉莹先生在评说此诗的后半首时说："这几句讲起来没有什么意思，因为这不是他心里要说的话。他只是觉得应该说，他就说了，说完也就没意思了，前面四句写景却写得那么好，所以这首诗也是他艺术家的手眼和俗情相结合的一个例子。"我认为是未思及离别诗的规谏传统，未能全面。

2

接着看杜甫的《送梓州李使君之任》：

籍甚黄丞相，能名自颖川。

近看除刺史，还喜得吾贤。

五马何时到，双鱼会早传。

老思笮竹杖，冬要锦衾眠。

不作临岐恨，惟听举最先。

火云挥汗日，山驿醒心泉。

遇害陈公殒，于今蜀道怜。

君行射洪县，为我一潸然。

王杜二诗的诗题几乎一样。其实，如果杜甫把心一横，去掉"之任"二字，就成同题诗了。

汉时称太守为"使君"，太守=刺史；王维和杜甫都用了这一古称。据徐希平先生考证，二诗中的李使君不是同一个人。王维所送别的是李谦，为高宗之曾孙；杜甫送别的是李季真，为高祖弟蜀王湛之五世孙，都是皇子皇孙。

杜甫也是直趋主题，从李使君赴任刺史写起。"籍甚黄丞相，能名自颖川。近看除刺史，还喜得吾贤。"——汉时黄霸在颖川当太守，治理得很好，由是美名广传。贤良如你，要去梓州出任刺史，真是一件大喜事啊！

接着写别后之情景。"五马何时到，双鱼会早传。老思笮竹杖，冬要锦衾眠。"——你何时能到达梓州啊，到了，请早早给我写信，报个平安。梓州出产笮竹杖和蜀锦，我想要呢！此处，杜甫本性暴露，但也是可爱坦率，他向李使君索要当地特产呢！

接着转入劝勉规谏。"不作临岐恨，惟听举最先。火云挥汗日，山驿醒心泉。"——我们不谈太多的离愁别绪，你这番上任，最重要的是选任贤能。夏日赶路，挥汗如雨；一路上的泉水，也正好可以清凉一下。这里的"山驿醒心泉"，也似有劝勉他清醒做事、公正断案之意。

最后是相托一事。"遇害陈公殒，于今蜀道怜。君行射洪县，为我一潸然。"——当年陈子昂被地方官员构陷致死，如今蜀人提起还是怜惜；你如果到了射洪县，请替我流一把泪。

3

若问二诗中哪首更好，毫无疑问，王维那首更好。王维诗中，风光景物和地方风情如现眼前，地方政事和劝勉规谏妥帖合切；堪称是一首完美的离别诗。杜甫此诗胜在生动自然，是一首好诗，但比不上王维诗，难称完美。

我感兴趣的是，杜甫写此诗时，有没有想过：王维那首诗这么好，我也写一首试试看！我的回答是：杜甫应该这么想过的。

乾元元年（758）重阳节，杜甫曾游访辋川。杜甫肯定想过，王维的《九月九日忆山东兄弟》很好，我也写一首登高诗吧；于是，他写下不朽名诗《九日蓝田崔氏庄》（可参看我之前写的《在路上01辋川之旅》）。综合各种影响因子，在古代，《九日蓝田崔氏庄》比《九月九日忆山东兄弟》排位还要高。

王维是当时的一代文宗，王维的《送梓州李使君》当时应是广为传抄、吟诵的一首。王维诗中用到的文翁教化地方这个典故，杜甫多次使用："但见文翁能化俗，焉知李广未封侯。"（《将赴荆南寄别李剑州》）"得归茅屋赴成都，直为文翁再剖符。"（《将赴成都草堂途中有作，先寄严郑公五首》）"诸葛蜀人爱，文翁儒化成。"（《赠左仆射郑国公严公武》）。王维诗中的"树杪百重泉"，在杜甫诗中显示为"山驿醒心泉"。王维诗中的"巴人讼芋田"，事涉诉讼，则让杜甫想起陈子昂的冤狱。——以上种种，即便不论几乎雷同的诗题，其实二诗的内容，也多相似之处。

王维与诗中的李使君并无更多交往，想必是李使君慕王维之诗名，要让王维写首送别诗给他（我将另文阐述这种情形）。杜甫与诗中的李使君则较为热络，次年，杜甫游访梓州，写下《数陪李梓州泛江，有女乐在诸舫，戏为艳曲二首赠李》《陪李梓州、王阆州、苏遂州、李果州四使君登惠义寺》二诗，其中《数陪李梓州泛江，有女乐在诸舫，戏为艳曲二首赠李》诗中有"使君自有妇，莫学野鸳鸯。"——杜甫劝李使君不要太放浪，由此可见二人关系相当亲近，几乎可以直言无忌。

这又是一个有趣的对比。王维给关系亲近的人写离别诗，往往情感丰富，却会略显拘谨；给关系一般的人写离别诗，反倒能放开写。想象一下，李使君要去梓州赴任了，他找到王维，要他写一首送别诗给他；他当然会奉上润金的。王维其实跟李使君也不是很熟悉，但王维诗名大，经常给别人写送别诗。这也简单，就按一般套路来好了。

王维收下润金，道：李兄，那我就不客套了。就写下了这首《送梓州李使君》。

其实，这首诗的写法，全是老套路，说的全是客套话。试想，如果王维要送好朋友，如裴迪、綦毋潜远行，肯定要叙叙旧，写写离愁别绪，他就要写真心话。这些真心话写下来感情是很丰富，但不一定成为一首好诗。眼前的李使君，也就见面之交，并无多少深情厚谊；那就用上套路，写目的地风景和风情，写地方的政事，劝勉他好好干。这样，一首按套路写成的诗作就产生了，而且，是首好诗。

但是，在诗艺上，王维就不客套了；他开启了直接飞行模式——在这个意义上，他说"我就不客套了"，是对的。

而杜甫与诗中的李使君，关系较为亲密。杜甫，特别是他到了四川之后，似乎就成了"人来熟"，他跟地方官员处得很不错。他的诗名没有王维大，李使君不一定向他讨要送别诗。他自己要写啊！十几年前，王维写了《送梓州李使君》，天下风传，如今，又一个李使君要去梓州赴任，杜甫不是正好也可以写一首吗？只是，写离别诗，杜甫哪是王维对手啊。写着写着，杜甫意识到这一点了——这反倒让他放开，他就写了讨要特产，替他为陈公流一把泪这些一般离别诗不会写到的内容。不得不说，这也是别具一格，也是一首好诗。

有意思的是，这首诗有个原注："故陈拾遗，射洪人也。篇末有云。"

关于原注，我的看法是："嘉祐四年（1059）王洙、王琪雕版《杜工部集》印刷之前，杜诗大多以手抄本辗转流传，其原注，有些是保留了杜甫的真正原注，有些则可能是杜甫去世后其他传抄者、编辑者的注释，在时间的流逝中，这些原注保留着神圣的正确和讹误（是的，神圣的讹误），给我们的理解带来明晰和困惑。"（引自《在路上01辋川之旅》）

为什么要写下这个原注呢？杜甫的诗句"遇害陈公殒，于今蜀道怜。君行射洪县，为我一潸然。"对当时人甚至对现在的读者来说，都无须注明，他所写的陈公，是陈子昂，他的家乡在射洪县，他受构陷而死，蜀人怜惜。如果要就诗的内容做解释，杜甫其他诗中那么多晦涩模糊的诗句才是要加原注的。

如果是杜甫自己写的原注，那么，杜甫似乎在说：我没有与王维碰瓷的意思，你看，我还写了陈公呢！只是，在我看来，恰恰是这个注，似乎暴露杜甫有点心虚——他似乎在说，老翟啊老翟，你不要说穿好不好！

杜公啊杜公，如果我理解错了，请原谅我。

05 王维的一个订单

1

入谷仙介论及王维的送别诗时，有个有趣的说法。入谷将王维的送别诗分为写给官吏和亲友两类。"送给官吏的大部分送别诗是冷静的，更确切地说是冷淡的、礼仪式的，多作于送别和作者官位大致相等的地方官赴任时，这些诗属于他的应酬诗群，无疑是使他获得桂冠诗人名声的重要因素……他和被送者之间不构成真正的对话，只是应所属官僚群体的好尚而作了这些诗歌。可以说，这实际上是他的一种诗歌的'骗局'，这种骗局好像从没有被人识破，而屡屡获得成功，请他作诗的'订单'也源源不断。"

前文论及的《送梓州李使君》大概率也应归入"订单"一列。虽然，王维与皇族中人多有往来，《新唐书》载王维"名盛于开元、天宝间，豪英贵人虚左以迎，宁、薛诸王待若师友"，但王维与诗题中的梓州李使君之交往未见于正史野史，将他们的交往归入应酬，将《送梓州李使君》归入"订单"之作，应大致不错。

应酬诗胜过真情诗，正如奸臣的书法刚正不阿，宋之问的诗句真情感人，这是艺术超道德的幽默；此处且按下不提，我想说说王维的另一个"订单"。

送邢桂州

铙吹喧京口，风波下洞庭。

赭圻将赤岸，击汰复扬舲。

日落江湖白，潮来天地青。

明珠归合浦，应逐使臣星。

有意思的是，我发现（我是写此文才发现的），被方回赞为杜甫离别诗之冠的《衡州送李大夫七丈勉赴广州》，与王维的《送邢桂州》构成有趣的对照。（此前已多次提及此诗，故在本文中以王维诗为主，以杜甫诗为辅进行比较。）

先列出杜甫《衡州送李大夫七丈勉赴广州》：

斧钺下青冥，楼船过洞庭。

北风随爽气，南斗避文星。

日月笼中鸟，乾坤水上萍。

王孙丈人行，垂老见飘零。

再逐句对看。

一、二句。"铙吹喧京口，风波下洞庭。"作者在京口送别邢桂州，铙吹鼓歌，仪仗威严而隆重；长江一片苍茫，一直通到洞庭。杜甫诗首句："斧钺下青冥，楼船过洞庭。"也写到了威严的仪仗、隆重的送行和船之将到的洞庭湖；但王维在视觉上更加上了听觉，读者获得的感官体验是立体的——王维作为一个音乐家，此处胜出杜甫一筹。

三、四句。"赭圻将赤岸，击汰复扬舲。""赭圻"为安徽繁昌一带的古城，"赤岸"，长江岸边，山岩呈红色，多地都有地名曰"赤岸山"。"汰"是水波之意，"舲"是有窗的船。"击汰复扬舲"化自屈原的《九章·涉江》："乘舲船余上沅兮，齐吴榜以击汰。"以"赭圻"对"赤岸"，描写所经之地，尽显王维高超的丹青之才和广博的地理知识；以"击汰"对"扬舲"，描写船之行进、波涛涌动，也显示王维谙熟典故，淹博灵动。

沈德潜《说诗晬话》云：对仗固须工整，而亦有一联中本句自为对偶者，五言如王摩诘："赭圻将赤岸，击汰复扬舲"，方板中求活，时或用之。

杜甫诗中"北风随爽气，南斗避文星"也用了句内对仗法。我不想粗率断言杜甫此处一定学习/沿袭了王维的诗艺，但，如果两位伟大诗人的诗句中能显示出影响和学习的痕迹，其实是很美好的一件事。钱锺书先生指出"当句有对，加上重言错综"的体式，是创于杜甫，如"即从巴峡穿巫峡，便下襄阳向洛阳"（《闻官军收河南河北》）；"桃花细逐杨花落，黄鸟时兼白鸟飞"（《曲江对酒》）；"戎马不如归马逸，千家今有百家存"（《白帝》）。后又补订王维《送方尊师归嵩山》："山压天中半天上，洞穿江底出江南"也是用了此法。可见，此一"当句有对，加上重言错综"的体式，是创于王维，而被杜甫发扬光大了。

五、六句。"日落江湖白，潮来天地青。"此联气象阔大、意境苍茫，为本诗之精魂，向为历代诗评家所激赏。黄昏日落而江湖显露苍茫之白，潮水涌来而天地呈暗青之色，非是王维这样的丹青高手，复有何人能轻松写出？

曹雪芹也借香菱之口赞曰："再还有'日落江湖白，潮来天地青'：这'白''青'两个字也似无理。想来，必得这两个字才形容得尽，念在嘴里倒象有几千斤重的一个橄榄。"

杜甫诗中的"日月笼中鸟，乾坤水上萍。"则呈现宇宙气象。作为一个古代人，此老从何处获得如此高远的视角？杜甫总是给人带来震撼和惊奇——可能是几十年后，可能是几百年后，可能是一千多年后。

七、八句。"明珠归合浦，应逐使臣星。"合浦也在广西，据《后汉书·孟尝传》记载，此地自古出产海上珠宝，而不生产粮食，当地依靠与交趾（越南）发展商贸而维生。此前地方官员非常贪酷，采珠商户只能将商贸移至交趾，导致当地商贸凋敝、民不聊生。自孟尝赴任后，革易前弊，去珠复还，百姓也回迁，此地又繁荣起来。此处，王维用典恰当，规谏机警——王维的意思：你邢桂州一上任，当地的政风一下子就会清明起来；这既是警示，也是鞭策。虽然，在送别诗中写出推心置腹、谆谆善诱的规谏和劝勉，向为杜甫所长；但是，不得不承认，毕竟王维多年为朝官，且曾一度负责选任地方官，他在诗中末句说出的规谏、劝勉之语，往往更加击中要害，再加上用典精当，文辞含蓄，规谏、劝勉的艺术性更高，一首离别诗的完美度往往更好。

"王孙丈人行，垂老见飘零。"杜甫在末句哀叹自己垂老飘零，似有乞求相援之意。这不是离别诗的好结尾。但是，杜甫诗时常呈现强烈的对比，此前的宇宙气象壮阔有力，此处的垂老飘零则低落无力。这种反差是另一种艺术魅力。

2

我为什么认定王维的这首《送邢桂州》是他接的一个"订单"呢？

史书记载邢济上元元年（760）任桂州经略使，但安史之乱后，王维一直在长安任职，不大可能在京口送别他。故陈铁民先生认为，此诗当是王维在开元二十九年（741）自岭南北归，经过京口时送别邢桂州而作。此邢桂州并非邢济，应是另有其人。

也有人认为："邢桂州即邢济，肃宗上元二年任桂州都督，《唐文粹》卷九八收有萧昕《夏日送桂州刺史邢中丞赴任序》，王维有《送邢桂州》。"

不管此邢桂州是邢济，还是别人，此邢桂州未在王维的朋友列表之内，应该是肯定的。读萧昕《夏日送桂州刺史邢中丞赴任序》则可知，邢济赴任之前，有多人作诗作文，为其送别，结集之后，由萧昕作序（"仆以渭阳之故，而首序云。"）。

王维诗中的邢桂州若是邢济，则要么王维在上元二年（761）夏日正好在京口，要么王维在长安作诗，而悬想自己在京口送别邢济。若邢桂州确是邢济，则此诗可肯定为"订单"作品了。唐朝官员赴任外地，多有同僚好友为其送行。送别成了大型的社交应酬活动。想必这个邢济特别热衷这种应酬吧，他一定托人找到王维，让他为自己写一首送别诗。王维是当时的天下文宗，能得到他的送别诗，该是多么荣幸。邢济不只是荣幸，他的名字已经跟一首千古名诗连在一起。

3

王维诗的流传和湮没，恰与杜甫诗形成对比。据《旧唐书·王维传》：代宗好文，常谓缙曰："卿之伯氏，天宝中诗名冠代，朕尝于诸王座闻其乐章。今有多少文集，卿可进来。"缙曰："臣兄开元中诗百千余篇，天宝事后，十不存一。比于中外亲故间相与编缀，都得四百余篇。"

王维诗名冠代，也擅长丹青，称自己为"当世谬词客，前身应画师"；似乎，他对自己的诗并未特别珍视，故，经过战乱，他的诗仅留存四百余首。——这其中，还有邢济的一份功劳啊！我猜：当王缙奉代宗之命收集王维诗，邢济，这个热衷应酬之人，立马把这首《送邢桂州》呈递；要是没有这个邢桂州，王维的诗又要少一首啊。

杜甫的情形则是：在其有生之年，他的诗名与王维相比就几乎是无名小卒。但杜甫视诗如命，他对诗歌是有使命意识的。饶宗颐先生说杜甫"于诗益视为一生之事业，造次既于是，颠沛亦于是"。其句云：

> 诗是吾家事，人传世上情。
> 诗名惟我共，世事与谁论。
> 尚怜诗警策，犹记酒颠狂。

其在射洪吊陈子昂诗句云："有才继骚雅"，"终古立忠义"，不啻夫子自道。

杜甫传诗一千四百五十多首。时间流逝，杜甫的诗名渐渐盖过王维。如果时间对人存有感情，则对在世的王维，似有温暖，其离世后，则有点残酷；对在世的杜甫，全是残酷，其离世后，却越来越温暖——九泉之下，王维若是碰到杜甫，当嫉妒杜甫吧！

钱锺书在《中国诗与中国画》一文中说：

中唐以后，众望所归的最大诗人一直是杜甫。借用克罗齐的名词，王维和杜甫相比，只能算"小的大诗人"（un piccolo-grande poeta），而他的并肩者韦应物可以说是"大的小诗人"（un grande-piccolo poeta）。

真是刻薄无情！钱锺书在《围城》里讽刺那些虚构自己很富有的人："这类的话，他们近来不但听熟，并且自己也说惯了。这次兵灾当然使许多有钱、有房子的人流落做穷光蛋，同时也让不知多少穷光蛋有机会追溯自己为过去的富翁。日本人烧了许多空中楼阁的房子，占领了许多乌托邦的产业，破坏了许多单相思的姻缘。"

但王维诗才的富有，肯定不是钱锺书所能轻视的。他的诸多好诗，是真的湮没在战火中了。我把杜甫诗与王维诗比较，希望呈现王维的大诗人风采——摩诘兄，他不是一个憋屈的"小的大诗人"。

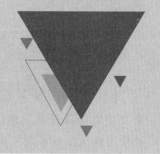

第七辑

杂　咏

01　杜诗中的台州方言

【台州是杜甫晚年最牵挂的地方之一，因为他最好的朋友郑虔贬谪在那里。我读杜诗，"捡"到几句方言。方言的适用地域很难界定，有些可能只限于几个乡镇的人在用，有些可能超出台州范围，只能用个方便的说法——台州方言。】

杜甫在夔州时，地方官很照顾他，让他管一片公田。他"拾穗许村童"，就是允许村童捡稻穗，这让我很感动，小时候的拾穗经历如浮眼前。以前的日子，二十世纪八十年代初期吧，我们是不放过任何一粒粮食的。稻、麦、番薯、土豆收获后，我们这些小孩子都是要去地里搜一遍，捡些残留，我们叫"捡生"——"生"应该是"剩"的意和音吧！"捡生"细分为"捡稻生""捡麦生""捡洋芋生"等。碰到有些主家，就会很凶地赶我们走，有些主家，就笑眯眯地允许我们捡。

你知道的，那个笑眯眯的，有可能就是杜甫哦！

杜甫在夔州时，五十七八岁的样子，如果在我们村里，小孩子就要叫他"公"，或者"阿公"，亲切一点就叫"子美公"，更亲切一点就叫"美公"。看杜诗注本，古代注家就往往尊称杜甫为"公"，说"公游齐赵"，说"公游奉先寺，夜宿而作也"。这些注家，就好像是我一样，因为照我们村的说话习惯，我应该这样说的。如果村里长辈知道我口口声声"老杜""老杜"，肯定要说我不懂礼貌的——应该叫"公"的。

发现没有，普通话有时候不如我村方言有礼貌。

杜甫刚到成都时，高适的问候就来了，《赠杜二拾遗》："佛香时入院，僧饭屡过门。"——老弟啊，你是不是又到寺院里蹭吃了。

杜甫回答，《酬高使君相赠》："故人供禄米，邻舍与园蔬。"——兄弟啊，我没去寺院蹭吃，还是老朋友关照，送了些米，邻居也很好，送了些蔬菜给我。

"邻舍"是台州方言，我爸妈一代还在用，比方说，他们可能这样描述杜甫的好邻居，"杜甫那隔壁邻舍死客气的，总是送些蔬菜给杜甫"。

杜甫在《从人觅小胡孙许寄》写过他曾经想弄个小猴子给家中的小孩子解解闷。诗题中的胡孙，即"猢狲"，现在还在用，在我老家，"小猢狲"就是小孩子的意思。看到小猴子的机会不多，但在村子里每天都能看到小孩，你说一句"小猢狲，别乱跑"，没人觉得你在骂人。

杜甫最喜欢他的小儿子宗武，在《元日示宗武》里提到"汝啼吾手战，吾笑汝身长"，在《又示宗武》再次提到"假日从时饮，明年共我长"。杜甫晚婚晚育，在夔州时，宗武才十几岁，正是长身体的时候。说长高了，不说"高"，说"长chang"，跟我一样高，说"共我长chang"。这是台州方言。

杜甫有句"客从南溟来，遗我泉客珠"。贺知章句："儿童相见不相识，笑问客从何处来。"

爷爷奶奶在的时候，如果有外地（也就是非本村本乡）同学去我家玩，他/她就会悄悄地问我：这客哪里来的。说"客"而不是"客人"，真是唐诗语句啊！到我爸妈这一辈，就说"人客"，现在则统一成"客人"了。

杜甫诗里也写到过"人客"。

杜甫《遣兴·骥子好男儿》写道："骥子好男儿，前年学语时。问知人客姓，诵得老夫诗。"

杜甫《陪王使君晦日泛江就黄家亭子二首》写道："非君爱人客，晦日更添愁。"王建《田家留客》诗云："人家少能留我屋，客有新浆马有粟。"

清代的洪仲说：公诗"问知人客姓"，王建诗"人家少能留我屋"，"人客"二字，盖当日方言。——洪仲先生，"人客"现在还是台州方言呢，不过说的人越来越少了。

杜甫有《舍弟观归蓝田迎新妇，送示两篇》，诗题中的"新妇"，我村方言也在用。

"新妇"在我村，发音近"新户"，以前我听到"新户""新户"，我怀疑是普通话"媳妇"的转音，但是，因为"新娘子"在方言里是"新户娘"，那么来自"新妇娘"的可能性会大一些。

就像杜甫弟弟迎娶"新妇"，"新妇"一词作为妻子的用法，总有个期限吧，新娶的妻子，一年内、两年内叫"新妇"，是可以的，十年后，总不能叫"新妇"吧？

但是，在我村，人家老婆娶来二十年了，她还是那个人的"新妇"。

王辉斌教授认为，唐人把结婚多年的妇女叫作"新妇"，是对其妇的尊称或新称，如白居易在与元配杨氏结婚数年后，还是称其为"新妇"。见《初除户曹，喜而言志》："弟兄俱簪笏，新妇俨衣巾。"

这么说来，我爷爷奶奶并没有用错，而且他们在用"新妇"一词时，是比较古雅的，是尊重妇女的。

杜甫喜欢用方言、俚语。有一年杜甫在从弟杜位家过年，《杜位宅守岁》写道："守岁阿戎家，椒盘已颂花。"《通鉴注》：晋宋间，人多呼弟为阿戎。两晋南北朝时，俚语中弟弟叫作"阿戎"，看来唐朝时也这么叫。

俚语方言中有些词最好玩的就是，你不知道这是怎么来的，就像这个"阿戎"，啥意思啊，为什么就成了弟弟呢？

杜甫用了一次"阿戎"，当然是不够的。
后来杜甫游玩梓州时有诗《答杨梓州》：

> 闷到房公池水头，坐逢杨子镇东州。
> 却向青溪不相见，回船应载阿戎游。

这首诗在诗艺上没有任何突出之处，杜甫为什么要留下这首呢？就是因为他要写下"阿戎"这个词。这样，他很开心。

普通话"妻子"一词，有好几个方言词对应，可以弥补"新妇"的用法的缺陷。我村在用的，有"女客"，用法："她是小明的女客" = "她是小明的妻子"。"女客"加个后缀，就成为统称，用法："她是女客人"，表示，"她是嫁了人的女人"。

"老醇"，意思和用法完全与"女客"相同，"她是小明的老醇" = "她是小明的女客"，"她是老醇人" = "她是女客人"。

台州人把老婆叫"老醇"，宁波人把老婆叫"老侬"，不知道这是怎么来的；"老醇""老侬"从来没有人能说清楚怎么写，这几乎是台州及宁波方言区里的一个千年之谜。

我为什么这么啰啰唆唆地说这么多"妻子"一词的多个对应方言？我是要引出一个可怕的现象，当某个语言/方言里极端依赖一个词表达某重要或美好事物时，会造成怎样的灾难。

先想象一下，如果汉语里表达"钱"这个概念，就只有一个词"钱"，没有"金""银""财""宝"，没有"财富"，等等，这会是造成什么情况？

想象不出吧！

杜甫《观公孙大娘弟子舞剑器行》是描写唐代舞蹈艺术的不朽诗篇。

公孙大娘，是指公孙家排行老大的女孩子，如果排行老二，就叫公孙二娘。

在我村，"大娘"就是普通话里的"姑娘"。

根据"公孙大娘"的正确用法，"大娘""二娘""三娘"，所有这些"娘"合起来才称为"姑娘"是吧。但是，我村方言，要么就是像"新妇"那样，忘了正确用法了，要么就特别聪明，用上了指代法，以一指百，就用"大娘"表示"姑娘"了。

这里的情况有点复杂，我要带上英文阐述。

在核心的越剧方言区（台州也是），"姑娘"表示"姑妈"（aunt），而不是girl，如，方卿唱：势利姑娘太无情，言行轻薄我方卿——说的是他姑妈太势利了。但在《五女拜寿》里，小生唱：请姑娘放心喝下这暖肚汤，这里是南京城外邹家庄——此处的"姑娘"指的是girl，因为南京已经在官话区了。

"姑娘"（girl）在我村方言里，只有"大娘"一词。"大娘"的发音是"渡娘"+方言的变音，为了表示发音，以"渡~娘~"表示（所以也请放心，看到"大娘"两字，我头脑中不会跳出girl来）。

在我村方言里，代表girl的词，除了"渡~娘~"，没有别的词，如"少女""女郎""女孩"一起来分担表意的职责，我村方言中，又极度匮乏形容词，没有什么"妩媚""妙龄""青春"这些词语。而且懒惰，比如说，我年轻时，旁边有个男孩子，他的手很白嫩，你不说他的手"白""嫩"，直接就说，你这"渡~娘~"手，"渡~娘~"就直接当形容词用了。伙伴的脸马上红了，旁边的人也不敢碰他的"渡~娘~"手了。

"渡~娘~"一词的威力如此巨大，以至于听到这个词本身，就仿佛听到了甚至看到了这个词所代表的一切。

所以，几十年前，一个"渡~娘~"单身一人走在乡间的路上，是一件需要勇气的事。

注意，上面的话既是实指，也是隐喻。一个girl孤身在走，也是一个词孤身一人在方言里走。

几十年前，我们这些瓜娃子一起放牛，看到一个"渡~娘~"在路上走过，有时候会起哄：渡~娘~，去哪里啊……

这时候，这个"渡~娘~"需要一个防身武器。

在我村方言中，骂人的词汇是很丰富的，其中一种既干净又强大，特别适合"渡~娘~"防身用。

各种工具，特别是农具。比如"簸箕"。"簸箕"加个后缀，就有了它的小名"簸箕欠"（"欠"可能是"篋"），"欠"，锐利的去声，像神话战史中被主神俘虏的战将，化作强悍的护法，铸就了"簸箕欠"这一强大武器。（其他武器还很多，但我怎么也想不出了。我也不好打电话去问以前骂人的词汇。）

只见这个"渡~娘~"镇定站住，对着瓜娃子大骂：你们这些"簸箕欠"，你们这些"×××"……

瓜娃子们落荒而逃。

02　艺术的宽免

　　《格律的放假和语言的偷情》里提到杜甫出了个上联"格律的放假"，我后来想到，其实可对个下联——"艺术的宽免"。只是，我所举的所有文句都来自钱锺书先生的《管锥编》和《宋诗选注》。一方面，要对钱锺书先生表示敬意和感谢；另一方面，也要埋怨一下——全部抄你的，我是自尊全无。不过，这也可称为"面子的放下"。

　　据吴小如先生转述，钱锺书是这样讲解《江上值水如海势聊短述》前四句的。"为人性僻耽佳句，语不惊人死不休。老去诗篇浑漫与，春来花鸟莫深愁。"——我性喜作诗，最耽溺于出语惊人。如今年纪大了，写诗漫不经心，随随便便了；因此，春天的花草也不必发愁担心，怕被我刻画得惟妙惟肖了。

　　钱锺书先从画画讲起，说画画如果描摹得很像，就会赋予所画之物以生命。

　　《顾恺之》（出《名画记》）桓玄诳语："妙画通神，变化飞去"，在此数则中遂坐实矣。画形则神式凭之，故妙绘通灵能活，拟像而成实物真人。言虽幻诞，而寓旨则谓人能竞天，巧艺不亚于造化，即艺术家为"第二造物主"(a second maker) 之西土常谈也。

　　当画家（也扩及所有艺术家）有临摹对象时，那么画得越像（也扩及雕塑、诗歌、摄影等其他艺术表现形式），对临摹对象的损害也越大，甚至会"画杀"——引发死亡。钱锺书举了许多例子，略引一例。

《怪松》（出《酉阳杂俎》）："每令画工画松，必数枝衰悴"，是后说之例。他如《水经注》卷十三《漯水》："昔慕容廆有骏马，赭白，有奇相，逸力至俊，光寿元年，齿四十九矣，而骏逸不亏。俊奇之，比鲍氏骢，命铸铜以图其像，亲为铭赞，镌颂其旁，像成而马死矣。"

钱锺书也说到诗歌。

钱：画松而松枯，图马而马死，此意类推及于诗咏，则"花鸟"之"愁"少陵，"山川"之"怕"诚斋，指归一揆。

花鸟们很怕杜甫——少陵啊少陵，你描写得这么惟妙惟肖，那不是要"写杀"我们吗？所以，杜甫作了保证，"老去诗篇浑漫与，春来花鸟莫深愁"——花鸟们，不要太担心，我年纪大了，写诗漫不经心一点，不会伤到你们的。

另外，钱锺书还举了下面的例子，都是表示诗歌伤及物类的。

韩愈《荐士》诗："勃兴得李杜，万类困陵暴"；唐扶《使南海道长沙，题道林岳麓寺》："两祠物色采拾尽，壁间杜甫真少恩……"

但对上引唐扶诗句《使南海道长沙，题道林岳麓寺》："两祠物色采拾尽，壁间杜甫真少恩"，我要说几句。

当年杜甫游访道林岳麓寺，在《岳麓山道林二寺行》中写道："一重一掩吾肺腑，山鸟山花吾友于。宋公放逐曾题壁，物色分留与老夫。"杜甫说：山鸟山花都是我的好朋友；宋之问先生曾经留下诗句，承蒙他笔下留情，还没把所有东西都写光，还留下了一些东西我可以写写。——这意思其实是，你如果写了松树，那我还可以写写梅花。

唐扶来到这里，当然知道之前杜甫对宋之问的留言。他说杜甫"少恩"，意思是：你太狠了，你把所有物色都写尽了，也不留一点给我；他不是说杜甫描摹太真，伤及物类，而是说你把可写的都写光了。这固然是赞美杜甫诗艺高超，但他可能也真的有点生气了，对杜甫这个前辈在诗里就这么直呼其名了。

我查了一下，唐扶的《使南海道长沙，题道林岳麓寺》是一首二十六句排律，这么洋洋洒洒地写了一通，还说杜甫少恩——没留点东西让他好写，实非真诚之作也。他写这首诗时，可能也想顺便跟杜甫撒撒娇。可是有这样撒娇的吗？我感觉有点不太礼貌。

这岳麓山上寺院的诗壁，恰如不同时期诗人的留言板、对话框；略显遗憾的是，唐扶似乎有点为了凑句而拟意，真诚度略缺。

话说回来，写诗也好拍照也好，都不能描摹太像，要懂得手下留情，不能伤及物类。（开个玩笑）

几周前，早春的水汽蒙蒙的一个傍晚，我经过一个公园，抬头一看，还没长叶的树枝在灰蒙蒙的天空映衬下，像一幅线条清晰的水墨画。为什么是水墨画，因为黑白相映。我拿起手机拍，但是，手机一定要把天空自动加了蓝色；怎么也拍不出灰蒙蒙的天空。我只能放弃拍下这张水墨画了。

这又是一个下联，叫"技术的欺骗"。

03　杜甫诗踪之巩义洛阳

1. 杜甫故里

6月11日。约11时春秋航空到洛阳机场，打车到洛阳龙门高铁站。12时47分到13时01分，到巩义南高铁站。坐77路公交车到巩义城区，司机开车极慢，让人印象深刻。

77路公交终点是巩义汽车站，问路边的出租车到杜甫故里多少钱，答曰20元，"滴滴打车"10元不到。我到路对面坐车的时候，看到了汽车站对面的高大的杜甫像，匆匆拍下了一张照片。

杜甫故里景区的门票要50元，现在实收30元。杜甫故里所在的南瑶湾村已经拆迁，现已成为一个很大的景区。景区大门正对的，是一座高大的杜甫像，杜甫向前微倾，沉稳慈目注视游人走过百来米长的杜诗书法之引路。

经过杜甫像后，就是检票的大门。我问检票的大爷，笔架山在哪里。

20世纪80年代初，萧涤非教授领衔注解杜诗全集，为更好地理解杜甫的诗意，注解组沿杜甫的足迹重新走了一遍，写成一本《访古学诗万里行》，这本书至今仍是最好的杜甫之路导游书。看了这本书，相当于已经神游了几遍——景区这么大，最重要的就是笔架山和诞生窑了。

检票大爷指了右前方的小门：从这里出去，左看就是笔架山了。

走到笔架山的前面，我发现山体如此袖珍。山的高度目测就二三十米。我从右侧石榴林拍了几张山体的全身照。（园子里很多石榴树，此时一半开的是花一半结的是果，我竟一时想不起这是什么树。）左侧可沿台阶上去，有几个房子，是员工餐厅。只得又下来。

我这次游程中错过了许多地方，这个端午假期洛阳一带非常闷热，有时候心浮气躁，没仔细看就走开了。当我写回忆文的时候，却发现有些地方没看。

笔架山的背面，有个小池子，就好比是杜甫的砚池。我没绕到山背后去看，当时压根就忘了。还有，杜甫在诗中说自己"忆年十五心尚孩，健如黄犊走复来。庭前八月梨枣熟，一日上树能千回"。园子里有个枣树塑像，有个少年杜甫正在爬树。这个杜甫爬树的点我又错过了，我现在都在好奇，在铁铜枣树塑像的边上，有没有栽几棵真的梨树、枣树。还有，杜甫爬树的身姿灵活逼真吗？

从笔架山的左侧腰下来，来到杜甫诞生窑。窑洞顶上的"杜甫诞生窑"是郭沫若题字，窑洞窄长，2~3米宽，十几米深。离门口不远是一个清朝官员写的"诗圣故里"石碑。有个杜甫小塑像，立在最里头，几个盆栽拱卫着。这是个神圣的地方。

我后来想明白一个事情。在多山的南方，几乎每个县都会有一座或几座"笔架山"，天地造化灵气所钟，此地就会出文人、雅士、进士、举人、院士、教授。而巩义一带，平原起伏，山都低矮。但此山接续西来的高大山系，似乎是山系力道的终点。此山是小，但好也就好在这个"小"，杜甫的诞生窑，就在山体里边，而山体是这么小，就杜甫一户人家在此筑窑，文脉力量尽为杜甫所得，这是杜甫诗才如此壮大的地理原因吧！

景区很大，我接着就在园子里走马观花地乱看。假期前一天，再加上闷热无比，偌大的园里就我一个游客。杜甫的晚年在西南地区漂泊，我沿着杜甫的足迹走向西南地区（展区），也就走到了景区的出口附近。有一个杜甫的坐像，老年的杜甫很落寞孤独，我跟他握了手。有个大爷，可能是景区的工人，坐在回廊上休息。我问他园子里半花半果的是啥树，他说是石榴。

景区大门外是个停车场，没停一辆车。我问收停车费的老张，怎么游客这么少，他说可能因为天气太热吧！我问他杜氏后人所在的寺沟村要怎么走，他跟我解释有两个寺沟村、两个河洛镇，总之地名的变动沿革比较复杂，杜氏后人难以找到了。最后老张问我，杜甫和李白谁更伟大。这真是个灵魂之问，我只能说，他们两个都很伟大。

查阅地图时，我发现河洛交汇处离杜甫故里很近，于是打车到河洛汇流景区。我让司机等我二十分钟，下一程去巩义康店镇以及偃师的杜甫墓，让他计算一下车费。

我走向交汇点，几百米的土路，左边看去是浑黄的黄河，右边则是清亮的洛河。站在交汇点，还可以看到黄河中一个冲积形成的平坦小岛。

杜甫的诗往往被形容成"浑涵汪茫，千汇万状"，他吸收了前人的源流，形成自己的风格。黄河、洛河堪称中华文明的重要支脉，杜诗恰如河洛交汇，杜诗的伟大是与杜甫出生地的壮伟相应的。

2. 杜甫墓

车子往康店镇去的路上，我看到几处房屋内嵌在山体里，有点类似于杜甫的诞生窑。想不到河南一带也有窑洞，印象中陕北才有。司机就说，杜甫故里附近有个村庄，还有一些窑洞式民居，本来可以去看看，现在开远了就不去了。哎哎，看来这次一路都要错过一些东西了。

杜甫墓在全国有八处，位于康店镇的算是离故里最近的了，是在清朝经地方官员确认的。墓园里边花木繁盛，还有一个"诗圣碑廊"，撰刻书法名家的作品。我在墓园里走了一圈，约十分钟，就出来了。这个墓园看起来有点粗糙简陋，却凝聚了当地民间文化人的多年心力，后来在网上看到墓园的修筑经过，也是感佩。

另一个墓园在偃师第三中学边上。司机是巩义本地人，他说只知道巩义康店镇有杜甫墓，却不知在偃师也有。我跟他解释全国有八处，让他认识到这位千年前的老乡有多受人敬重。

到了偃师第三中学边上，我下了车，打听墓园怎么走。一个大妈说：杜pǔ（朴）墓啊，往前走向左拐。不知这位大妈是偃师本地人还是外地人，在我老家，是有许多人把杜甫念作杜pǔ（朴）的。

往前就是偃师第三中学的正门。偃师第三中学现在的名字叫杜甫中学。我看到几个中学生在校园里走动，想象他们是怎么看待杜甫的，他们是不是有特别的感觉。门卫大爷正在关门，我又问怎么走，他说不能穿过校园，杜甫墓在校园后门对面，需要左转绕过去。

继续向前，左转进入小巷，有个老太太在做手工活。我问路，她说，杜甫啊（她没说杜甫墓，说杜甫，让我很感动），往前右转，有个工地，门是半关着的，进去再往里走就是了。

进铁门，往前一百多米就是墓园。三个大墓，分别是杜甫的先祖杜预，杜甫的祖父杜审言，和杜甫墓。整个墓园地表裸露，看起来像个大工地，工人们正在对墓地进行翻修。我拍了几张照片便出来了。

这个地方古时叫尸乡、土娄庄、陆浑庄等，杜甫年轻时曾筑土室居住这里，缅怀他的先祖杜预。此前在我想象中应该在首阳山下，至少也有个小山在边上，可能千年沧桑巨变，有小山也被推平了。现在旁边有个公交车站叫杜楼，想必这名字是从土娄庄演化而来，又跟杜甫搭上边。

在杜楼站上了公交车，一路直达洛阳客运站。找了家宾馆入住。

3. 龙门石窟

6月12日。打车到洛阳博物馆。9时开始有个免费的解说，就跟着解说员看各种青铜器，哪种是盛荤菜的，哪种是盛素菜的，哪种是用于祭祀，哪种用于婚嫁。又看博物馆必看的几大宝物。当时很大满足，现在已经全忘了。

我请教解说员，隋唐时期的天津桥位置在哪里。她说位置相当于现在的洛阳桥。

从洛阳博物馆出来，就打车到洛阳桥南面路边，吃了一碗刀削面。经过昨天的尝试，我已经放弃本地特色的牛肉汤、羊肉汤了；不过这碗刀削面却特别好吃。

不过，如果当时我知道李白也在这一带吃过饭，我会兴致更高。

李白在《忆旧游寄谯郡元参军》里一上来就写："忆昔洛阳董糟丘，为余天津桥南造酒楼。黄金白璧买歌笑，一醉累月轻王侯。"真是会吹牛！可能这"董糟丘"酒楼老板对李白很热情，李白就当仁不让地吹这酒楼是替他造的了。

为李白造的酒楼在天津桥南，也就是洛阳桥南位置，写此文时我把它想成是我吃刀削面的饭店位置。天津桥是隋唐洛阳的一个重要坐标，我接下来会探寻的（就把洛阳桥当作天津桥吧）。

吃好面，我在犹豫下午该去哪里。这天很闷热，去龙门石窟会热死的，上清宫则在森林公园里，会凉一些。上车后看到天上的几片云，我又改去龙门石窟。

从景区门口到真正的石窟位置，要走很远的路（至少有3公里）。我理解景区管理者的好意，我们该多走走路，锻炼身体，顺便欣赏清澈的伊河和岸边飘荡的柳枝。

龙门山和香山夹伊河而峙，形如天门，故称伊阙。

我们先从西侧的龙门山走起。大多石窟的塑像都已被风化或被盗割，佛像（还有菩萨像、罗汉像等）这么多年面对自然力和人力的恶意，真是不容易；现在，这么多游客爬上爬下，瞻仰敬拜，这是应该的。

我也爬上爬下了好几处石窟，大多没多少印象，直到来到奉先寺石窟。

奉先寺是龙门石窟规模最大、艺术最为精湛的一组摩崖型群雕。卢舍那大佛据说是武则天48岁时容貌的再现，主像两侧的二弟子、二菩萨、二天王及力士等十一尊大像也均栩栩如生。石窟所在的平台高耸开阔，从远处也能清晰看见；整个石窟犹如天地之间的大讲台，大佛自在说法，威严而慈和。

唐朝时，奉先寺是个寺庙，管辖着这一片石窟，往南几百米就是寺庙遗址。杜甫《游龙门奉先寺》：

> 已从招提游，更宿招提境。
> 阴壑生虚籁，月林散清影。
> 天阙象纬逼，云卧衣裳冷。
> 欲觉闻晨钟，令人发深省。

此诗被《杜诗详注》《杜诗镜铨》等编在第一首，可能是存世杜诗中最早的一首。《杜诗详注》将此诗系年在开元二十四年（736），此时杜甫二十五岁。一般印象，杜甫这人就是又老态又忧愁，但杜甫三十岁才结婚，三十四岁还和李白一起浪游山东，二十五岁的杜甫应该是一个充满活力的青年。

杜甫被视为儒者，但一生也与许多僧人交游（如赞公）；杜集第一首写其夜宿寺院，写夜观星象高处寒，晨闻寺钟有所悟，这也是个有趣的反差。如果让杜甫自己编杜诗，第一首是"会当凌绝顶，一览众山小"的《望岳》呢，还是"欲觉闻晨钟，令人发深省"的《游龙门奉先寺》呢?

卢舍那大佛已经在上元二年（675）完工，杜甫肯定去瞻仰过了，却未咏及。

我走过桥，来到伊河东侧。这边是香山，也有石窟，还有个香山寺，白居易的墓也在这边。可是在烈日下我一点心思都没有了。我遥看了几次卢舍那大佛，走向东侧的大门。

景区管理者的好意是一贯的，这边的停车场和公交站都离大门很远。

坐上公交车沿龙门大道返回洛阳城区。龙门大道一路向北，可经洛阳桥到达上清宫，洛阳桥（天津桥）和上清宫之间隋唐时是皇宫建筑，现在则是仿隋唐的应天门、明堂；这是一条隋唐洛阳城的中轴线。

这时候很适合读一首杜诗。《龙门》：

龙门横野断，驿树出城来。

气色皇居近，金银佛寺开。

往还时屡改，川水日悠哉。

相阅征途上，生涯尽几回。

杜甫的视线（或者是他想象的视线）是移动的，恰好走的是我坐公交的这条路，但是还要上延到伊河上游。古代的注解者往往不能理解杜甫的俯视（或者说电影的）视角，把前四句解释成杜甫在龙门山上看到的景色，这是不对的。金圣叹的演绎就很棒：诗人（或是其他进城人），沿着驿路向洛阳城奔去（按金圣叹的理解，还很急切），他穿过横野断开的龙门，驿路上的树木枝叶摇曳。高大壮丽的皇宫近了，金碧辉煌的佛寺开了。龙门也好，洛阳也好，每次看到都有不同，只有江河大地悠然不动，人生有涯，来回征途上，又有几个来回。

杜甫在洛阳的时候，日子还是悠哉的；他到长安讨生活的时候，日子才艰难起来。但从《龙门》看出，杜甫早早就发出人生的悲慨了。

休整一下，晚上逛夜市。十字街，鼓楼，洛邑古城，人很多。回宾馆，到大张超市购物，东西很便宜。

4. 上清宫

6月13日。下了小雨，天气凉一点了。坐36路公交车到上清宫森林公园。上清宫在公园里边，要走7~8分钟。上清宫建筑、路面都显得破败，艰难经营的样子。我来到二楼，墙上有张红纸写着历史悠久杜甫曾访云云（我竟然没拍照），有个年轻道士在看经文，我竟然也没跟他聊聊。（现在回想，整个旅程有点兴致低落，好多地方没拍照没探究。）

此地唐朝时建有玄元皇帝庙，杜甫在《冬日洛城北谒玄元皇帝庙》咏及：碧瓦初寒外，金茎一气旁。山河扶绣户，日月近雕梁。

当年的玄元皇帝庙高大耸立，登高可见洛阳城雕梁画栋、市井繁华，以及蜿蜒而过的洛河、伊河。

我站在上清宫二楼朝南望，只能看到近处的几栋住宅楼，看不到城区的全貌。

上清宫位于北邙山上，北邙山是中国古代最有名的墓葬地。这里坡度和缓，在我看来，不能称为山，仅是坡而已。我拿手机测了一下，海拔234米，市区海拔是144米。

我穿过森林公园，到路边打车到洛阳桥。

我在桥上往南走了几百米，看着洛河。昨晚河南电视台的端午节目《水下洛神》引起了很大轰动。但现在的洛河和两岸的景色都很平常。沿着桥面往北走，此时你想象是唐朝，那这座桥就是天津桥，北岸就是皇宫。

李白多次歌咏天津桥，先是美好时代的（安史之乱前）：

> 天津三月时，千门桃与李。
> 朝为断肠花，暮逐东流水。
> 前水复后水，古今相续流。
> 新人非旧人，年年桥上游。

> （《古风之十八》）

安史乱中，洛阳被叛军所占，遭到蹂躏，李白非常痛心：

> 洛阳三月飞胡沙，洛阳城中人怨嗟。
> 天津流水波赤血，白骨相撑如乱麻。
>
> （《扶风豪士歌》）

在探寻杜甫之路时碰到李白，真是让人愉快的事情，回想起来，这个旅程似乎因李白而丰富多彩一些。最后，我还要请李白唱一首洛阳之歌，结束这次杜诗之旅，《春夜洛城闻笛》：

> 谁家玉笛暗飞声，散入春风满洛城。
> 此夜曲中闻折柳，何人不起故园情。

【附赠小诗】

杜甫的巩义洛阳

在笔架山下，在河洛交汇处
寻找杜诗的源头
我忘记找到枣树和砚池
我忘记了石榴树的名字
还好离开前，我还记得跟年老的杜甫握手
还记得找回石榴半开花半结果的名字

老张，你问李白和杜甫谁更伟大

别急，现在我要告诉你
李白会在酒楼喝酒
会唱洛阳之歌

在康店镇，在偃师杜楼
寻访　杜甫墓地
我开心听到　杜朴　这个名字
还有做手工的老太说
杜甫在铁门进去的那边

在洛阳博物馆　看青铜器
能盛　荤菜素菜
在洛阳桥南　吃碗刀削面
仿佛就在　为李白造的酒楼

在龙门石窟　看佛像也沧桑
烈日下　我无心——瞻仰
还好，杜甫的第一首诗很冷
好似晨钟　令人发深省

在上清宫　看不到
山河扶绣户，日月近雕梁
我还是，来到天津桥　听李白唱：
前水复后水，古今相续流。
新人非旧人，年年桥上游。

04　天童寺唐柏：古树的美德

树是地球上最长寿的物种之一，每一棵古树都德高望重。

每年秋天，我都会去茅镬村看古树。去的次数多了，有点像老友见面，我会摸摸大树的树皮，张手拥抱那抱不过来的树干。这些古树都是三四百年以上岁数了。有两棵金钱松，并肩而立，一雄一雌，已超千年，它们挺拔直立，风姿卓然不可方物。几年前，我还能走到树边，抱抱这棵，又抱抱那棵，感到非常的平静和安然。现在，这两棵树被围栏隔开，我只能隔着几米远看着。这些古树，历经风霜雨雪和历史沧桑，像慈祥的老人，给人安定和悦。

几年前，我去天童寺。天童寺的古树很多，年龄600岁、800岁的很多。最古老的是寺内的一棵唐柏，已经1260多岁了。那一次我站在树前，看了一下底下匾文上的介绍，它是公元757年所栽。一算，它栽下的时候"安史之乱"进入第三年，杜甫那年46岁左右（和我彼时差不多）。一下子，我有点发痴。我想象着杜甫的一口呼吸，在长安或者此后的四川两湖，在地球的水汽循环中，总有几个分子到达天童寺，为这棵唐柏所吸纳。杜甫呼出的分子，成为这棵唐柏的体内分子。现在，这棵唐柏在呼吸，它呼出的分子中，说不定就有一个两个分子是杜甫留下的。

（杜甫759年末举家迁至成都，760年春建草堂于浣花溪畔。这年春天，他向朋友们讨要各种苗木栽种，他写有《萧八明府堤处觅桃栽》《从韦二明府续处觅绵竹》《凭何十一少府邕觅桤木栽》《凭韦少府班觅松树子》《诣徐卿觅果栽》等诗以纪其事。这些树比天童寺唐柏年轻3岁，该是唐柏的弟弟；这些弟弟与杜甫同归大化，天童寺唐柏还虬龙伫立。）

我站在这棵唐柏面前，好像一下子确定了我的身份，我是地球的暂时访客。唐柏则驻足在此，它是时间和历史的见证人。它默默伫立，它和我打了个招呼。

我走到上一个台地，从这里可以抓住唐柏的枝叶。柏树的叶子是收缩的，几乎不像叶子。我摘下一片两片，有好闻的香气。

杜甫于759年在秦州曾写下一首《佳人》，描摹佳人遭乱，零落失依。前人或认为杜甫确曾碰到这样一位佳人，或者认为是杜甫以香草美人自喻，自伤身世。诗中有"摘花不插发，采柏动盈掬"，我本以为此句有隐隐的情色暧昧，由杜甫这样的仁厚之人写出，别有风味。

昨天（2022年4月30日），我无意中翻看陆机的《文赋》。陆机是魏晋苏州人，居住在华亭，也可算是一个上海人；其临死前长叹"华亭鹤唳，岂可复闻乎！"此时读到，令人唏嘘。

《文赋》中写道："彼琼敷与玉藻，若中原之有菽。同橐籥之罔穷，与天地乎并育。虽纷蔼于此世，嗟不盈于予掬。"陆机说：那琼玉似的美辞丽藻，虽是纷纷蔼蔼到处都有，可叹我采的还不满一掬。而此句也来自《诗经》："终朝采绿，不盈一掬。"

读书和写作有时候会碰到突如其来的感悟，此即是也。这突如其来的共文/互文/context/inter-text提醒，让我意识到此处的"盈"和"掬"，主要不是让你把眼光转向美人之手，而是看向手中之物，你当理解采摘的不易，起爱物惜物之心。古时物稀人弱，每每劳作，收获往往不多，哪像现在，每每都是采尽挖绝，贪得无厌。试想，如果现在要形容一个人挖虫草，能用"摘花不插发，采柏动盈掬"吗？

如此看来，我那次，摘下一片两片柏叶，还是符合礼节的。

《逍遥游》：

惠子谓庄子曰："吾有大树，人谓之樗。其大本拥肿而不中绳墨，其小枝卷曲而不中规矩，立之途，匠者不顾……"

庄子曰："……今子有大树，患其无用，何不树之于无何有之乡，广莫之野，彷徨乎无为其侧，逍遥乎寝卧其下。不夭斤斧，物无害者，无所可用，安所困苦哉！"

译文：

惠子对庄子说："我有一棵大树，人家把它叫作臭椿；它那树干上有许多赘瘤，不合绳墨，它那枝杈弯弯曲曲，不合规矩。它长在路边，木匠都不看它一眼……"

庄子说："……现在你有一棵大树，担忧它没有用处，为什么不把它种在虚无之乡，广阔无边的原野，随意地徘徊在它的旁边，逍遥自在地躺在它的下面；这样大树就不会遭到斧头的砍伐，也没有什么东西会伤害它。它没有什么用处，又哪里会有什么困苦呢！"

我拟想我有一天能到山东的莒县，那里有一棵4000多年的古树，它一定听到过庄子上面那几句话（庄子可能在很近的地方走过）。它顶天立地，它是庄子哲学的见证。我要偷偷采下一片两片叶子。我要对钟表之神说，请给我来一勺庄子之糖。钟表之神必定遣派一人，此人提着一只无何有之桶，穿过树叶的一道细胞膜，来到一个很大的葡萄糖池塘，他轻轻放下桶子，打来糖液；再舀来一勺，那是庄子之糖。（具体可见《钟表的美德》）

05　杜甫与宁波

1

关于杜甫与台州，我此前已多次提及：杜甫最好的朋友郑虔晚年贬谪台州，成为台州的文教之祖；杜诗里还可读出诸多台州方言。

那宁波与杜甫能扯上关系吗？让我捋一捋。

杜甫晚年曾追忆青年时代的壮游快事，其中提及吴越的是以下诗句：

> 东下姑苏台，已具浮海航。
> 到今有遗恨，不得穷扶桑。
> 王谢风流远，阖庐丘墓荒。
> 剑池石壁仄，长洲荷芰香。
> 嵯峨阊门北，清庙映回塘。
> 每趋吴太伯，抚事泪浪浪。
> 枕戈忆勾践，渡浙想秦皇。
> 蒸鱼闻匕首，除道哂要章。
> 越女天下白，鉴湖五月凉。
> 剡溪蕴秀异，欲罢不能忘。
> 归帆拂天姥，中岁贡旧乡。

剡溪在嵊州，天姥山在新昌，都与宁波的奉化相邻，但是，都不在宁波。杜甫青壮年时未履迹宁波，晚年杜甫在梓州（今四川三台）流浪，他在《春日梓州登楼二首》里写道："厌蜀交游冷，思吴胜事繁。"他想念江南的好风景，但是，在他的想念之地里，应该没有宁波。

然而，宁波却以独特的方式，与杜甫拉上关系。

宁波鼓楼始建于唐长庆元年（821），已有1100多年的历史。它是宁波历史上正式置州治、立城市的标志。宁波鼓楼也叫海曙楼，所以宁波中心城区就叫海曙区。"海曙"一词，盖来自杜甫祖父杜审言的诗句也。海曙区里有条云霞路，有个地铁站叫"云霞路"站，也是旁证。

宁波鼓楼曾用名"明远楼""谯楼"，后毁于大火。明宣德九年（1434）重建，题名"四明伟观"。万历十三年乙酉（1585）又毁，太守蔡贵易重建，名"海曙楼"。

当时，有一首广为流传的《海曙楼》诗，由沈明臣所作，沈一贯为记，董大晟为赋。诗云：太守新成海曙楼，风光胜绝古明州。八窗晓射扶桑日，五夜晴披折木流。戍鼓沉沉催万户，漏声点点滴千秋。丹山赤水高深处，惟有甘棠咏蔡侯。

沈一贯是布衣诗人沈明臣的侄子，也是万历朝的首辅。他还写过一篇《海曙楼记》：楼之称海曙也，善哉！明受天命，厄僻隅，咸之乎光明，穷溟渤所至，浮天凿空而来，矧是东夏朝夕之池，襟带之国，长安之日，在骧首上者哉。……愿自今官我者一永怀明德，除我丰蔀守窔之扰，而楼乃尊安喜皞，无幢节貔武之扰，而东向巨浸，长耀其华丹，是所为名海曙哉！

显然，这一诗一记中"海曙"两字，当是取自杜审言的《和晋陵陆丞早春游望》：

　　独有宦游人，偏惊物候新。云霞出海曙，梅柳渡江春。

　　淑气催黄鸟，晴光转绿蘋。忽闻歌古调，归思欲沾巾。

　　大约武则天永昌元年（689），杜审言到江阴县任职。他与僚友陆某唱和，写下此名句。云霞与曙光同出海上，梅花和柳叶齐媚江春——这是何等春光，何等美景。江阴并不靠海而离海边已近，对于来自帝都的诗人而言，在江阴歌咏海上曙光，正是一种靠谱的想象。附带举一个不靠谱的，王维《终南山》首句即咏：

　　"太乙近天都，连山接海隅。"古人认为终南山可连绵到海边，这很不靠谱（但是，在古人的文化想象中，终南山是昆仑山的一部分，是连山接海的，这又是靠谱的。）宁波鼓楼所在的海曙区不靠海，离海也不远，说曙光来自海上，这不真实，但来自靠谱的想象，这对诗歌来说是贴切的，对楼名、地名来说，也是贴切的。

　　"云霞出海曙，梅柳渡江春。"音韵也很特别，高阳（就是写历史小说的那位）曾这样评析杜甫的声律：

　　"杜诗声律之妙，就妙在'异音相从'而能'和'。如起句第一字平声应用上平，即为杜甫的独得之秘：他对声律的体会，不仅能避'八病'，且能从'八病'中悟出变化的道理，充分运用异音之异，以求其和，当然，这也是渊源于他的家学；杜审言的五言近体，两仄相连，不用同声，如'云霞出海曙，梅柳渡江春。'上句末三字为入、上、去；下句二、三两字为上、去；杜甫可能由此启发，创造成'三声换用'的法则。"

　　高阳的声律妙论对我来说犹如玄谈，我只好保持宽厚的愚昧，多念几句"云霞出海曙，梅柳渡江春。"就当已领悟杜家爷孙俩的声律之妙了。

2

聪明如你，可能会说：老翟，你这不是忽悠我吗？宁波有个海曙区，"海曙"名字来自杜甫爷爷的诗句，这就叫宁波与杜甫的联系，你这不是忽悠吗？

呵呵！看来还要忽悠得详细一些，才不叫忽悠。

杜审言这人很有意思。《新唐书》说杜审言："恃才高，以傲世见疾。少与李峤、崔融、苏味道为文章四友，世号'崔、李、苏、杜'。"《旧唐书》说他："雅善五言诗，工书翰，有能名。然恃才謇傲，甚为时辈所嫉。"

杜审言狂傲到可笑，我在《杜甫与苏轼》一文中曾提及：

当年苏味道是杜审言的上司，一天杜审言对同僚讲：苏味道看到我的这篇判词，要当场死掉的。同僚大惊，细问为何。杜审言说：我的判词写得太好了，苏味道要嫉妒死的。

这样狂傲的人反倒显得耿直与可爱，对宋之问这样的奸猾小人具有致命的吸引力。杜审言病重之时，宋之问服侍极勤，一日杜审言对宋之问说：我死了，你们应该开心了。宋之问忙问：杜兄何出此言？杜审言道：我的诗文比你们都要好，我死了，就没人挡着你们了，你们不开心吗？

杜审言的诗文在其当代具有极高的声誉。宋之问赞其：言必得俊，意常通理。其含润也，若和风欲曙，摇露气于春林；其秉艳也，似凉雨半晴，悬日光于秋水。（《祭学士杜审言文》）陈子昂：杜司户炳灵翰林，研机策府，有重名于天下，而独秀于朝端。徐、陈、应、刘，不得劘其垒；

何、王、沈、谢，适足靡其旗。而载笔下寮，三十余载。秉不羁之操，物莫同尘合绝唱之音，人皆寡合。（《送吉州杜司户审言序》）

高阳说杜诗声律之妙得自家学渊源；而家学渊源，又何止声律——杜甫"感时花溅泪，恨别鸟惊心"就化自乃祖"啼鸟惊残梦，飞花搅独愁"；又，格律之严整，气息之绵长，排律最能体现，大多人作排律，六韵八韵就已力乏，审言则二十韵三十韵，子美则五十韵一百韵，声高力壮，无出杜家之门。

杜甫说"诗是吾家事""吾祖诗冠古"，纵有夸大，也非离谱。但杜甫命运多舛，诗路曲折。樊晃编《杜工部小集》时，提到"江左词人所传诵者，皆君之戏题剧论耳，曾不知君有大雅之作，当今一人而已"。杜甫在世时，其诗歌并未广泛为人所知；其死后几十年上百年后，经元稹、韩愈等人大力弘扬后杜诗才得以广为流播。

有一次，有人去成都郊外拜访杜甫，大概夸了几句他的诗文，他竟故作谦虚，"岂有文章惊海内，漫劳车马驻江干。"——我哪有什么诗文惊动海内，劳烦你车马劳顿来造访我——这就好比一个小网红发了张自拍照，发朋友圈说：我没有大明星的长相，就上镜一点而已。杜甫暮年的诗句："百年歌自苦，未见有知音"倒是他的真实写照。

所以，祖父的诗歌不单是杜甫的家族荣耀，也激励着他在诗歌之路上探索前进。祖父就好比是他头顶的明星，指引他的前路，在他无力时给他力量。而时移世易，曾经的明星光芒暗淡，曾经暗淡的小星光芒万丈。如今，提到杜审言，必然加一句，杜甫的爷爷，以作旁注。咏杜审言的名句，如响斯应，回声中都是杜甫的诗句。

鼓楼之声，镗镗鞳鞳，如海潮之涌；如鸣如扣，如响斯应。见"海曙"之光，如见子美，闻"海曙"之音，如聆杜甫。斯是宁波，杜甫不履而至，不至而留迹，岂非美谈乎！

3

历代杜诗研究者中，宁波人还是比较突出的。最突出者，当数王嗣奭和仇兆鳌。

王嗣奭（1566—1648），浙江鄞县人。四十三岁起研究杜甫诗，至八十岁，撰成《杜臆》，对于杜诗意旨有独到之阐发。王嗣奭是第一个把杜甫尊为诗圣的人。并很快被人认可。仇兆鳌认为明清以来杜诗研究"最有发明者，莫如王嗣奭之《杜臆》"，在诸家注者中，《杜诗详注》征引《杜臆》最多。

仇兆鳌（1638—1717），浙江鄞县人。仇兆鳌的《杜诗详注》最早刊成于康熙四十二年（1703），它是古代杜诗注释的集大成者，论杜集注释之详赡，几百年来无出其右者。今人再做杜甫全集的集注，也只能在《杜诗详注》的基础上进行补充。

王嗣奭和仇兆鳌都是鄞县人，而现在的海曙区在设区之前，都在鄞县范围内。所以，海曙楼，也在鄞县地域内。王嗣奭和仇兆鳌是听着海曙楼的钟声研究杜诗的，难怪这么厉害！

赞曰：诗圣之诗，源远流长。鼓楼之声，镗镗鞳鞳。海曙云霞，其音宏大。如鸣如扣，如应斯响。诗圣之风，山高水长。见海曙之光，如见子美。闻海曙之音，如聆杜甫。斯是宁波，诗圣未临。不履而至，不至留迹。伟哉杜甫！壮哉宁波！

06 杜甫的趋庭

1. 杜甫的一首早期诗作

登兖州城楼

东郡趋庭日，南楼纵目初。
浮云连海岱，平野入青徐。
孤嶂秦碑在，荒城鲁殿余。
从来多古意，临眺独踟蹰。

译文：

来兖州探望父亲的日子里，我初次登上城南楼。纵目
远望，浮云连绵于大海、泰山的上空，平野一直伸展到青、
徐二州。孤高的峰山上依旧矗立着秦皇的石碑，荒凉的曲
阜城内还存留着鲁共王的宫殿。我素来多有怀古之意，当
此登临之际独自生出万千感慨。

有一种说法，杜甫的诗是越写越好，其晚年诗作是远
胜于少作的。这固然是因为杜甫40岁之前特别是30岁之前
留诗不多，根本不能与其晚年佳作连涌相比，也与杜甫自
称"老去渐于诗律细"给人留下的印象有关。

其实杜甫的少作也极好。

杜甫"七龄思即壮，开口咏凤凰"。可见他很早就写诗了。但杜甫对自己要求极高，他把许多少作都删除了。我们现在能看到的，都是他25岁以后的作品。还有一点，杜甫应该是不断修改完善自己的诗作的，他的早期诗作，也融入了晚年的诗艺。所以，翻开杜诗全集，最先看到的往往就是不同凡响的《望岳》——可以遥想，杜甫为了流传自己的诗作，也是花了很多心思的。

这首《登兖州城楼》与《望岳》时间上难分先后，都是杜甫最早的诗作。对我们普通人来说，这不是一首很熟悉的诗，但对历代诗评家来说，这又是一首不得了的佳作了（杜甫的每一首诗都那么好啊，几乎！）。

《杜诗详注》中引用了不少历代诗评家的赞语，略引几个。

张綖注：凡诗体欲其宏，而思欲其密。广大精微，此诗兼之矣。考公作此诗时，年甫十五，而所作已如此，其得之天者，良不偶也。——实际是杜甫25岁时所作，张綖弄错了这一点。

李梦阳曰：叠景者意必二，阔大者半必细，此最律诗三昧。如"浮云连海岱，平野入青徐。孤嶂秦碑在，荒城鲁殿余"，前景寓目，后景感怀也。……唐法律甚严唯杜，变幻莫测亦唯杜。

另，杨伦指出：此集中第一首律诗，气象宏阔，感慨遥深，公少作已不同如此。三、四承上"纵目"字写景；五、六启下"古意"字感怀，章法方不呆板（《杜诗镜铨》）。

2. 对"众父"的致敬

前人之佳评已多。但我读出了不同的意蕴。唯诸君莫说我钩沉稽古过细，发微抉隐太深，钻牛角尖太过了——我只想自由发挥说说自己的看法罢了。

叶渠梁是湖北的一位中学老师，退休后用10年时间写成《杜甫诗集典故探义》。翻开此书的第一个典故就是这首《登兖州城楼》的第一句：东郡趋庭日。

据叶渠梁的注解，"趋庭"来自《论语》，讲的是孔子教育其子孔鲤学诗、学礼的故事。后以"趋庭"喻子承父教。这里以"趋庭"指杜甫来兖州探望父亲。

我之前在《科举和漂泊》一文中对杜甫与父亲的关系作了探讨：杜甫极少提到父亲；杜甫父亲杜闲，作为杜甫家族中历史纵向轴中相对平庸的一员，他是怎样教育杜甫的？留白是最深情的告白，我在《科》文中却只能空凭想象，勾勒出父子情深和杜父的宽厚博大。写《科》文时，我未注意到《登兖州城楼》，现在经由叶渠梁老师的指引而注意到杜甫之"趋庭"，我可以再多说一些，不限于杜父，而是兼及"众父"，或是兼及父性/fatherhood的连绵了。

所谓"众父"，我是说，在这首诗里，杜甫不单提到了他的父亲杜闲，也在诗艺的层面向祖父致敬，而更隐含地，他似乎也在致意思想之父孔子。

3. 对父亲的怀念

如果我们吟诵这首诗，我们慢慢感受，首联"东郡趋庭日，南楼纵目初"是表示时间。我的感觉是，"东郡趋庭日"是一段更长的时间，而"南楼纵目初"就是那个具体的登楼的时间。意思就是：在我到兖州探望父亲的那些日子里，（有一天）我登上南楼纵目远眺。

在依时间编排的杜甫诗集中，下面几首（《题张氏隐居二首》《刘九法曹郑瑕丘石门宴集》《与任城许主簿游南池》《对雨书怀走邀许十一簿公》）都是杜甫这一时期游访兖州附近的诗作。杜甫晚年的《壮游》里写道："忤下考功第，独辞京尹堂。放荡齐赵间，裘马颇清狂。春歌丛台上，冬猎青丘旁。呼鹰皂枥林，逐兽云雪冈。射飞曾纵鞚，引臂落鹜鶊，苏侯据鞍喜，忽如携葛强。"有一部分就发生在这期间。

根据历代杜甫传记作家的考证，大约在杜甫30岁，杜闲去世。杜甫去兖州探望父亲的时间，应该在其25岁至30岁之间。在这个"东郡趋庭日"期间，杜甫有父亲可以依祜，无衣食之忧，过着"放荡齐赵间，裘马颇清狂"的生活。这期间，他交游的人有苏源明（即上引诗句"苏侯据鞍喜"中的"苏侯"）、高适和兖州当地的豪侠张玠。苏源明堪称杜甫的第一个好朋友，他和高适以及郑虔应该都是经由苏源明结识的；而高适是杜甫一生相从的好友；关于张玠，后文还会提到。

吟诵首句，"东郡趋庭日"定是杜甫晚年校正之句也，此句仅述事由和时间，平淡却苍凉，实感慨系之，如史诗的起句，激起追忆的步伐。如果把这首诗和下面的兖州期间的诗一起连读，则这句"东郡趋庭日"是这些诗的共同起句。

杜甫好比是写《追忆似水年华》的普鲁斯特，当他晚年时拿起诗稿，又一次校正修改，他在吟诵"东郡趋庭日，南楼纵目初……"——"好吧好吧，"他小声地自言自语，"东郡趋庭日——东郡趋庭日，好吧，就定下来，不改了。"

"东郡趋庭日——东郡趋庭日"，杜甫想起了那些美好的时光，想起了他的父亲。

4. 对祖父的致敬

《杜诗详注》转引赵汸曰：

公祖审言《登襄阳城》诗云："旅客三秋至，层城四望开。楚山横地出，汉水接天回。冠盖非新里，章华即旧台。习池风景异，归路满尘埃。"公此诗实本于其祖。

试与本诗并列。

《登兖州城楼》：东郡趋庭日，南楼纵目初。浮云连海岱，平野入青徐。孤嶂秦碑在，荒城鲁殿余。从来多古意，临眺独踌躇。

则二诗之结构和意境无二。如黄生曰："前半登楼之景，后半怀古之情"，如赵汸云："三四宏阔，俯仰千里。

五六微婉，上下千年"，虽是评杜甫诗之语，若用在杜审言前诗上，也是恰当的。

而襄阳是杜家的祖籍地，远祖杜预在这里留下不朽功勋。杜审言登襄阳城，不只是登高怀古，也是对祖先的追述。杜甫一生未到过襄阳却对它念念不忘，祖父的《登襄阳城》想必时时在脑中回响（他肯定恨不得自己也写首《登襄阳城》吧），此次探望父亲，写《登兖州城楼》，无意中就依祖父诗的结构和意境写出来了。

5. 对孔子的致意

"趋庭"这个典故来自《论语·季氏》篇：

【原文】

陈亢问于伯鱼曰："子亦有异闻乎？"对曰："未也。尝独立，鲤趋而过庭。曰：'学《诗》乎？'对曰：'未也。''不学《诗》，无以言。'鲤退而学《诗》。他日，又独立，鲤趋而过庭。曰：'学《礼》乎？'对曰：'未也。''不学《礼》，无以立。'鲤退而学《礼》。闻斯二者。"陈亢退而喜曰："问一得三：闻《诗》，闻《礼》，又闻君子之远其子也。"

【注释】

陈亢：姓陈，名亢，字子禽。伯鱼：姓孔，名鲤，字伯鱼，孔子的儿子。

【翻译】

　　陈亢向伯鱼问道："你在老师那里有得到与众不同的教诲吗?"伯鱼回答说:"没有。他曾经独自站在那里，我快步走过庭中，他说:'学《诗》了吗?'我回答说:'没有。'他说:'不学《诗》就不会应对说话。'我退回后就学《诗》。另一天，他又独自一人站着，我快步走过庭中，他说:'学《礼》了吗?'我回答说:'没有。'他说:'不学《礼》，就没法立足于社会。'我退回后就学《礼》。我只听到过这两次教诲。"陈亢回去后高兴地说:"问一件事，知道了三件事，知道要学《诗》，知道要学《礼》，又知道君子不偏私自己的儿子。"

　　找到典故的源头总是让人惊喜。典故，如果不探寻源头，总是干巴巴的。就像这里，"趋庭"作为典故，就是"子承父教"或者"探望父亲"之意。而在源头，我们看到了孔子和孔鲤的神态和对话:孔子独自站立在庭院中，看到了孔鲤，孔鲤快步/小步走过庭院，孔子告诉他，要学《诗》和《礼》。

　　让陈亢感动的是，孔子并不偏私儿子，教导的与其他弟子无异。让我感动的是，这是一个孔子的生活化记录:孔子经常独自站立在庭院中，也许在思考一个深奥或者重大的问题吧;孔鲤则对父亲敬畏有加，他要快步地、小步地走过庭院。

　　"趋庭"来自"趋而过庭"，表示快步地、小步地走过庭院。这里有敬畏之意，也有接受父亲教导之意。

　　词语演变成典故后，使用者保持一定的自由度。在这里，杜甫写下"趋庭"，并不一定要指回孔子，就像一般理解的，这仅是表示"探望父亲"之意。但是，杜甫所访游的兖州，也是孔子故地啊；诗的第6句"荒城鲁殿余"，鲁殿就在曲阜。经由"趋庭"，经由"鲁殿"，杜甫一定想起了孔子；此诗的第三层致敬，指向了孔子。

6. 父性/fatherhood的连绵

大历四年（769），杜甫生命的暮年（再过一年，他就去世了），他在长沙碰到了张建封。此时张建封仕途上碰到了挫折，心灰意懒。杜甫作了一首《别张十三建封》，勉励其继承先祖报效国家的大义，不要气馁，为国出力。诗中提道："乃吾故人子，童丱联居诸。挥手洒衰泪，仰看八尺躯。"——这里，杜甫想起了兖州往事。

原来，张建封是张玠之子，30年前杜甫与张玠在兖州交游时，他还是六七岁的儿童。而今，在这国族震荡的岁月，杜甫漂泊湖湘，竟然在长沙碰到了故人之子。他看到故人之子长成了八尺男儿，正好可以为国出力，立不朽伟业，怎不叫他老泪纵横啊！

张建封后建功立业，成为中唐名臣。而白居易是张建封的小辈跟班，韩愈是张建封的幕僚。在交谊上，杜甫经由张建封，成为白居易和韩愈的前辈；在诗歌上，杜甫是他们当然的父辈。

7. 杜甫的趋庭

杜甫在《送许八拾遗归江宁觐省》中也用到了"趋庭"

一词：

> 淮阴清夜驿，京口渡江航，
> 竹引趋庭曙，山添扇枕凉。

这里的"趋庭"，既扣住了许八的探亲之旅，同时，也保留了"庭院"的再现。

由此可以推想，杜甫在用"趋庭"一词时，不是干巴巴地作为"探亲"的替代，也在意境上复现了"庭院"，至于是否小步地、快步地走过，这只有杜甫自己知道。

我想象那天杜甫送别了张建封，他回到家里。他叫他的小儿子宗武拿出他的第一卷诗稿。他翻到《登兖州城楼》那里，吟诵道：东郡趋庭日，南楼纵目初……

宗武问："趋庭"是什么意思？

杜甫就给他解释这个典故，说到孔鲤快步地、小步地走过庭院，说到孔子的两次问询。

宗武问：那爸爸您是怎样走过庭院的，爷爷都问了啥？

杜甫道：我快步地、大步地走过庭院，爷爷问：你又出去玩啦，这次和谁一起啊？我说：和苏源明和高适一起呢！另一天，我快步地、大步地走过庭院，爷爷问：你这次和谁一起啊？我说：和张玠一起，哦，还有他儿子呢！

说到这里，杜甫老泪纵横，只好吟诵：东郡趋庭日，南楼纵目初……

杜甫的趋庭

孔子独自站立在庭院中间
他有时候思考，有时候
当他看见孔鲤，快步地、小步地走过庭院
他就问《诗》和《礼》的功课

孔鲤，你快步地、小步地走过庭院
的步姿，杜甫在登兖州城楼时才想起
杜甫在晚年时才想起，自己的步姿
是大步的，还是小步的

那是故人之子的来访和送别
让他老泪纵横，让他想起
父亲的问话，还有一众老友
都在东郡趋庭日消失

在东郡趋庭日
向父亲致敬，也向祖父
向夫子致敬，向众父致敬
时间之手拂过杜甫
时间之手，生前残酷
死后温柔。杜甫啊，
诗歌的众父之父。

07 杜甫的放假

在不能随意出行的假期里写写杜甫，真是一个美好的替代。题中的"放假"，并不是说杜甫在工作之余的度假生活，而是调侃杜甫写作过程中任性一下，放下一些要求或者束缚，给自己放假。此前，我已在《格律的放假》中对杜甫调侃了一番，今天再来调侃一番，也算是我自己的"放假"了。

言及"调侃"，我这个杜甫的忠粉怎么能随意调侃杜甫先生呢？我想起金圣叹老师，其对杜甫无不崇拜，此等态度值得学习，我需要反思的。

我在写上一篇《杜甫的趋庭》时，自然也要翻看金圣叹老师怎么评论《登兖州城楼》的。金圣叹《才子杜诗解》第一段是对诗题的评论：

"此诗全是忧时之言，若不托之登楼，则未免涉于讥讪，故特装此题，以见立言之有体也。杜诗题，有以诗补题者，如《游龙门奉先寺》是也；有以题补诗者，如《宇文晁尚书之甥崔彧司业之孙尚书之子重泛郑监前湖》是也；有诗全非题者，如《江上值水如海势聊短述》是也；有题全非诗者，此等是也。其法甚多，当随处说之，兹未能悉数。"

在金圣叹看来，杜甫诗的一切都很完美，杜甫如何制题，各个题目好在哪里，"其法甚多，当随处说之"，书中肯定还谈到很多了。

随着时代的变化，人们对制题的要求也在变。如前引的《宇文晁尚书之甥崔彧司业之孙尚书之子重泛郑监前湖》，金圣叹认为是"以题补诗"，现在的读者看来，会嫌诗题太长；按现在的标准，诗题应是《重泛郑监前湖》，再在题下作一下注解。这个变化，中外一也，近代以前的诗人，总不嫌诗题太长的。李白的《玩月金陵城西孙楚酒楼达曙歌吹日晚乘醉著紫绮裘乌纱巾与酒客数人棹歌秦淮往石头访崔四侍御》，王维的《同卢拾遗过韦给事东山别业二十韵给事首春休沭维已陪游及乎是行亦预闻命会无车马不果斯诺》，杜甫的《至德二载甫自京金光门出间道归凤翔乾元初从左拾遗移华州掾与亲故别因出此门有悲往事》，诗题都长得令人绝望。华兹华斯的《一次旅行时重访怀河两岸，在丁登寺上游数英里处吟得的诗行》相比之下还算不长，王佐良先生的译文也将之缩减成《丁登寺旁》。

李白、王维、杜甫，还有华兹华斯，难道都如金圣叹所言，是"以题补诗"吗？

看李白的那首《玩月金陵城西孙楚酒楼达曙歌吹日晚乘醉著紫绮裘乌纱巾与酒客数人棹歌秦淮往石头访崔四侍御》，诗题中出现了"城西孙楚酒楼""著紫绮裘乌纱巾"，诗中则是"昨玩西城月，青天垂玉钩。朝沽金陵酒，歌吹孙楚楼。忽忆绣衣人，乘船往石头。草裹乌纱巾，倒被紫绮裘……"——分明无须"以题补诗"的，或者说，要补，也没必要补这么长。

那为什么题目写成这样呢？要我说，这是他们想放假了，他们任性了。就这么简单！

人们天真地认为，李白的诗作是随意写成的，而杜甫却殚精竭虑。实际的情况，我认为，李杜都是很用心地写诗，但他们都有任性的时候，都有放假的需要。他们的工作状态和放假的需求，同大于异，程度不同而已。前引诗题，李白似乎更任性，他似乎是在跟后世的金圣叹说："我就乱取题目，什么以题补诗，我不补，我是重复写。"

金圣叹很无奈地一声叹息："我不是说您啊，太白先生，我是说杜甫先生啊！"

那你说杜甫为什么取这么长、这么令人绝望的诗题呢？金圣叹老师！

杜甫明明知道有其他方法的，比如，杜甫的《观公孙大娘弟子舞剑器行并序》有一个长长的序，非常优美：

大历二年十月十九日，夔府别驾元持宅，见临颍李十二娘舞剑器，壮其蔚跂，问其所师，曰："余公孙大娘弟子也。"开元五载，余尚童稚，记于郾城观公孙氏，舞剑器浑脱，浏漓顿挫，独出冠时，自高头宜春、梨园二伎坊内人泊外供奉，晓是舞者，圣文神武皇帝初，公孙一人而已。玉貌锦衣，况余白首，今兹弟子，亦非盛颜，既辨其由来，知波澜莫二，抚事感慨，聊为《剑器行》。昔者吴人张旭，善草书帖，数常于邺县见公孙大娘舞西河剑器，自此草书长进，豪荡感激，即公孙可知矣。

杜甫完全可以这种"以序补题"的方式制题，避免那些绝望长题啊！

还有，杜甫有几首《雨》，有《雨二首》，有几首《夜》，有《夜二首》，有诸多的《闷》《解闷》《遣闷》，题目之间没有区分度，只能以诗句区别它们。这分明是更加任性、自我放假的行为。杜甫有时候对制题完全放松，完全听之任之，完全放假——今天写了首《雨》，过几天又写首《雨》，过了一段时间，就写《雨二首》（提请注意：杜甫任性起来，有时比李白有过之而无不及的）。

啊啊，你可不知我有多喜欢杜甫的放假了。

在《艺术的宽免》一文中，我探讨了杜甫的慈悲宽免。言及：钱锺书是这样讲解《江上值水如海势聊短述》前四句的。"为人性僻耽佳句，语不惊人死不休。老去诗篇浑漫与，春来花鸟莫深愁。"——我性喜作诗，最耽溺于出语惊人。如今年纪大了，写诗漫不经心，随随便便了；因此，春天的花鸟也不必发愁担心，怕被我刻画得惟妙惟肖了。

是的，写诗漫不经心，是对花鸟的宽免；制题任性而为，也是对诗题的慈悲啊！大诗人写诗，诗题就要随意一些啊！

而且，正如杜甫在《岳麓山道林二寺行》中所写的："一重一掩吾肺腑，山鸟山花吾友于。宋公放逐曾题壁，物色分留与老夫。"——杜甫说：山鸟山花都是我的好朋友；宋之问先生曾经留下诗句，承蒙他笔下留情，还没把所有东西都写光，还留下了一些东西我可以写写。——这意思其实是，你如果写了松树，那我还可以写写梅花。

杜甫已经三次用了《望岳》这个诗题，后世诗人再想使用这个诗题，都会非常困难。杜甫已经用过《旅夜抒怀》，后世谁还会用这么好的诗题，同样地，《秋兴八首》《登高》这些好诗题，都因杜诗的强大而为杜甫所独占。但杜甫是慈仁的、宽厚的，他在诗题上自己放假了。他不是贪婪的资本家，把好诗题都占尽。（诸君可以想想，有没有一些讨厌的人，写的诗文不怎么样，却取了个好题目——这是对题目资源的恶意抢夺啊！）

杜甫的放假

我先是看到　杜甫
给格律放假，那格律
也给杜甫放假
那些平仄，音步和韵尾
都恍如恢复自由身
他们准备歌唱人性
准备赞美杜甫
杜甫小声说：要听话
他们就又排成了新的平仄
音步和韵尾，形成新的格律

杜甫也给诗题放假，那诗题
也给杜甫放假
李白王维，还有华兹华斯
同样如此。

在近代前，似乎
诗人和诗题关系良好
诗人不急于挑一个好的题目
（所谓好与不好，是后来的看法）
诗题也会安于平淡和啰唆

想想那些诗句优美简洁
却冠以一个冗长绝望的诗题
这是否别有深意，或者
压根就没深意
还有杜甫写雨，重复一个诗题
这无差别的重复
似乎切入实质
当他烦闷，他写了好几首《闷》

好吧，杜甫
人们都说你殚精竭虑
你却时时放假
在词语的密林
在格律的间隙
在诗题的空白
你悠然坐下

先喝一壶酒吧
先冥想一下
不急于调度
不想去占有

他不是资本家啊

他是杜甫

他和诗歌有良好关系啊

他是杜甫

08 杜甫地理之河水谣（中卫）

河水谣

我在宁夏中卫，
在黄河边，在沙漠边上，
走进杜甫的高原
"五城何迢迢，迢迢隔河水"
这是他忧心的边塞

我该假扮将士，
坐加高的越野车冲进荒漠
还是递串给他，
"杜二，干了这一杯"

民宿的看门人，
不让我借道走近黄河
我只好走上明长城
看到更壮阔的黄河，
不息奔流
像苍老的老母亲劳作不休

"迢迢隔河水"

今晚我在沙漠安营扎寨
我驻守杜甫的边塞
"杜二，干了这一杯"

09　在夔州

【杜甫在夔州时那扇不关的门逗引我心，欲罢不能。左边我诗，右边杜诗。

所有杜甫的诗句，除了一句，都来自他的夔州诗（空间有限，不另标诗题名。注释在下。）】

1

落木萧萧下　　无边落木萧萧下
孤云自往来　　孤云自往来
江山人憔悴　　江山憔悴人
大江不止渴　　大江不止渴

（注："大江不止渴"本是杜甫形容那年夔州极旱。杜甫有干渴症，我开个玩笑，形容他的干渴难耐）

2

三峡星河摇，啊　　三峡星河影动摇
四更山吐月　　　　四更山吐月
五更鼓角悲，啊　　五更鼓角声悲壮

万斛舟若飞　　　万斛之舟行若风

3

嘉蔬青青兮　青青嘉蔬色
伐木丁丁　　尚闻丁丁声
卷耳卷耳兮　卷耳况疗风
童儿时摘　　童儿且时摘

4

峡江倒飞银河星　银河倒列星
白帝城中夜行人
山吐明月回头看　四更山吐月
楚南孑然洛客身
夔门不关龙门路　柴扉永不关
巫山已浮邙山尘
孤帆总嫌风无力
何时作伴是青春　青春作伴好还乡

（注：对不起，最后一句不是夔州诗。另：邙山为洛阳墓地，慰
杜甫魂归路远也。）

5

从不关之门　　　　　柴扉永不关
看去，青山
已经过了一万个春天　山归万古春
这数字，恰是
那位仙客，轻舟一过
的重山　　　　　　　太白：轻舟已过万重山

带上宝剑　　　　　　忧来杖匣剑
像一个落魄侠客
捏错剑诀　　　　　　注：杜甫带剑，是去看田园
今天，你去关心粮食和蔬菜　化海子诗句

另一天酒醉，跳上驽马　注：见《醉为马坠》诗
飞驰八千尺
摔落江边　　　　　　不虞一蹶终损伤

还是驾上日车吧　　　氛昏霾日车
照耀赤甲白盐刺目的山体　赤甲白盐俱刺天
飞入惊心动魄的峡谷
或者，在江中抛一轮孤月　孤月浪中翻

可是可是
那沿江的禹功凿迹　　禹功翊造化
犹如大唐肌体的血痕　疏凿就欹斜
会刺痛你的心

那隐约的八阵图形
又让你怀想贤臣和名将

恰似，群山万壑　也会　　群山万壑赴荆门
奔赴荆门，安慰　　　　　生长明妃尚有村
朔漠远隔的明妃　　　　　一去紫台连朔漠

这中国的悲伤之子啊
我该如何跟你打声招呼
不不，我不能像在中卫　翟《杜甫地理之河水谣》诗
递串给你，邀你喝酒
我还不如，就像小时候
在你看管的稻田里拾穗　拾穗许村童

参考文献

《杜臆》，唐杜甫撰，明王嗣奭注，上海古籍出版社，1983年版。

《杜诗详注》，唐杜甫撰，清仇兆鳌注，中华书局，2015年版。

《才子杜诗解》，清金圣叹评解，中州古籍出版社，1986年版。

《杜甫全集校注》，萧涤非主编，人民文学出版社，2014年版。

《杜甫传》，冯至著，人民文学出版社，2014年版。

《杜甫：中国最伟大的诗人》，洪业著，上海古籍出版社，2014年版。

《李白与杜甫》，郭沫若著，中国长安出版社，2010年版。

《杜甫评传》，莫砺锋著，南京大学出版社，2019年版。

《杜甫评传》，陈贻焮著，北京大学出版社，2003年版。

《吴小如讲杜诗》，吴小如著，天津古籍出版社，2012年版。

《莫砺锋讲杜甫诗》，莫砺锋著，广西师范大学出版社，2019年版。

《诗圣杜甫》，吕正惠著，生活·读书·新知三联书店，2015年版。

《读杜札记》，（日）吉川幸次郎著，李寅生译，凤凰出版传媒集
  团，2011年版。

《杜甫与杜诗学研究》，左汉林著，东方出版社，2015年版。

《杜甫研究论文集》1—3辑，中华书局，1962—1963年版。

《杜诗杂说全编》，曹慕樊著，生活·读书·新知三联书店，2019年版。

《柿叶楼存稿》，刘开扬著，上海古籍出版社，1983年版。

《古诗探艺》，陶道恕著，巴蜀书社，2012年版。

《盛唐诗》，（美）宇文所安著，生活·读书·新知三联书店，2014年版。

《唐诗综论》，林庚著，商务印书馆，2011年版。

《唐诗杂论》，闻一多著，中华书局，2009年版。

《纵横且说宋之问》，蔡润田著，山西出版传媒集团，2014年版。

《管锥编》，钱锺书著，中华书局，1979年版。

《唐代送别诗研究》，许智银著，上海古籍出版社，2020年版。

《佛教与中国文学论稿》，陈允吉著，上海古籍出版社，2010年版。

《李杜诗学与民族文化论稿》，徐希平著，民族出版社，2011年版。

《中国诗画语言研究》，程抱一著，江苏人民出版社，2006年版。

《周易尚氏学》，尚秉和著，中央编译出版社，2012年版。

后　记

1.

　　古人读诗论诗，多不讲究系统性。如《沧浪诗话》论及李杜，谓"子美不能为太白之飘逸，太白不能为子美之沉郁。太白《梦游天姥吟》《远离别》等，子美不能道；子美《北征》《兵车行》《垂老别》等太白不能作。论诗以李、杜为准，挟天子以令诸侯也"。若今人作文，必在之后举例、对比、论述、阐发太白如何飘逸，子美如何沉郁；但《沧浪诗话》这段话的下一节就直接跳到下一个主题了，——"少陵诗法如孙、吴，太白诗法如李广。少陵如节制之师"。

　　今天的读者显然会对一本书的系统性提出要求。在此，作者拟通过梳理读杜写文的心路历程，阐述作者的阅读和写作之心得、各文之间的因承关系，以呈现本书似无实有的系统性，亦裨作读者的索引和导航。

2.

　　我一直喜欢杜甫和杜诗，但2020年前，可能也就相较其他诗人更喜欢一点。我的个人微信公众号，开号的时间是2015年4月10日，上面的第一篇文章就是《杜诗的逆袭》——但这篇文章太基础了，我没放进这本书里。这之前我已经看了一些杜甫的诗选、杜甫的传记、杜诗的注本。我记得读了洪业的《杜甫：中国最伟大的诗人》后，当时非常感动。但是，因为没有记笔记，实际上我现在对这本书的印象也有点模糊了。

2020年4月，因为与女儿的交流，我写下《李杜的平野》。李杜诗句和风格的交织、辉映让我久久不能平静；对杜甫、杜诗的喜爱，也更进一层。我研读了更多专著，收集到自1994年至2020年的《杜甫研究》期刊。

因为疫情，也因为对杜甫、对杜诗的喜爱，自2020年国庆节开始，我改变了之前每年国庆、春节出游的习惯；每逢大节，我都在家写读杜文章。2020年国庆假期，我写了《西洋远祧》《杜甫穷富论》《杜甫与苏轼》《杜甫与元稹》四篇文章。《西洋远祧》戏称杜甫开启了西方文学中自揭其短的自传写作、自然主义和回忆文学的先河；此文的主要意旨都体现在《杜甫与卢梭》一文中了，故未收入本书。《杜甫穷富论》中对照王维，阐述了杜诗的丰富性。当月写成的《和王维一起感受宇宙的孤独》则指出王维诗的独特魅力——他写出了最深的孤独。以上诸文与之后写成的《李白"齐物"慰芳魂》《庄子·李白·元宇宙》，构成本书的第4辑"杜甫与他者"，旨在阐述杜甫与李白、王维、元稹等人的源流影响关系。

3.

2020年下半年的阅读书单中，陈贻焮先生的《杜甫评传》（莫砺锋教授也写了一本很好的《杜甫评传》；为示区别，以下陈贻焮版评传简称"陈版《杜甫评传》"）对我冲击特别大。杜甫的写作，是一种自传式的写作；杜诗糅合了个人经历和国族历史，呈现出特别的艺术魅力，千百年来，感动一代又一代的读杜者。而陈贻焮先生的三册皇皇巨著，把杜甫的一首首诗放进大唐国族史和杜甫的个人史背景中，杜甫的诗歌和人生都无比真实地呈现出来。明代的王嗣奭在《杜臆原始》里提出"诵其诗，论其世，而逆其意"的读杜方法。"知人论世"，知其人而论其诗；在通读陈版《杜甫评传》过程中，我一次次地被杜甫的伟大人格和不朽诗艺所折服。

通读陈版《杜甫评传》一遍后，我开始第二遍细读，而且每有心得，我就记录下来。我觉得我有许多独特的发现；我认为自古以来的读杜者，大多只关注杜诗一字一句的表达如何精妙，而对杜诗中的长篇如《北征》，对其中的史诗感多所漠视；对杜诗中凝结的伟大思想就更是付之阙如了。我列出二十多篇提纲，春节前后就把《杜甫思想论》写出来了；这构成了本书的第一辑。

你如果在读这一辑中发现我的狂妄浅薄，就请尽情嘲笑我吧。然而，这一辑以及之后的第二辑，就是在一种狂热状况下写成的。

也许你会说，杜甫都被注解、解说了一千多年，还怎么轮到你这个非专业的门外汉来论述呢？就像莫砺锋教授在一次讲义中说到的，对杜甫的各方面研究，已经完全穷尽了，已经研究不出新意了。确实，对杜诗的版本，对杜甫的人生经历（甚至像他一次回家探亲向李嗣业将军借马，是在起点还是中途借到马的这种细节），对杜甫诗艺的研究和解读，都堪称汗牛充栋，甚至可以说已经穷尽。我还凑什么热闹呢？

但正像杜甫在《岳麓山道林二寺行》中写到的："一重一掩吾肺腑，山鸟山花吾友于。宋公放逐曾题壁，物色分留与老夫。"杜甫说：山鸟山花都是我的好朋友；宋之问先生曾经留下诗句，承蒙他笔下留情，还没把所有东西都写光，还留下了一些东西我可以写写。

我似乎可以说：承蒙历代杜甫/杜诗专家笔下留情，还留下了一些东西我可以写写。比如，杜甫曾向李林甫、杨国忠、张垍等人干谒投诗，陈版《杜甫评传》，在提到杜诗的此种尴尬处，陈先生本人，以及他援引的前人，如钱谦益，是替杜甫辩护的，大意是，杜甫其时生活何其困难啊，他的种种干谒之举，是可以理解的。我在《杜甫与卢梭》一文中就指出，实际上我们更要赞美杜甫的坦诚，因为，终杜甫一生，他的诗未获得广泛流传，他原本是可以把这些诗删除的。我应该进一步赞美杜甫的博大精深：对杜甫/杜诗的基本实事方面，也许可说已经穷尽，但对诗艺、意义等方面，我想应该是不能穷尽的；随着阅读视野的扩大，我甚至在《石龛》一诗中发现杜甫与但丁在诗意、情景上的互文关系（见第三辑《石龛》一文）。

4.

写完《杜甫思想论》系列后，我的激情还未褪去；我觉得，我要和杜甫聊聊他的人生了。于是，我设计了几次与杜甫的跨时空谈话。也许你会觉得这不太严肃。但是，杜甫其实是很幽默的，他大概也不会太抗拒这种轻松的形式吧！

　　杜甫的自传式写作高度还原了他的一生，当陈版《杜甫评传》把杜甫的人生展现出来时，对我来说，到处都是惊奇和发现。比如，我发现杜甫的人生充满了对称与反差，如早慧却晚成，诗作绝佳却终生埋没；用诗歌艺术讲，杜甫的人生充满了一组组对仗。所以，我们的时空对话也以一个个对仗为题：《诗歌艺术和命运设计师》是总说杜甫人生的对称与反差，经此一说，杜甫的人生会多一分悲壮和苍凉吧；《科举和漂泊》直言杜甫不善于科举而惯于漂泊；《宋之问和郑虔》深挖杜甫遣词作诗时的幽微心思，指出宋、郑都是杜甫的精神之父；《高适和李白岑参严武》则主要探讨杜甫与高适的友情和同构关系——人们都爱讨论李杜，但高适才是杜甫的终生朋友啊；最后，我实在谈不下去了，以一篇《格律的放假和语言的偷情》——以谈论诗歌的方式结束这一轮跨时空谈话。

5.

　　第一辑和第二辑是本书中最有系统性的，动笔之初就有一个整体的规划。第三辑"在路上"则是随兴写成，再组合成辑。杜甫一生壮游和漂泊，许多好诗都在羁旅途中写成，或是写途中所见所闻。因此，这一系列本来应该能写成多篇。我喜欢兴至而发，不想刻意地考察杜甫的一段段旅程，因此，本书就停留在三篇了——以后，我肯定会继续追寻杜甫的旅程的。杜甫身处中华文化的中游，很自然地，我会时不时地论及他和其他文化人物的渊源影响关系，这构成了本书的第四辑——《杜甫与他者》。

有一段时间，我对王维和杜甫的对比非常有兴趣；本书的第五、六辑，就是这一兴趣的结晶。古往今来，人们乐于李杜对比；其实，王维和杜甫的对读，也别开生面。希望我的对读能打破李杜对比的单调，而展现读杜更丰富多彩的一面，更期望有朝一日，我能全面对读王维和杜甫。

杜甫在《塞芦子》里写到："五城何迢迢，迢迢隔河水。"据赖瑞和的《杜甫的五城》，这五城之一就在现在的宁夏中卫附近。2020年端午我到宁夏中卫旅游，写成《杜甫地理之河水谣（中卫）》一诗。2021年端午我寻访杜甫的故里，写成《杜甫诗踪之巩义洛阳》一文。我发现许多老家方言能在杜诗里找到，于是写了一篇《杜诗中的台州方言》。读杜甫夔州诗大受感动时，我就写了一首《在夔州》。游天童寺看到唐柏，我想起了杜甫的四棵小松树，于是写了《天童寺唐柏》一文。以上诗文散散落落，就构成第七辑《杂咏》。

本书的每一篇，都先在我的公众微信号"杜甫的世界"上发表。小号流量极低，读杜文章的阅读量从未超过一千。我要感谢诸师友多年的鼓励，激励我坚持写作。此次结集出版，激励我继续努力，写成更多读杜文章。

本书的出版，得到了刘钦泉、冯兴东、卢莎莎诸位老师的帮助，这是要特别致谢的。四川省书法家协会副主席康俊先生，书写了本书书名；宁波的篆刻家郑港生女士，篆刻了"平野流大江"印章，在此也深致谢意。